KB104914

무도연지겁 5

武道胭脂劫

난심옥간(蘭心玉簡)

무도연지겁 5
난심옥간(蘭心玉簡)

1판 1쇄 펴낸날 2017년 1월 30일

지은이 사마령
옮긴이 중국무협소설동호회 중무출판추진회

펴낸이 서채윤 펴낸곳 채륜
책만듦이 김승민 책꾸밈이 이한희

등록 2007년 6월 25일(제2009-11호)
주소 서울시 광진구 자양로 214, 2층(구의동)
대표전화 02-465-4650 팩스 02-6080-0707
E-mail book@chaeryun.com Homepage www.chaeryun.com

책값은 뒤표지에 있습니다.
ISBN 979-11-85401-25-6 04820
ISBN 978-89-967201-3-3 (세트)

이 도서의 국립중앙도서관 출판예정도서목록(CIP)은 서지정보유통지원시스템 홈페이지(http://seoji.nl.go.kr)와 국가자료공동목록시스템(http://www.nl.go.kr/kolisnet)에서 이용하실 수 있습니다. (CIP제어번호 : CIP2017000941)

채륜서(인문), 앤길(사회), 띠움(예술)은 채륜(학술)에 뿌리를 두고 자란 가지입니다.
물과 햇빛이 되어주시면 편하게 쉴 수 있는 그늘을 만들어 드리겠습니다.

무도연지겁 5

武道胭脂劫

난심옥간(蘭心玉簡)

사마령 지음 · 중국무협소설동호회 중무출판추진회 옮김

중무동 중무출판추진회에서 첫 번역작을 내며

중무출판추진회(위)가 중국무협소설동호회(중무동) 내의 소모임으로 출발한 것은 2007년 6월이었다. 당시 회주였던 고죽옹 님을 비롯하여 십여 명의 회원들은 침체되어 가는 중국 무협소설 시장을 모두 안타까워하며, 중국 무협소설 명작의 번역을 추진하게 되었다.

중국 무협소설에 무한한 애정을 가지고 있는 회원들의 토의를 거쳐 사마령의 『무도연지겁』을 번역하여 출판하는 것으로 의견을 모으고 사업을 추진하였다. 이 과정에서 와룡생, 양우생, 이량, 정풍 등 신구 무협소설 작가들의 많은 작품이 거론되었지만 사마령의 명작인 『무도연지겁』이 번역 대상작으로 선택된 것이다.

이어서 중무출판추진회에서는 번역을 위한 기금 마련을 시작했다. 당시의 기금은 필자를 비롯하여 강호야우, 무림명등, 하리마오, 심랑, 황석공, 죽산, 고죽옹, 출수무심, 허중, 만면소인 등(출자 일시 순) 회원들의 출자에 의해 마련되었다. 기금이 모인 후, 연변예술대학 장익선 교수의 도움으로 중국을 통해 1차 번역을 시작할 수 있었다. 번역 계약은 그해 7월 11일 일사천리로 이루어졌고, 우리 모임을 통해 사마령의 『무도연지겁』이 번역된다는 사실에 모든 회원이 한껏 기대에 부풀어 올랐다.

2008년 1월에 기대하던 1차 번역고가 도착했지만, 이 번역고는 중국 번역가들에 의해 진행되었기 때문에 교정과 윤문이 필요한 상태였다. 그렇기 때문에 윤문을 위한 비용이 필요했고, 그것은 필자의 일부 무협소설 고본을 정리하는 것으로 일부 마련할 수 있었다. 이후에 신춘문예에 당선된 한국예술종합학교 연극원 극작 전공의 김효정 씨가 1차 윤문에 참여해줌으로써 2008년 9월에 1차 윤문이 완성될 수 있었다. 그리고 1차 윤문본은 필자가 2012년까지 틈틈이 문장을 다시 다듬고, 1차 번역고에서 번역이 누락되었던 박본 8권 분량을 새롭게 번역하여 최종 번역본을 완성할 수 있었다.

하지만 번역보다도 더 어려웠던 것은 저작권을 확보하는 일이었다. 대만의 무협소설 중 일부 유명 작가의 저작권은 분쟁 중에 있는 경우가 많이 있었다. 사마령의 무협소설도 이러한 송사에 휩쓸려 있었기 때문에, 저작권 확보를 위해 저작권자를 찾는 것도 매우 어려운 일이었다. 채륜 대표와 함께 백방으로 저작권자를 알아봤으나 결국 찾는 데 실패했다.

시간은 계속 흘러 2010년 6월, 필자는 대만에 갈 기회를 잡았다. 수소문 끝에 중국무협소설사 연구의 권위자인 임보순林保淳 교수를 만날 수 있었고, 그는 필자에게 저작권 문제를 해결해 줄 수 있다는 뜻을 전했다. 하지만 이후 동호회가 둥지를 여러 번 옮기고, 모임지기인 필자 또한 다른 바쁜 일을 핑계로 저작권 확보는 늦어질 수밖에 없었다. 이후 임보순 교수를 통해 얻은 연락처를 통해 저작권자와 연락할 수 있었고, 오랜 협상 끝에 2012년 최종적으로 채륜에서 『무도연지겁』의 저작권을 확보하고 드디어 2013년 오늘에 와서야 마침내 사마령의 『무도연지겁』을 출판할 수 있게 되었다.

이러한 형태의 중국 무협소설 번역은 중국 무협소설 시장이 점차 줄어드는 현실 속에서 우리 모임이 찾은 하나의 자구책이 아닌가 생각된다. 이번 사마령의 『무도연지겁』 출판으로 발생하는 기금 일체는 향후 중국 무협소설 명작을 번역하는데 재투자하는 것을 기본 원칙으로 하였기에 이번 출판에 기대하는 바가 적지 않다. 아무쪼록 이번 번역 출판을 지지해주시는 현 중국무협소설동호회 소요자 회주님, 함께 모임을 이루며 이번 번역 사업을 진행했던 모든 회원님들께 깊은 감사의 말씀을 올린다.

4권이 발행되고 중국무협소설동호회 회주님 이하 많은 회원님들께서 격려해주시고, 출판을 독려해 주셔서 이번 5권 발행을 서두르지 않았나 싶다. 이번 5권은 최근 중화권에서 출판된 『무도연지겁』에 생략된 박본 8권 분량의 대부분을 차지한다. 이 부분은 필자가 단독으로 번역한 것이어서 더 애정이 간다고 할 수 있다. 이번 권에서는 주인공 심우의 제자 임봉과 무림 고수로 변신한 작은 어촌 마을의 진춘희, 즉 진약람을 중심으로 이야기가 펼쳐지며, 다시 나타난 려사의 진위 문제가 매우 흥미롭게 전개된다.

마지막으로 『무도연지겁』 번역 사업 추진을 마음깊이 지원해주시는 중국무협소설동호회 소요자 회주님 이하 회원님들께 무한히 깊은 감사의 마음을 보내며, 조속히 마지막 권인 6권 출간을 약속드린다.

2017년 1월
모임지기 풀잎 배상

시대의 대가 사마령─무협소설의 새로운 시대적 의미

대만에서의 초기(1950~1974) 무협소설 독서 붐에서 알 수 있듯이 무협소설 읽기는 서민의 대표적인 여가 취미 생활 중의 하나였다. 내 고등학교 시절의 선생님은 1965년에 "무협소설은 사회와 민심을 안정시키는 역할을 한다"라고 말한 적이 있다. 사상이 비교적 폐쇄적이었던 당시 사회에서 정말 개방적이고 현실적인 평가였으며 지금 다시 그 시절을 회상하여 보아도 그 의미를 실감하게 된다.

세월이 흐른 후, 새로운 시각으로 사마령을 다시 보다

26부의 『사마령 작품집』은 나의 소년 시절과 동반 성장해 온 성장의 역사라고 해도 과언이 아니다. 어렸을 때는 전집이 다른 소설보다 재미있었다는 것이 기억의 전부였다. 미국에 와서 생활한 이 24년간 연구소에 취직하고 가정을 이루어 아이들의 부모가 된 후에도 늘 사마령의 전집을 다시 읽곤 했다. 어렸을 때의 이해와는 달리 전집은 해외 생활을 한 지 얼마 안 되었던 나에게는 향수를 달랠 수 있는 안식처였고 또 긴장한 생활에서 스트레스를 풀며 자유롭게 상상하는 여유를 주는 약

이 되었다. 세월이 흐르고 인생의 경험이 쌓여가면서 나는 사마령의 전집을 새로운 시각으로 보게 되고 체험하게 되었다. 사마령의 작품은 한번 읽으면 또 읽고 싶고 아무리 읽어도 싫증이 나지 않는다. 작품은 소설로서의 예술적인 아름다움을 갖추었을 뿐만 아니라, 다양한 메시지를 독자에게 전달하고 있었다. 그의 작품은 순수한 문학적인 가치와 유불도 3대 종파의 종교 학설뿐만이 아닌 천문, 지리, 의술, 풍수, 고고, 서화 등 아우르지 않은 영역이 없다. 삼라만상을 담은 방대한 내용을 책의 이야기 전개에 자연스럽게 반영시켰을 뿐만 아니라 저자의 견해를 담아 해석하고 있으며 학술적인 설명은 피하고 알기 쉬우면서도 재치 있게 쓰고 있어 독자의 접근이 편하며 큰 공감을 자아내고 있다. 독자가 작품의 생동감 넘치는 서술에 깊이 매료되어 책을 읽고 있으면 자신도 모르는 사이에 유익한 정보를 얻게 되는 것이다. 따라서 많은 사람이 여가 소설을 읽는 것은 일종의 지성적인 여행이 되는 셈이다. 이것이 지식인들이 그의 작품을 즐기는 하나의 이유가 될 것이다. 그의 작품들은 오랜 세월 속에서 검증을 거쳤으며 세월이 흐를수록 새로운 맛을 더해가고 있다.

두뇌 운동 체조

독자들은 사마령의 작품을 읽을 때면 각각 다른 느낌을 체험한다. 하지만 모든 독자가 공감하는 부분은 그의 작품은 추리와 지혜, 모략과 계책이 뛰어나 일본 추리소설이나 서양 탐정소설처럼 추리를 위한 추리와는 다르다는 것이다. 사마령의 추리는 작품 속 등장인물의 일상생활에서 자연스럽게 전개되고 있으며 인물들 사이의 역동적인 관계는 두

뇌가 끊임없이 사고할 수 있게 만든다. 작품의 스토리는 한 걸음씩 세밀하게 나아가고, 합리적이며 논리적인 방향으로 전개되고 있어 좋은 사람이 갑자기 나쁜 사람으로 바뀌거나 긍정적 인물이 갑자기 부정적 인물로 바뀌는 극적인 반전이 일어나지 않는다. 다만 복잡한 인물의 심성을 현미경으로 자세히 관찰한 것처럼 드러나게 하고 있어 이야기의 결과가 뜻밖의 내용이 될 수는 있으나 그 과정은 합리적으로 엮어나가고 있다. 책을 읽는 과정은 독자가 두뇌 운동을 하는 과정이 되므로 읽고 나면 후련하고 뿌듯한 느낌이 들게 한다. 한 하이테크기업의 운영자는 자신이 사마령의 작품을 읽고 기업의 운영에 『손자병법』보다 더 많은 도움이 되었다고 말하고 있다. 나는 과감히 추천하는 바, 심리학, 커뮤니케이션학, 기업관리학, 책략학, 담판과 협상학 및 기타 관련 학문을 가르치는 교수가 사마령의 작품을 참고도서의 목록에 넣을 것을 추천한다.

생명과학의 새로운 페이지

사마령의 풍성한 창작 기법은 인성에 대한 깊이 있는 이해, 사람의 내면에 대한 통찰과 해부를 제외하고도 무예에 대한 깊이 있는 이해에서도 잘 나타나고 있다.

그의 작품인 『제강쟁웅기帝疆爭雄記』에서는 시가와 채찍 편법을 조화롭게 소화하고 있는데 한편으로 시를 읊으며 한편으로 채찍을 휘두르는 부분이 절묘한 조화를 이루고 있다. 또 『황허 강에서 말이 물을 마시다飮馬黃河』에서는 필묵으로 수묵화를 그리는 듯한 검술법으로 독자를 매료시키고 있으며 출중한 무예는 심신의 수련에서 비롯된다는 정신적인 경지를 작품의 '심령수련', '기류의 감응', '의지로 적을 극하기' 등을 통하여 보여주고 있는 바, 일종의 인생철학을 독자들에게 피력하고 있는 부분이기도 하다.

독자들은 대만대학교 이사잠李嗣涔교수가 다년간 국과회國科會의 지원사업으로 진행하여 왔던 기공프로젝트의 부분적인 연구로 사마령 작품 속 무술묘사의 진실성을 검증하였다는 것을 잘 알고 있다. 우리 선조들의 도가 양생학과 사마령의 무협소설 속의 상상은 현대과학의 그것과 너무나 잘 들어맞는다. 이는 미래 생명과학의 발전을 위해 새로운 한 페이지를 열어놓은 것이 될 것이다. (중국에서도 기공과 같은 학문에 관한 연구가 지속적으로 이루어져 왔고 구체적인 성과를 거두면서 이를 '인체 과학'으로 분류하고 있는데 필자는 근세의 서양 생명과학 영역에 큰 이바지 한 것으로 본다. 이 교수는 그의 인생 후반의 학술연구는 이 분야에 중점을 두겠다고 하였다.)

무협소설의 사회적 기능

상관정上官鼎은 사마령을 천재적인 작가로 보았고 고룡古龍, 대만 무협소설 대가은 사마령을 무척 존경하였으며 장계국張系國은 사마령을 '무협소설가의 소설가'로 추대하였으며 섭홍생葉洪生은 사마령이 대만 무협문학소설 창작 역사에 있어서 선인의 성과를 승계하고 후배를 이끄는 교두보의 역할을 하였다고 평가였고, 필자의 부친인 송금인宋今人, 진선미출판사 창시자선생은 사마령을 '신파의 수장'이라고 높이 평가하고 있다.

그의 작품은 전통을 계승하면서도 새로운 창의성을 잘 결부시킨 부분이 독보적이다. 또한, 문자의 구성이 잘 짜여 있었으며 기승전결이 잘 조화된 것이 특징이다. 20여 부의 작품 속의 등장인물들은 저마다 개성이 있어서 비슷하게 전개된 작품은 거의 찾아볼 수 없다. 작품은 여러 부분에서 인류 사회와 법의 질서 및 예의와 교리의 가치를 암시적으로 드러내고 있으며 도덕적 인성이 순기능 순환의 절차에 따라 필연적으로 이루어진다는 것을 암묵적으로 나타내고 있다. 독자는 책을 읽는 중에 스스로 중화 민족의 충, 효, 인, 의의 미덕을 공감하게 되고 무의식적으로 깨달음을 얻게 되며 이런 견지에서 사마령의 소설은 사회적으로 훌륭한 이바지 한 성과작으로 평가해야 한다.

전 세계 화교들이 공동으로 느끼는 정서

미국에서 생활하는 24년간 중화 문화에 대한 더없이 큰 애착을 느끼게 되었다. 개인적인 감상이라면 유럽에 SF소설이 있고 일본에 추리소설이 있다면 우리에게는 『사마령 작품집』이 있음이 자랑스럽다는 것이다. 이 점은 전 세계 화교들이 가슴을 내밀고 21세기로 들어설 때, 우리에게도 중화 문화를 대표하는 대중적인 읽을거리인 무협소설이 있다고 당당히 말할 수 있는 근거가 되어줄 것이다.

진선미출판사 발행인 송덕령
1997년 12월 5일
미국 캘리포니아에서
(글 옮긴이: 박은옥)

추천하는 말 **11**

사마령을 소개하는 기쁨

사마령司馬翎의 본명은 오사명吳思明, 1936년 광둥에서 태어났으며 대만대학 재학 중『관낙풍운록關洛風雲錄』과『검기천환록劍氣千幻錄』을 써 독자의 시선을 끌었다. 1989년 세상을 뜨기까지 평생 40여 편의 무협소설을 썼는데, 문체가 깔끔하고 탈속했으며, 인물의 성격도 살아있는 듯 생동적이었다고 한다.

초기 작품으로『금루의金縷衣』,『백골령白骨令』,『학고비鶴高飛』가 있고, 중기에는『검담금혼기劍膽琴魂記』,『제강쟁웅기帝疆爭雄記』,『성검비상聖劍飛霜』,『섬수어룡纖手馭龍』, 후기 작품으로는『음마황하飮馬黃河』,『검해응양劍海應揚』,『분향논검편焚香論劍篇』등이 꼽힌다.

한국에는『음마황하』와『분향논검편』을 비롯한 여러 작품이 번역되었는데, 그중 상당수가 다른 제목, 다른 저자, 특히 와룡생의 이름으로 나왔기 때문에 사마령의 작품인지도 모르고 본 독자들이 많다. 한국 무협번역업계의 잘못된 관행 때문이지만 사마령 만의 독특한 작품 세계를 좋아하는 독자로서는 한국에서 그가 더 많이 알려지지 못한 것, 그 결과 더 많은 작품이 번역되지 못한 것이 아쉽고 안타깝다.

특히 그의 작품『음마황하』는 내게 남다른 의미가 있는데, 생애 최초로 읽은 무협소설이 이 작품이기 때문이다. 1975년으로 기억하는데, 당시 초등학교 5학년이었던 나는 동네 만화방을 풀방구리 쥐 드나들 듯 드나들면서도 만화방 한쪽 벽면을 가득 채우던 책들이 무협지라는 것도, 아니 그 전에 세상에 무협지라는 게 있는지도 모르고 있었다. 그러다가 옆집 형에게서 여덟 권짜리 반 양장본 책을 빌려서 읽게 되었는데, 당시 월부책 장수가 팔고 다녀서 좀 산다 하는 집에 꽂혀있던 여러 권짜리 책 중 하나가 그것이기 때문이었다. 그러니까 월탄 박종화의 『금삼의 피』, 김동인의 『운현궁의 봄』 같은 것들을 빌려 읽다가 그 속에 끼어있던『마혈魔血』이라는 괴상한 제목의 책까지 읽게 되었던 것.

당시에는『마혈』이『음마황하』의 번역제목이었다는 것도, 작가가 와룡생이 아니라 사마령이라는 것도, 그리고 이게 무협지, 무협소설이라는 것도 모르고 그저 역사소설의 하나로만 알았던 나는 이 한국은 분명 아닌 것 같은, 하지만 진짜 중국 같지도 않은 무림이라는 괴상한 세계의 영웅 이야기에 걷잡을 수 없이 빠져들고 말았다. 다 읽고, 또 읽고, 다시 또 읽고 돌려준 뒤 다시 빌려서 또 읽고를 몇 번이나 반복했던지. 생각해보면 그게 오랜 세월 나를 사로잡은 무협 중독의 시작이고, 무협소설을 직접 쓰게까지 한 일의 단초이고, 오늘날의 작가 좌백을 만들게 한 결정적인 계기였던 거다.

만화방 무협지가 무협지임을 알고 탐독하게 된 것은 그로부터 삼 년이나 지난 후였다. 그리고 그때부터 수없이 많은 무협소설을 읽었다. 고룡과 와룡생, 김용을 비롯한 중국작가들, 사마달과 금강, 서효원과 야설록을 비롯한 한국작가들의 세계도 그에 못지않게 좋아했지만 돌이

켜 보면 내 인생의 첫 무협소설을 사마령의 작품으로 시작한 것은 무척이나 다행스러운 일이었다. 그의 작품은 단순한 영웅담이 아니라 협객의 정신이 살아있는 진정한 의미의 무협소설이기 때문이다.

그의 소설에는 협의俠義가 담겨있다. 협의가 무엇인지 고민하고, 자신이 처한 상황에서 옳은 선택이 무엇인지 갈등하는 주인공이 그려져 있다. 협객은 윤리적으로 옳은 일을 하는 사람이 아니다. 그가 따르는 협의라는 가치관은 시대의 윤리가치와 다를 수 있기 때문이다. 협객은 성인군자가 아니라 자신이 생각하는 의를 위해, 가령 실수로 한 약속을 지키기 위해 범법행위를 주저하지 않고 행하는 사람이다. 이런 기준으로 보면 『영웅문』 1부의 곽정은 협객이라기보다는 대인이고, 군자이며, 민족의 장래를 걱정하는 지사이며, 영웅이다. 거기서 협객은 한순간 자존심 때문에 맺은 약속을 지키기 위해 십수 년의 세월을 바친 강남칠의가 더 적당하고, 나라를 팔아먹은 매국노의 간담을 꺼내 씹은 구처기가 더 어울린다. 그렇다고 곽정에게 협객의 정서가 없었던 것은 아니다. 김용이 협의를 몰랐다고 말하는 것도 아니고.

『영웅문』 2부에서 양과의 팔을 자른 곽부를 잡고 그 잘못을 보상해야 한다며 딸의 팔을 자르려고 한, 아마도 황용이 잡아채서 달아나지 않았으면 실행하고 말았을 곽정의 그 정서, 그 가치관은 분명 협객의 정서였으니까.

고룡이 따로 토로한 바 있는 것처럼 무협작가가 늘 협객을 그리는 것은 아니다. 독자는 진정한 협객, 그러니까 밝은 면만이 아니라 어두운 면, 협객의 광휘 뒤에 숨어있는 협객의 그늘까지 그리는 것을 때로는 안 좋아하기도 해서다. 독자들은 사실 협객보다는 성인군자를 더 좋아하는 것 같기도 하다. 그리고 대중소설을 쓰는 무협작가로서는 그 대중의 구미를 맞추어야 할 필요를 느낄 때가 있는 것이다.

하지만 사마령의 작품은, 적어도 내가 읽어본 작품들에서 그는 항상 협객을 그리고 있다. 가령 『분향논검편』에서 주인공 곡창해는 요녀들의 소굴인 적신교에서 피치 못할 선택의 상황에 처하고 만다. 사부의 연인인 천하제일미녀 허홍선을 구하기 위해 마굴에 침투했는데 구할 사람이 둘 더 있는 것이다. 어릴 때부터의 친구인 소녀를 구할 것인가, 아니면 침투한 후에 만났지만, 자신을 도와준 그곳 여인을 구할 것인가. 둘 중 하나만 구할 수밖에 없고, 남겨둔 하나는 적신교 요녀들에 의해 창녀가 될 것이 불을 보듯 뻔한 상황이다. 고민 끝에 주인공은 처음 만난, 하지만 자신을 도운 여인을 구하고, 어린 시절부터의 친구를 남겨두기로 한다. 어린 시절부터의 친구인 소녀는 나중에 어떤 신세가 되더라도, 그러니까 당시의 시대상과 가치관을 생각하면 결정적인 흠결을 지니게 되는 소녀는 자신이 아내로 거두어서라도 평생 보상해 줄 수 있지만, 기본적으로 모르는 사이와 다름없는 여인에게는 그렇게 보상하는 것도 불가능하기 때문이다. 즉 아는 사람을 두고 모르는 사람을 물에서 건져주는 선택을 하는 것, 이것이 협객의 선택이고, 협객이 협객이 될 수 있도록 하는 협의도侠義道라고 작가는 말하고 있는 것이다.

물론 이것은 '나는 이렇게 읽었다'는 이야기이고, 많은 독자는 동의하지 않을 수도 있다. 하지만 이런 해석이 가능할 수도 있게 한다는 바로 그 점에 사마령의 작품이 가진 많은 장점 중 하나가 있다고 나는 주장한다.

한편 사마령의 작품에는 김용의 무초승유초無招勝有招, 즉 '초식 없음이 초식 있음을 이김'―『소오강호』의 독고구검 같은―이나 고룡의 '싸움 없는 승부'―『소리비도』에서 병기보 서열 1위인 천기노인과 2위 상관금홍의 대결 같은―것 또한 있다. '싸움 이전의 승부', 이른바 '기세대결'이 그것이다.

사마령은 실제로 싸움에 들어가기 전에 마주한 상대의 기세대결을 중시했다. 그의 작품에서는 대결 이전에 이미 기세로 결판이 나서 굳이 칼을 들어 겨루지 않고도 승부를 가르는 장면이 여럿 나온다. 이 작품『무도연지겁』의 1권에서 그려지고 있는 주인공과 칠살도의 대결 장면 역시 그러하다. 기세만으로 결판은 이미 나 있다. 칼을 들어 겨루는 것은 그 결과를 확인하는 것에 지나지 않는다. 그러니 싸울 필요가 없다고 말하는 것이 아니다. 질 줄 알면서도, 그래서 죽을 줄 알면서도 싸워야 할 때가 있다. 그게 협객이다.

이대로 싸우면 질 게 뻔하니까, 이기기 위해서 기세를 키워야 할 필요가 있다. 그래서 무협이다. 사마령의 작품 속 주인공은 그래서 협객이고, 그의 작품은 그래서 무협이다.

사마령의 작품을 좋아했던 분들에게 참으로 오랜만에 소개되지 않은 작품을 읽을 수 있게 되었음을 축하드린다. 사마령의 작품이라고는 처음 읽어보는 분들에게 드디어 새로운 세계가 열리게 되었음을 진심으로 축하드린다.

어려운 여건 속에서도 사재를 털어 번역 작업을 진행하고 마침내 출간까지 진행한 풀잎 님을 비롯한 중국무협소설동호회 회원분들에게 감사와 경탄의 염을 표한다. 쉽지 않은 작업, 회의적인 시장 상황에도

16

불구하고 출간을 결행한 채륜의 여러분께 사마령의 독자 중 한 사람으로서, 무협을 좋아하고 직접 쓰기도 하는 한 작가로서 깊이 감사드린다.

계사년 새해에
좌백 올림

차례

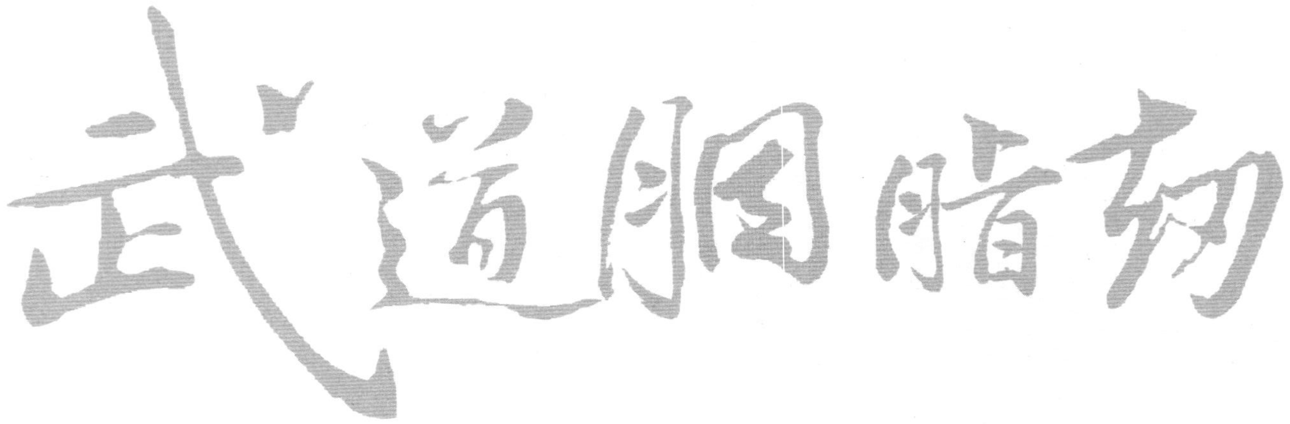

제31장

伏虎公子

복호공자

화복 공자가 돌연 낭랑하게 말했다.

"좋은 검법이군!"

그가 처음으로 소리를 내자 매우 강력해서 귀를 다 울릴 정도였다. 좌, 윤 두 낭자들도 귓가가 "웅"하고 울리더니 고막이 은근하게 아파왔다. 그러나 임봉과 위공망 등의 사람들은 계속 윤산이 좌강운의 신기하고 정묘한 일검을 받아내는 것을 본 후에 화복 공자에게로 시선을 돌렸다. 좌, 윤 두 낭자는 일 초를 교환한 후 다시 대치 상태로 들어갔다. 윤산의 금필 초식은 허초를 구분하기 어려울 정도로 변화막측하고 환상적이었다. 동시에 좌수의 비단 손수건 또한 좌강운으로 하여금 감히 그를 더 공격하지 못하도록 하였다.

그녀들은 대치 상태로 접어들었다. 일촉즉발의 기세를 유지했지만 이전과 같은 긴장 상태는 아니었다. 이즈음 대도의 한 쪽에 있던 긴 마차에서 불같이 욕을 내뱉으며 폭갈하는 소리가 들어왔다. 좌, 윤 두 낭자를 포함하여 모든 사람들은 모두 기괴하다 생각했다. 목전의 형세는 이미 진정되는 형국이었다. 이 거대한 마차가 비록 지금 가로 막혀 있지만 그것은 지금 싸움이 벌어졌기 때문이고, 따라서 마차가 이미 완전히 멈춰져 있는 상황이었는데, 결국 싸움이 해결되어야 비로소 통행할 수 있다는 것을 알 수 있었다.

사람들은 모두 그 마차를 향해 바라보고, 어떤 일이 벌어졌는지 살펴보았다. 저 규염대한은 도대체 누구에게 욕하는 거지? 사람들의 눈빛이 도달한 곳은 먼저 화복 공자였다. 원래 그 규염대한은 저 먼 곳으로부터 그를 향해 욕을 한 것이기 때문이다. 그들 두 사람 사이에 좌, 윤 두 낭자가 있었다. 하지만 이들은 전혀 상관하지 않았다. 규염대한이 욕하며 말했다.

"이 새끼가. 무슨 칭찬이냐, 칭찬이!"

화복 공자는 처음에는 일시 당황했으나 하늘을 바라보고 웃으며 말했다.

"잘됐다. 본 공자가 사냥감을 보고 마음이 근질근질했는데 제 발로 찾아왔겠다. 네 놈이 어찌 본 공자를 욕할 수 있는가! 스스로 죽으려고 덤비는구나!"

그의 말은 방금 전의 갈채와 마찬가지로 기력이 담겨있었으며 동시에 한 자 한 자 마다 형태가 있는 물건과 같이 중인들의 귀에 쏘아 들어가는 것 같았다. 이를 들은 사람들은 귀가 아파왔으며, 어떤 말을 하는지 매우 또렷하게 들렸다. 규염대한이 몸을 일으키며 매우 화가 난 모습을 드러내며 날카롭게 외쳤다.

"제기랄, 아직도 공력을 쓰고 있나!"

그의 말이 끝나기도 전에 평지에 마른 번개치는 듯한 소리가 들리며 동시에 바람이 일며 모래가 날리자 사람들이 이에 놀랐다. 고함 소리가 난 곳에서 모든 말들이 놀라 어지럽게 미쳐 날뛰지 않는 말이 없었다. 대형 마차를 끄는 세 필의 말은 상태가 좋았다. 단지 소란스럽게 펄쩍거리기만 했다. 그러나 흑무사 쪽의 네 필의 말 중에서 세 네 필은 땅 위로 넘어지기까지 했다. 이외에 화복 공자가 타고 있던 말 역시 네 다리에 힘을 잃고는 땅 위로 쓰러졌다.

화복 공자는 넘어지지 않고 지상에 은근히 버티고 섰다. 그의 눈에서는 놀라며 의심하는 듯한 빛이 흘러나왔고, 흉악한 눈빛으로 반대편의 마차를 바라보았다. 그 규염대한은 민첩하게 지상으로 내려와 섰다. 수중에는 육 척이나 되는 삼첨강차三尖鋼叉를 들고 있었는데, 차에는 강환鋼環 달려있어 "땅땅"거리는 소리가 났다. 화복 공자는 길게 웃으며 맨손으로 걸어갔다. 윤, 좌 두 낭자가 이미 각기 뒤로 두 세 걸음 물러서니 대치 형국이 무형 중에 사라졌다.

사람들의 눈에는 그 규염대한이 씩씩하고 건장하며 용맹스럽게 보였다. 수중의 강차는 지극히 날카로웠으며, 아주 묵직해 보였다. 이러한 모습을 보니 달리는 말도 공격해서 넘어뜨릴 수 있을터니 하물며 사람이야! 하지만 이 화복 공자는 맨손으로 걸어가고 있었고, 위험천만하다는 것을 알 수 있었다. 이때 사람들은 모두 긴장하기 시작했다. 조금 전 경천동지驚天動地할만한 고함 소리가 대도 위에 있던 모든 사람들을 놀라게 했기 때문이다.

그 화복 공자가 한 걸음 한 걸음 나갈 때마다 사람의 마음을 조리게 하는 긴강이 계속되었다. 규염대한이 눈을 크게 뜨고 강차를 들어 흔들자 "화라라"하는 거대한 소리가 사람의 귀를 멀 정도로 크게 울렸다. 그가 그 대한과 십여 보 정도의 거리가 되었을 때 돌연간 걸음을 멈추었고, 미미하게 놀란 기색을 노출했다. 원래 이 시각 그 규염대한은 그를 쳐다보지 않고 있었고 수중의 강차 또한 그를 향하고 있지 않으며, 거대한 마차의 객실 부분을 바라보며 경계하는 모습을 하고 있었다.

그의 수중의 강차가 갑자기 귀를 울리는 소리를 내자 눈 깜짝할 사이에 모든 사람들이 모두 황연히 깨닫는 것이 있었다. 원래 이 규염대한은 마차에 싣고 있는 물건을 다루고 있는 중이라는 것이다. 마차 앞 좌석에 앉았던 마부와 다른 한 경장대한은 이때 모두 마차의 객실 위로 올라가서 각기 강차 하나씩을 들고 서서 지상의 규염대한과 함께 아래 위로 호응하였다.

느닷없이 또 귀를 진동하고 가슴을 놀라게 하는 고함 소리가 솟구쳤는데, 사람들은 모두 이 소리가 마차의 객실 안에서 울리는 것을 알았다. 이따금 거세고 빠르게 피비린내가 고함 소리와 함께 실려왔으며 일시적으로 모래가 날리고 돌들이 굴러가는 등 그 성세聲勢가 몹시도 사람들을 놀라게 하였다.

고함 소리의 여음이 잦기 전에 규염대한을 향해서 마차 객실의 한쪽 면에서 "펑펑" 소리가 연달아 크게 들리더니 객실을 덮은 막이 찢어지면서 부채살같이 거친 철주의 좁은 문이 지상으로 떨어져 나가며 이어서 누런 그림자가 번쩍하더니 피비린내가 진하게 일어났다. 누런 그림자는 본디 체형이 특별히 거대한 맹호 한 마리였는데, 전신을 뒤덮은 황모에 흑색 반점이 있었고, 커다란 얼굴 위에 백색의 반점이 하나나 있었다.

사람들이 바라보고는 이 짐승이 노호 중에서 특별히 흉포하고 잔악한 '백액호白額虎'임을 알았다. 그 짐승의 힘은 무궁했고, 천성적으로 흉포하고 교활하기가 이를 대가 없었다. 노호의 별칭은 산군으로 백수의 왕으로 불린다. 사람들은 왕왕 노호를 대충大蟲이라고도 부르기도 한다. 사자가 백수의 왕으로 불리기도 하지만 노호에 비한다면 한참 멀었다고 할 수 있다.

이 백액호 한 마리가 나타나자 다른 모든 짐승들은 모두 땅 위로 쓰러졌다. 다른 짐승뿐만 아니라 수 장 밖에 있었던 사람들도 모두 혼이 나간 듯이 멍청히 나무처럼 굳었고, 어떤 이는 힘이 모두 빠져 버렸다. 근처의 몇 무리 인마들도 비록 무공을 익힌 사람들이었으나 실제로 맹수를 상대해 본 경험들이 없는지라 모두 놀라지 않을 수 없었다. 그러나 그들은 일반인들과 다르게 비교적 기가 세고 담이 있는지라 추태를 보이지는 않았다.

규염대한 수중의 강차가 "화라라"하고 계속 멈추지 않고 소리를 냈다. 그의 거리가 백액호와 가장 가까웠다. 따라서 그와 노호와의 대치 형국이 만들어졌다. 엄청난 몸집의 노호는 냉정하게 머리를 들어 규염대한을 바라보고는 불시에 입을 벌려 날카로운 이빨을 드러냈지만 움직이지 않았다. 아무런 소리도 들리지 않는 적막 속에서 가벼운 바람만이 불고 있었으며, 노호가 내는 포효 소리와 규염대한이 수중에서 들고 흔드는 강차에서 내는 강환의 폭성만이 적막 속에 들릴 뿐이었다.

사람과 노호가 잠시 대치하더니 그 거대한 노호는 꼬리를 흔들어 땅을 치면서 흥성을 폭발시키며 물어뜯으려는 기세를 드러냈다. 규염대한이 비록 용맹스러웠으나 그의 이마에는 이미 땀이 솟아났으며 보기에도 견디기 매우 어려운 상황으로 내심으로 긴장하는 모습이 느껴졌다. 그는 수중의 강차를 맹렬히 흔들면서 조금씩 아래 위로 움직여 보았다. 이는 고수들이 초수를 겨룰 때 서로 변화 수법을 사용하여 문호를 지키는 것과 같았다. 다른 사람들은 그 백액호가 돌연간 자기를 향하여 달려들까봐 두려워 하지 않는 이가 없었으니 어디 자세히 규염대한의 정세를 살펴볼 수 있었을까?

윤산은 임봉 옆으로 물러서서 두려운 기색을 띠고 있었다. 그녀가 비록 무수히 살인을 저질렀어도 이와 같은 맹호는 한 번도 만나보지 못했을 것이다. 그녀는 근본적으로 맹호의 공격이 어떤 위력을 가지고 있는지 몰랐다. 그리고 당연히 어떻게 대처해야 하는지도 알 수 없었다. 만약 임봉이 칼을 뽑아서 그녀 앞에 서있지 않았다면 그녀는 분명 발을 빼서 도주하여 먼 곳으로 가버렸을 것이다.

다른 한편의 좌강운은 윤산에 비해서 좋아 보였다. 원래 그녀는 다섯 명의 흑무사 조직의 삼각진三角陣 안에 있었다. 삼각형의 가장 첨단에 위공망이 대도를 뽑아들고 맹호를 마주하고 지키고 있었으며, 나머지는 쪼개져서 양쪽 날개 부분에 위치하고 있었다. 따라서 좌강운은 뒤쪽으로 공간이 있지만 맹호가 습격해와도 그를 막아줄 사람이 버티고 있었다.

화복 공자가 돌연간 긴 웃음을 짓자 그 웃음 소리가 다른 사람들의 고막을 진동시켰다. 막 위세를 부리고 있는 백액호가 그 소리를 듣더니 흉포한 눈동자를 그에게로 돌렸다. 아마도 한번 이 사람과 겨뤄볼려는 것 같았다. 위공망이 크게 소리치며 말했다.

"인형仁兄이 내력을 발출하여 낸 소리는 비록 고명하지만, 이 맹호가 조금전 그 소리에 격노하여 우리를 뛰쳐나온 것이오."

화복 공자가 웃으며 말했다.

"그것이 뭐 어떻소."

위공망이 말했다.

"인형이 그 점을 알았으면 좋겠소. 당신이 만약 다시금 그를 격노치 않는다면 형세는 더 좋아질 것이오."

그가 대답하는 목소리에 책망하는 기운은 담겨있지 않았고, 단지 사실 만을 적시하였다. 참으로 적절한 대답으로, 타인으로 하여금 그에게 화를 내기 어렵게 하였다. 화복 공자는 과연 눈을 돌려 노호를 바라보며 말했다.

"본 공자가 가능하다면 이 대충을 상대하고자 합니다. 위형은 할 말이 있습니까?"

위공망이 소리 높여 말했다.

"지금 모든 사람들이 책임이 있으며, 이 또한 인형만의 일이 아닙니다. 만약 노호가 갑자가 달아난다면 후환은 무궁할 것입니다."

임봉이 낭랑히 말했다.

"위형 말이 옳습니다. 이 노호가 달아나도록 해서는 안됩니다."

윤산이 그의 옷소매를 잡고 낮은 목소리로 말했다.

"바보, 말하지 말아요. 왜 이 일에 끼어들려고 하나요?"

임봉은 나지막히 웃으며 그녀를 상대하지 않았다. 화복 공자가 이어서 말했다.

"당신들이 도울 필요없소. 모두 나의 일이오."

위공망과 임봉은 다시 말하지 않았으나 이 준수한 미공자의 담력, 호기, 그리고 자신감에 충심으로 패복할 수밖에 없었다. 좌강운이 말했다.

"공자는 조심하셔야 해요!"

그녀의 목소리는 진지하였고 배려의 뜻이 담겨 있었다. 화복 공자는 늠름한 기상을 드러내곤 그녀를 향해 고개를 끄덕이며 웃어보이고는 큰 걸음으로 앞으로 나가 규염대한 왼쪽 수 척되는 곳에서 서더니 허리춤에서 부채 하나를 꺼내고는 펼쳐 몇 번이나 부채질을 했다. 그의 태도는 자연스럽고 대범하였다. 그가 말했다.

"우리들의 이야기를 당신은 들었겠지."

그의 말은 규염대한을 향한 것이었다. 규염대한의 수중의 강차 소리가 끊이지 않은 것은 그가 내력을 발출해서 내는 소리였기 때문이다. 그 백액호는 강력한 소리에 어지러움을 느끼며 제압을 당하고 있었는데, 갑자가 소리를 높여 포효하다가 흉악하게 바라보았다.

규염대한은 노호가 주의를 화복 공자에게로 돌리자 바로 기회를 잡아 사오 보를 물러서면서 동시에 동차를 흔드는 동작을 멈추었다. 그러자 강한 바람 소리와 노호가 이따금 지르는 포효 소리만이 남았다. 그는 계속 동차를 들고 그 맹수와 대치하는 상황이었는데, 얼굴에서는 땀이 계속 흘러내렸다. 그는 입을 열어 물었다.

"당신은 맹수를 제압하는 수법을 배운 적이 있는가?"

화복 공자가 말했다.

"없다. 하지만 그런 것은 필요없지."

규염대한이 말했다.

"저 눈꼬리가 치켜 올라간 백액호는 바로 전국에서 가장 흉악하고 교활한 세 마리 악호 중의 하나로, 보통의 대충과 비교해도 몇 배나 더 흉포하다. 저놈은 우리가 평생 백여마리의 백호를 이미 포살했지만 정말 처음 만나보는 엄청난 놈이다."

화복 공자는 가볍게 웃으며 말했다.

"그놈이 대단할수록 더 좋지."

규염대한이 말했다.

"저놈 대충의 몸은 도검이 들어가지도 않고, 내가 수법을 사용해도 쉽게 상할 수도 없다는 것을 알아야 할 것이요."

화복 공자가 말했다.

"뭐 그리 중요한가요. 그를 생포하지 못한다고 하면 잡아 죽여야 할 텐데 어떤가요?"

규염대한이 말했다.

"지금 상황을 보면 저런 화근은 생포를 하든 잡아 죽이든 무엇이든 해야하오."

그들의 대화는 매우 빠르게 진행되었다. 이 대화가 끝나기까지 불과 일각이 지나지 않았다. 화복 공자는 돌연 걸음을 옮기며 앞으로 나아 갔다. 그 비할데 없이 커다란 맹호을 바라보니 작은 산언덕과 같이 버 티고 서있었다. 정말 두려운 존재였다. 그는 맹호 앞 팔 보되는 곳까지 다가가더니 발을 멈췄다. 이러한 거리는 맹호가 한번 발을 뻗으면 닿 을 수 있는 거리였다. 좌강운이 소리치며 말했다.

"공자께서는 뒤로 좀 물러서세요!"

위공망이 낮은 목소리로 말했다.

"소저 소리치지 마십시오. 인형의 마음이 분산될 것 같습니다."

그러자 좌강운은 바로 손으로 자기 입을 막았다. 위공망이 또 말을 이었다.

"그는 바로 의중이 있어 그곳까지 접근한 것입니다. 대충이 전력을 발휘할 기회를 잡지 못하도록 말입니다."

대화가 여기까지 이르자 사람들은 모두 그 화복 공자를 대신해서 손에 땀을 쥐었다. 그 백액호는 정말 괴이하게 행동했다. 정말 침묵을 치키며 화를 억누르면서 지금까지 공격할 행동을 하지 않고 있었으며, 그 흉악한 눈동자로 정면에 서있는 사람을 노려보고만 있었다. 화복 공자가 부채를 흔들며 바람을 쐬는 것이 심지어 멋지게 보였지만 그의 얼굴색을 보니 전신 전력을 다하여 출수할 준비를 갖추고 있는 것 같았다.

별안간 그 맹호가 자세를 취하고는 공격하려는 태도를 취하며, 동시에 사람의 간담을 서늘하게 하는 소리로 짖으니, 광풍이 일어나며 위세가 대단했다. 화복 공자가 입으로 맑은 휘파람 소리를 내니 금석을 쪼갤 듯한 소리가 들렸다. 비록 노호의 으르렁대는 소리가 들렸으나 그의 휘파람 소리를 덮지는 못했다.

대로 양측의 행인과 필마들, 심지어 부근 몇 리 안에 있는 사람과 가축들은 노호 소리에 혼비백산하지 않음이 없었다. 그러나 화복 공자의 맑은 휘파람 소리가 일자 많은 사람들과 가축 모두가 한 점 담력을 회복하였고 앞서와 같이 놀라지 않게 되었다. 임봉이 돌연간 걸음을 옮기기 시작하니 윤산이 그를 잡고 말했다.

"당신 어쩌려구요."

임봉이 말했다.

"저 인형이 홀몸이고, 저 노호가 신통하여 도망친다고 했을 때 그를 막기에 어려움이 있을 것 같아 제가 다른 방법으로 가서 도움을 주려고 합니다."

윤산이 말했다.

"바보, 당신이 출수하더라도 그 사람은 당신에게 고맙다고 하지 않을 거예요."

임봉은 짙은 눈썹을 찌푸리고 유쾌하지 않은 듯 "홍"하고 소리치더니 그녀의 손을 뿌리치고 큰 걸음으로 걸어가서 마차의 한 옆에 버티고 섰다. 그가 선 곳은 공교롭게도 대충의 뒷편이었다. 이 때 화복 공자의 맑은 휘파람 소리가 끊어졌으니 대충은 눈동자를 고정하고 덮칠려는 자세를 취했다. 하지만 실제로 공격하지는 않았다. 마차의 지붕에서 한 명의 대한이 소리치며 말했다.

"칼을 든 친구, 이 동차를 받으시오."

임봉이 응하며 대답했다.

"좋소."

마차 지붕 위의 사람이 육칠 척이나 되는 강차를 던졌으나 임봉은 한 손으로 그를 받아쥐며 또 한손으로는 칼을 거두었다. 그와 십에서 십이 보 정도 떨어진 곳에서 규염대한이 그에게 "좋은 비력臂力이군." 하고 칭찬을 아끼지 않았다.

원래 그는 그 강차의 차꽂 손잡이에 있는 마디조차 강철임을 알고 있었고, 그 몸체의 무게가 족히 삼십 근 이상이 되는 것이라 알고 있었다. 일반 사람들은 두 손으로 들어야 했으며, 그를 잡고 휘두르기는 어려운 것이었다. 그러나 임봉은 높은 곳에서 던져진 강차를 단지 한 손으로 받아 잡았으며, 또 한편으로 다른 손으로는 칼을 칼집에 넣기까지 하면서 몸에 흔들림이 없었으니 이를 통해서 보았을 때 그의 팔 힘이 적어도 천 근 이상을 견딜 수 있다는 것을 알 수 있었다.

화복 공자는 목광을 번뜩이며 임봉을 쓸어보았다. 그는 본디 이 사람을 물리려고 했으나 이때 진세를 정비하고 적을 기다리는 숙연한 표정을 보았고, 그리고 그와 윤산의 대화를 들은 바가 있어서 그 사람이 대충이 도주하는 것을 막을 수 있는 실력자임을 알 수 있었으며, 또한 이로서 부근의 사람과 가축을 상하지 않게 하기 위하여 손을 쓰는 것 이외에 다른 뜻이 없음을 알았다.

그의 광오한 기세는 뜻밖에도 이처럼 건장한 대장부의 협의에 의하여 갑자기 소실되어 버렸다. 그는 어떠한 소리도 내지 않고 다시 온 정신을 다해 대충을 바라보았다. 그 대충은 잠시 행동하지 않고 기회를 보고 있었다. 그러자 정세는 점점 더 긴장으로 치달았다. 원래 사람들은 모두 자연스럽게 이 대충이 일반적인 노호와 다르다는 것을 알 수 있었다. 바로 무림 중에서도 쉽게 상대할 수 없는 고수와 같았고, 만약 한번 출수한다면 그 위세가 날카롭고 전륜할 것이라 느낄 수 있었다.

화복 공자가 홀연히 왼쪽으로 두 걸음을 옮기고, 다시 꺾어져 오른쪽으로 두 걸음을 걸으며 수중의 부채를 멈추지 않고 계속 흔들었다. 그가 몇 번을 왔다갔다 하자 그 대충은 돌연간 미친 듯이 포효를 하며 펄쩍 도약을 하더니 강력한 피비린내와 더불어 번개처럼 상대방을 향해 덮쳐갔다. 그 혈풍은 모래 바람을 일으키고 먼지 바람 중에 누런 그림자가 화복 공자의 머리 위에 도달했다.

사람들이 모두 놀라서 바라보았으나 화복 공자가 어떻게 그러한 막강한 힘이 실린 뇌정만균雷霆萬鈞의 공격을 어떻게 받아냈는지 알 수가 없었다. 미망의 먼지 안개 속에서 화복 공자는 번개같이 뛰어 오르더니 대충을 향해 쏘아져 갔으며 서로 한번 부딪친 후 또 서로 떨어져서 각기 뒤쪽으로 물러났다. 사람과 호랑이가 공중에서 부딪친 것은 전광석화같이 짧은 시간 동안이었으며, 누구도 그 상황을 자세히 볼 수 없었다.

그러나 정말 신기한 것은 그들이 서로 떨어진 후 각기 원래의 자리로 돌아왔다는 것이다. 바꾸어 말하면 노호의 공격지세가 비록 맹렬했으나 아마도 화복 공자의 강한 반발에 부딪쳐 다시 원래 위치로 돌아왔으며 그 위치를 바꾸지는 못했다는 것이다. 사람들은 눈이 캄캄해지고 정신이 어지러웠다. 이처럼 계속 놀라운 광경이 계속되자 심지어 생각조차 멈춰버릴 지경이었다.

이때 사람과 노호가 대치 상태로 다시 돌아왔다. 노호는 계속해서 꼬리로 땅을 치며 소리를 내어 위협했으며 사람의 혼을 빼앗는 듯한 소리를 계속 발출했다. 갑자기 그 대충은 한 쪽 눈에서 선혈이 흘러나오기 시작하더니, 고개를 돌리고는 한쪽 눈으로 적을 주시하기 시작했다. 이어서 정말 공포스러운 울음소리를 내니 사람들의 귀가 찢어질 듯하였다. 규염대한이 갑자기 소리쳤다.

"모두들 조심하시오. 대충이 도주하려하오."

이 규염대한은 노호의 성질에 정통했기 때문에 방금과 같은 경고를 낸 것이다. 과연 그 노호는 갑자기 몸을 돌려 공격하지 않고 도주하였다. 노호가 몸을 돌리자 그 길을 임봉이 막아섰다. 대충은 고통을 견디며 흉성을 크게 일으켜 날카롭게 울부짖으며 임봉을 향해 덮쳐갔다. 다른 사람들은 너무 놀라서 멍하니 바라보는 이들이 있었고, 대부분 임봉이 맹호를 피해야 할 것이라 생각했고, 만약 잘못되면 이 백액호의 이빨과 발톱 아래 죽을 것이라 생각했다.

그러나 이들의 생각은 잘못되었다. 임봉은 마보 자세를 취한 후 연이어 강차를 들고 노호를 향해 힘차게 찔러갔다. 둘의 세력은 빠르고도 맹렬했다. 생각을 굴리지도 못할 시간 동안 노호와 강차는 이미 서로 부딪쳤다. "펑"하는 큰 소리가 울리면서 그 수백 근이나 나가는 거호가 허공에서 구르며 수 장 밖 뒤로 나가 떨어지니 땅이 울리면서 먼지가 날아올랐다.

중인들은 모두 놀라 멍하니 바라보다가 큰 소리로 박수갈채를 보냈다. 심지어 흑의 무사들까지도 자신의 처지를 잊고 크게 소리쳤다. 그 맹호의 공격지세는 정말 어마어마한 힘을 가지고 있어서 커다란 암석이라고 하더라도 부딪치면 깨어져 버릴 터였다. 그런데 임봉은 신력으로 강차를 운용하여 노호와 부딪쳐서 돌아가게 했으니 정말 세상에서 볼 수 없는 드문 일이었다.

그러나 그 백액호는 실제로 산군수왕山君獸王이라고 할 만 했다. 중상을 당하고서도 자세를 유지하고 있었으며, 필경 다시 공격하려고 생각하는 것 같았다. 화복 공자는 냉랭히 호통치며 번개처럼 인영을 움직여 노호의 등 쪽으로 다가간 후 한 발로 긴 꼬리를 밟고 섰다. 백액호는 크게 으르렁거렸다. 이러한 모습은 그가 아픔을 느껴서인지, 아니면 분노가 극에 달해서인지 짐작하기 어려웠다. 빠르게 노호는 몸을 돌려 날카로운 발톱을 들고는 덮쳐들어갔다.

화복 공자는 부채를 들어 노호의 발톱을 막아내는 동시에 번개처럼 손을 내밀어 앞발을 잡고 "꺼져라"라고 소리치자 그 커다란 노호가 허공에서 반 장을 날아서 "펑"하고 소리를 내며 지상으로 떨어졌다. 이러한 수법은 정묘하기가 그지없는 금나수법擒拿手法으로 사람들은 이를 매우 또렷하게 지켜보고는 몸과 마음이 모두 매료되어 저절로 소리내며 갈채를 보냈다.

임봉은 수 장 밖에서 강차를 운용하며 대비를 하고 있었기 때문에 앞으로 나가갈 수 없었다. 화복 공자가 몸을 한번 흔들고 노호의 뒤편으로 도착한 후 노호가 몸을 돌려 공격하자 몸을 들어 노호의 발을 들어 위를 향해 던져버리는 것을 바라만 보았다. 그 거대한 노호가 그의 수중에서 짚단처럼 반 장 높이 위로 내던져지니 다시 무겁게 한 번 땅 위로 떨어져 버렸다.

이것이 백액호로서는 처음 떨어져 본 것으로 어지럽고 눈이 빙빙도는 것 같았으며 혼신의 힘이 빠져 버려서 일시적으로 다시 일어설 수 없었다. 화복 공자가 말했다.

"우리를 열어주오."

마차 지붕에 있던 사람들이 모두 손을 쓰자 이미 부딪쳐 열려있던 철문이 마차 위로 올라갔고, 또 다른 한 마차 몸체 위의 장막을 걷어 올리자 입구가 들어났다. 화복 공자가 기묘한 수법을 써서 번개처럼 빠르게 노호를 떠받쳐서 한 번 한 번 던질 때 마다 노호는 마차 근처로 옮겨졌다. 노호가 땅을 딛고 일어서자 화복 공자는 그 옆으로 다가가서 다시 한번 노호를 던졌다. 그제서야 노호는 우리 안으로 정확히 들어갔다.

마차의 지붕에 있던 한 대한이 철문을 내릴 때 규염대한이 강차를 가지고 우리 내의 노호를 견제했다. 다른 한 명의 대한은 신속하게 특별히 제조한 쇠사슬로 우리 문의 사방을 잘 묶었다. 그들의 동작은 잘 맞았으며 신속하기가 이루 말할 수가 없었다. 우리 내의 노호는 우리 문을 묶던 사람을 입과 발로 공격하고자 했으나 규염대한이 강차를 쥐고 경계를 하니 공격하기가 쉽지 않았다.

장막이 내려간 후에 주위 사람들은 한 시름을 놓았으나, 마음속에는 모두 공포와 흥분의 기운이 채 가시지 않았으며, 각기 말로 표현할 수 없는 기분을 느끼게 되었다. 임봉은 강차를 마차 위의 사람에게 돌려주며 고맙다는 인사를 한 후 몸을 돌려 윤산에게로 걸어갔다. 화복 공자는 포권을 하며 그를 막아서더니 그를 향해 고개를 끄덕이며 말했다.

"임형의 천생신력은 세상에서 찾기 어려울 정도입니다. 호기롭고 용맹하기 또한 그 짝을 찾기 어려울 정도이지요. 귀하의 외호를 타호장 打虎將이라 하면 어떨까요?"

임봉이 포권하며 말했다.

"아닙니다. 과찬이시라 어찌 제가 감당하겠습니까. 만약 제가 타호장이라면 태형台兄께서는 복호공자라 해야 옳지요."

화복 공자는 앙천대소하며 말했다.

"그렇군요. 그래요. 당신은 타호장 임봉이고, 저는 복호공자 사진謝辰, 정말 흥미로운 외호입니다."

임봉이 말했다.

"사공자의 절묘한 수법은 천하무쌍으로 제 평생 처음보는 절기입니다. 공자의 이 수법은 어느 고인으로부터 받으신 것인가요?"

사진은 웃으며 말했다.

"저희 집안은 산동山東 양곡陽穀에 있으며, 조금 전의 그 수법은 가전수법으로 '수라밀수修羅密手'라고 합니다."

그가 대답을 할 때 소리가 크지 않았다. 아마도 많은 사람이 듣지 못하도록 하는 것 같았다. 임봉이 공수하며 말했다.

"여러모로 사공자의 도움을 받아 어리석음을 깨치게 되었습니다. 임모는 정말 감사드립니다."

사진이 그를 보고, 또 윤산을 보더니 말을 열었다.

"임형은 소림고수로 어찌하여 그 윤씨 성을 가진 여자와 동행하는 것입니까?"

임봉은 미소를 지으며 말했다.

"말씀을 드리자면 깁니다. 기회가 있다면 말씀을 올리겠습니다."

그의 말하는 투가 매우 성실했기에 한 점도 오만한 기운이 느껴지지 않았다. 사진은 이해한다는 듯이 고개를 끄덕이고 말했다.

"좋습니다. 언제 기회가 되면 다시 이야기 합시다. 그럼."

임봉은 윤산에게로 돌아가서 머리에서 발끝까지 그녀를 다시 한번 생각하지 않을 수 없었다. 그녀는 살구같은 눈과 복숭아같은 뺨, 그리고 교태 넘치는 아름다운 풍정을 가지는 흡인력있는 미인이었다. 그러나 세상에서 그녀에 대한 명성은 그리 좋지 않았다. 심지어 사진까지도 그녀를 입에 올리지 않는가? 이런 점은 임봉으로 하여금 확실히 마음으로 받아들이기 어려운 점이었다. 더욱이 저쪽의 좌강운은 범옥진을 생각하게 하여 그의 마음속은 매우 복잡해졌다. 만약 심우의 원수에 대한 비밀을 찾는 것이 아니라면 그는 윤산과 절대 동행하지 않았을 것이다. 그 규염대한은 노호와 우리가 모두 잘 정비된 것을 보고서야 사진 앞으로 걸어가 몸을 숙이며 예를 갖추고는 말했다.

"오늘 전부 사공자의 신통력으로 저 짐승을 다시 잡을 수 있었습니다. 무궁한 후환이 생기지 않아 정말 다행입니다. 저 유남통兪南通은 만수곡萬獸穀을 대표해서 공자에게 감사드립니다."

그의 목소리는 또렷했기에 가깝거나 먼 사람들도 모두 들을 수 있었다. 사진이 "아"하며 말했다.

"원래 당신들은 만수곡에서 나온 분들이군요. 듣자하니 귀곡에서는 전문적으로 우내宇內 각종 짐승들을 기른다고 하던데 정말 기이합니다."

유남통이 말했다.

"폐곡은 확실히 기이하고 진귀한 금수禽獸들을 많이 기르고 있습니다. 사공자께서 어느 때건 시간을 내시어 왕림하여 주신다면 제가 친히 공자를 모시고 안내해드리겠습니다."

그의 목소리와 태도에는 진실로 예를 다하여 공경하는 마음이 잘 나타나 있었다. 사진이 비록 천성적으로 교오驕傲한 자였지만, 십분 기뻐하며 말을 이었다.

"좋습니다. 제가 시간이 있으면 반드시 귀곡을 방문하겠습니다. 귀곡 기청운紀靑雲 기곡주는 그곳의 제일가는 재부가라고 하고, 또한 천생 짐승을 길들이는 능력을 갖추고 계셔서 이미 무림에 이름이 높습니다. 사모가 인연을 만나 곡주를 배알하게 되는 군요."

유남통이 급히 말했다.

"사공자 말씀이 너무 과분하십니다. 다행히 폐곡에 협사께서 왕림해 주신다면 그것이야 말로 평생의 행운이라 말씀드리고 싶습니다."

그는 이어서 임봉을 향해 포권을 하며 행례를 취한 후 감사의 뜻을 표시하며 소리 높여 이야기 했다.

"그 악한 짐승이 우리로 돌아갔으니 잠시 이상한 짓을 하지 않을 것입니다. 제가 빨리 곡으로 돌아가 처리를 하고자 합니다."

사진은 손을 흔들며 말했다.

"이렇게 된 바에야 일을 늦추는 것은 좋지 않습니다. 유형은 일정을 재촉하셔야 할 것 같습니다."

유남통은 그에게 고사하고 몸을 돌려 마차 위로 올라탔다. 그 거대한 마차가 움직이기 시작하더니 점차로 속도가 빨라졌으며, 오래지 않아 큰 길로부터 멀리 사라졌다. 사진은 자신의 말 위에 올라 탔으나 떠나려 하지 않았다. 노군채老君寨의 위공망 등의 사람들은 이미 진법을 거두었다. 임봉이 그를 보고는 암암리에 마음을 놓았다. 구혼염사 윤산이 말했다.

"좌낭자, 만약 당신이 나를 이길 것이라 장담하지 못한다면 오늘 이일은 장래에 다시 이야기하는 것이 어떻소."

좌강운이 말했다.

"내가 당신을 쫓아와 저지한 것을 여기서 손을 떼라는 것이냐?"

윤산이 말했다.

"당신이 반드시 끝장을 보아야 한다면 어쩔 수 없지. 그러나 어리석은 내 생각에도 당신은 오늘 아마도 실패할 것이다."

그녀의 말은 진심으로 권하는 것인지, 아니면 상대방을 격발하는 것인지 사람들은 그 뜻을 헤아리기가 어려웠다. 위공망이 이어 말했다.

"윤낭자도 아마 생각이 있을텐데 그 말을 따르지는 못하겠소."

윤산이 말했다.

"만약 제가 설명한 이후 당신들이 질 것이 드러난다면 당신들이 힘쓸 필요없이 잠시 손을 거두기를 바래요."

그녀의 신색은 엄숙하고 냉정했으며 그 말이 그냥 입에서 나오는 데로 말한 것이 아니라는 것을 알 수 있었다. 좌강운은 따르지 못하겠다는 듯이 말했다.

"당신이 쓸데없는 말을 한다면 우리가 물러서지 않는다는 것을 알겠지?"

제32장

化敵爲友

화적위우

윤산이 말했다.

"물러가든 가지 않든 그것은 당신들의 일이오. 나는 단지 당신들이 쓸데없이 힘을 쓸지 말고 도리에 따르라는 것이오. 좌낭자가 만약 이 점에 동의한다면 내가 설명을 시작해도 되겠소."

이 말이 나오자 좌, 위 등 사람들은 이상하다고 느꼈으며, 심지어 말 위의 사진까지도 호기심이 발동하는 듯, 귀를 귀울여 듣고 있었다. 좌 강운이 말했다.

"좋다. 말해보거라."

윤산이 말했다.

"당신들이 오늘 나와 임봉을 이긴다면 아마 두 가지 원인이 있을 것이다. 하나는 당신들의 무공이 나와 임봉을 이긴다는 것이지. 그렇지 않은가?"

좌강운이 말했다.

"당연한 것이지. 논할 거리도 되지 않는다."

윤산이 말했다.

"두 번째는 우리 쌍방의 무공 수준이 비슷한 경우 당신들은 수적 우세가 있으니 우리들은 대적하기 힘들다."

좌강운이 또 다시 말했다.

"그 점은 필연적인 정황이다. 만약 쌍방 무공이 우열을 가르기 어렵다면 자연적으로 숫자가 많은 쪽이 이기겠지."

윤산이 앙천일소하며 말했다.

"그러나 세상의 일이란 변화막측한 것이며, 때론 표면으로만 판단할 수 없다."

좌강운은 매우 의심스러워 이해할 수 없다는 듯이 물었다.

"어떤 뜻이냐?"

윤산이 말했다.

"예를 들어 말하자면 너희들이 목전에 사람이 더 많다고 하지만 만약 이 부근에 우리 쪽 사람들이 잠복하고 있다면 당신들은 수적 우세를 잃게 될테지."

좌강운이 냉소하며 말했다.

"말은 잘한다. 하지만 당신은 어떤 사람들도 불러올 수 없을 것이다."

윤산이 말했다.

"당연히 가능하지! 만약 당신이 믿지 못하겠다면 지금 사람을 보내봐라. 반 리도 가지 못해 아마 우리들의 마차와 네 다섯명의 조력자들이 내 신호를 기다리고 있을 것이다."

위공망은 기다리지 못하고 좌강운에게 입을 열며, 손으로 신호를 보내자 바로 한 명의 흑의 대한이 말 위에 올라타고는 질풍처럼 달려 나갔다. 윤산이 이어서 말했다.

"만약 쌍방의 무공을 논하자면 좌낭자 마음속에 분명 수가 있겠지.

나와 싸운다면 아마도 좌낭자가 승패를 예측하기 어려울 것이다. 위공망 이 사람이 비록 명성을 자자하게 떨치고자 하지 않는 기인이사라고 하더라도 우리 쪽 임봉 또한 그와 같으니 당신들이 출수하여 겨룬다고 해도 역시 어느 쪽이 이길 것인지 판단하기 어렵다. 이러한 점은 필시 당신들의 동의를 구할 수 있다고 본다."

좌강운은 임봉이 노호를 물리친 위세를 생각하고는 고개를 끄덕이며 인정했다. 윤산이 또 말했다.

"이러한 형세 아래에서 당신들이 아마도 더 조금 불리해질터이며, 그로하여 당신들이 반드시 실패하는 형국으로 분명 변할 것이다. 이러한 점을 너는 아느냐?"

좌강운이 말했다.

"아직 그 원인을 이야기하지도 않았는데, 내가 어떻게 네 말을 믿지?"

윤산은 가볍게 웃으며 충만한 자신감으로 말을 이었다.

"당신들이 불리해지는 것은 사실상 내가 먼저 모색해서 포국한 것이다. 우리들은 요 몇 일간 주야로 길을 달려왔다. 그것은 바로 우리를 쫓는 어떠한 세력이 있다면 심지어 말들까지도 체력을 다 소진하도록 한 것이다."

좌강운은 과연 얼굴색이 미미하게 변하였다. 위공망이 끼어들며 말했다.

"쫓아가는 병사들이 십분 피로한 것은 알겠다. 하지만 윤낭자 당신들도 피로한 것은 마찬가지 아닌가?"

윤산이 말했다.

"나와 임봉은 계속 마차를 타고 왔으니 체력은 전혀 손해볼 것이 없

다. 또한 말들도 계속 바꾸었기에 아마도 두 사람의 마부가 조금 피로
할 뿐이다. 하지만 그들은 손쓸 필요가 없으니 아무 영향도 없다."

그러자 위공망 또한 할 말이 없었다. 그들 스스로 인마가 모두 피로
한 지를 물었다. 정말로 싸움을 견디기 어려울 것 같았다. 만약 쌍방의
실력이 모두 상당하고, 결투를 시작한다면 분명 불리해질 것이다. 윤
산은 말을 꺼내고 싶었지만, 급히 달려오는 말발굽 소리를 듣더니 말
을 할 수 없었다.

사람들이 눈을 돌려 바라보니 오는 말 위에는 조금전 파견되었던 흑
무사가 돌아오는 것이었다. 이 사람은 말하지 않고 달려오는 말 위에
서 수신호를 보내니 좌, 위 등은 모두 그 뜻을 알아들었다. 윤산이 물
었다.

"어떠냐? 내가 거짓으로 허장성세 하드냐?"

좌강운이 말했다.

"그는 분명 한 무리의 인마를 보았다. 바로 당신의 마차와 함께 있었
다. 하지만…."

위공망이 끼어들며 말했다.

"윤낭자, 이미 싸울 힘이 충분한데, 왜 내부 사정을 이야기 하는 것
인가요?"

이러한 의문은 비단 좌강운 뿐만 아니라 옆에서 이를 지켜보던 사진
과 임봉 모두 그 이유를 알고 싶었던 것이다. 윤산이 천천히 말했다.

"먼저 서로 원수져서 좋을 것이 없다는 것이다. 특히나 양양 노군채
에 대하여 나도 다시는 풀 수 없는 원수를 지기 싫었다."

그녀는 잠시 멈추었다고 말을 이었다.

"두번째는 내가 위공망이 맘에 들었기 때문이다."

사람들은 모두 놀랐으며, 위공망은 눈썹을 찌푸리며 말했다.

"윤낭자 지금 하신 말은 지금 일과 상관없는 일 아닙니까!"

윤산이 말했다.

"제 말은 아직 끝나지 않았어요. 당신은 급할 것 없어요. 제가 당신을 마음에 들어하는 것은 당신의 무공과 인품인 겁니다. 저는 한 가지 처리할 일이 있는데 어렵고 힘든 일이라 할 수 있습니다. 일반적인 무림 인물은 절대 해낼 수 없는 일이지요."

그녀의 눈빛이 갑자기 사진에게로 향하면서 가볍게 웃으며 말했다.

"사공자가 당연히 가장 이상적인 인물입니다. 그러나 사공자가 시간이나 흥미가 있어 함께 해줄지는 모르겠어요."

위공망이 말했다.

"위모는 다른 일이 있어 윤낭자를 도와드릴 수 없는 것에 노하지 마십시오."

좌강운은 바로 물었다.

"어떤 일이냐? 너는 빨리 말해라."

윤산이 말했다.

"좋다. 이러한 큰 길에서 더 이야기하기는 곤란하다. 우리들은 앞 쪽 성진으로 건너가 한 곳을 찾아 서로 맞대고 논의하는 것이 어떠냐?"

좌강운은 흔쾌히 말했다.

"좋다. 그는 갈 것인지 말 것인지?"

그녀는 사진을 가리키며 윤산에게 물었다.

"사공자가 가시는 길이라면 함께 가지 않으시렵니까?"

사진은 생각하더니 고개를 끄덕이며 말했다.

"뭐 어려운 일이 있겠습니까?"

윤산이 말 위에서 말했다.

"사공자는 뜻밖에도 결정을 잠시 머뭇거리는 군요. 아마도 어떤 어려운 문제가 있는 것이 아닌가요. 우리들은 지금 시간을 다투고 있으니 만약 사공자의 난제가 우리들에게 영향을 준다면 다시 한번 고려해 주십시오."

사진은 눈동자에서 노한 빛이 흘러나왔다. 윤산의 이러함은 참으로 그에게 면목없게 하는 말이기 때문이다. 임봉이 말했다.

"사공자와 같이 절륜한 고수가 해결하지 못하는 난제가 있을리가요?"

그의 말투는 지극히 성실하며 친절하여 갑자기 사진의 노기를 가라앉게 하였다. 사진이 말했다.

"윤낭자의 말씀이 옳습니다. 저는 한 가지 어려운 문제가 있습니다. 그러나 다른 이들과는 상관없는 일입니다."

그는 아마도 이렇게 이야기하는 것이 조금 부족했던지 말을 덧붙였다.

"이 난제는 한 소녀 때문에 생긴 것입니다."

사람들은 이제야 명확해졌다. 그가 남녀 사이의 애정 문제라는 것을 암시했기 때문이다. 아울러 무슨 강적이나 원수 등은 그에게는 문제될 바 없었다고 생각했다. 윤산이 말했다.

"만약 그렇다면 사공자는 함께 가시려나요?"

사진이 말했다.

"좋소. 당신들이 어떤 일을 하려는지 알고 싶소."

모두들 이야기가 끝나자 바로 그들은 출발했다. 임봉은 쑥스러웠지만 윤산과 함께 마차 안으로 들어갔다. 여분의 말이 없는 사람들은 걸어서 출발했다. 위공망 등 다섯 명의 흑무사는 한 점 붉은 구름같은 좌강운을 애워싸고 전방의 태강太康에서 만나자고 약속을 정하고는 바람처럼 달려나갔다. 사진은 말을 타고 윤산의 마차와 나란히 달렸다. 윤산이 마차 객실 내에서 갑자기 머리를 내밀고 그와 이야기를 나눴다. 본래 사진은 천천히 임봉 일행과 함께 동행하려 했으나 윤산이 한 가지 질문을 던지자 그는 다른 일을 잊고는 마차와 점차로 멀어져 갔으며, 임봉은 최후에 혼자 남게 되었다.

윤산이 그에게 물은 것은 '수라밀수'와 관련이 있었다. 그가 십분 내막을 이해하고 물어본 관계로 사진은 그녀가 뜻밖에도 자신의 일문 비예를 알아내고자 한다는 것을 깨닫고, 마음속으로 호기심이 일어 그녀가 도대체 어느 정도를 알고 있는지 알고 싶었다. 따라서 계속 이야기하다 보니 임봉을 잊은 것이다. 대략 한 시진 정도 지난 후에 혼자 남은 임봉은 도리어 마음이 편해졌다. 하나는 잠시 윤산으로부터 벗어났다는 것이고, 따라서 마음속에 불안한 마음이 가신 것이다. 이런 종류의 불안한 마음은 아마도 범옥진이 그의 마음속에 그림자를 남기고 있기 때문이었다. 다른 하나는 신비하고 고명한 윤산을 포함하여 세심하게 여러가지 사정을 살필 시간을 갖게 된 것이다.

돌연간 급히 서두르면서 어지럽게 울리는 말발굽 소리가 뒤에서 들려왔다. 그는 듣자마자 대략 육칠인이 말을 타고 달려오는 것을 알았지만, 고개를 돌려 돌아보지는 않았다. 눈깜빡할 사이에 한 무리의 기사들이 그의 앞을 지나 앞으로 달려갔다. 임봉이 몇 번을 바라보고는 크게 놀라지 않을 수 없었다. 원래 그들 육칠인은 남녀의 무리로 화상 和尙, 도사道士, 여승 들이 함께 있었기 때문이다.

이런 출가인들이 그 무리에 끼어서 말을 타고 달려가는 것을 보고 사람들이 이상해 하지 않을 수 없었다. 그러나 임봉이 놀랐던 것은 그 중에 한 도사를 발견했기 때문이다. 옷을 입은 것을 보면 남방의 저명한 도파의 법사로 보였다. 그 도파는 백현교百玄敎라고 불렸는데 그들은 기궤하고 현기막측한 법술에 정통하였고 적지않은 법사들이 강호에 진면목을 숨기고 끼어들어 활동하고 있었기에 임봉과 같은 표행업을 하는 사람들은 모두 그들을 알아보았다.

임봉이 아는 바에 따르면 백현교의 법사들은 짙은 사기邪氣를 띠고 있었다. 그들이 있는 곳에는 항시 재난이 따랐으며 이익이라고는 찾아볼 수 없었다. 젊은 여승과 바짝 마른 화상에 생각이 미치자 그는 더 이상 어떤 단서를 찾아낼 수 없었다. 임봉이 한참을 놀란 후 그 속에서 어떤 내막을 찾아낼 수 없자 더 이상 생각하지 않기로 하고 계속 앞을 향해 나아갔다.

대략 육칠 리를 가자 주변은 황량해졌고, 좌측으로는 절벽이 우뚝 솟아있었으며, 우측으로는 높고 낮은 고르지 않은 구릉지가 보였다. 잡목이 여기 저기 서있었고, 그 사이로 잡초들도 무성했다. 그는 길 가의 잡림 속에 고묘의 녹색 기와가 보이는 것을 보았고, 또 그 묘로 가는 길을 발견했다. 이미 잡초로 무성하여 이 묘에 향화를 받친 지 오래라는 것을 알 수 있었고, 아주 적은 사람들만 출입하는 곳으로 아마도 이미 폐허가 된 곳이 아닌가 생각했다. 하지만 그는 이런 것에 개의치 않고 앞으로 나아갔다.

50

그러나 임봉이 몇 걸음 걸어간 후에 갑자기 걸음을 멈추고는 눈썹을 찌푸리며 노면을 주시했다. 원래 이 큰 길에는 이미 조금전 여섯 두의 말의 종적이 없었기 때문이다. 임봉은 마차나 행인들의 흔적을 관측하는 훈련을 받은 바 있는데 그 여섯 기의 말이 지나갔다면 그는 바로 그 중에서 두 말의 말발굽 흔적이 명확히 남아있어야 했다. 비록 큰 길에 말발굽 흔적이 어지럽게 널려있어도 그가 한번 바라보면 바로 육기의 말이 지나간 것을 확인할 수 있는데, 만약에 그 흔적이 없다면 그들은 이 길을 지나가지 않은 것이 된다.

그렇다면 그들은 분명 저쪽 잡초가 무성한 곳으로 꺾어져서 길을 갔을 것이다. 그 길은 아마도 멀리 고묘로 가는 길이다. 이러한 정세 분석은 이치에 맞았다. 출가인은 종시 묘로 가는 법이니 무슨 이상할 것도 없었다. 그러나 임봉의 마음속에서는 도리어 더 의심이 생기면서 다음과 같이 생각했다.

'출가인들이라면 수양에 정심하고, 행동거지가 반드시 유한悠閒해야 한다. 그런데 이들은 행색이 황급했고, 말을 몰아 달려갔다. 그 중의 한 사람은 법술자라 칭하는 백현교 도사로 머나먼 남방에서 왔으니 사정은 정상적이지가 않다.'

그는 눈을 돌려 이십여 장 밖의 고묘를 바라보며 또 생각했다.

'이 고묘에는 향화가 없으니, 그들은 그곳에 무엇하러 갔을까?'

생각이 여기에 미치자 그는 도리어 뒤로 물러선 후 길이 갈라지는 곳까지 가서 다시 한번 이 황량한 길을 한참 살펴보며 깊은 생각에 빠졌다.

'앞으로 가서 봐야하나?'

이런 생각이 미칠 때 홀연히 황량한 길 안쪽으로 십여 보 되는 거리 수풀 속에서 인영이 나타나더니 빠르게 뛰쳐나왔다. 이 사람은 장삼을 입었고, 좌수에 사오 척 정도되는 단궤短机를 들고, 우수로는 장삼을 걷어 올리고 있었다. 그는 매우 급박하게 다가왔고 눈 깜짝할 사이에 이미 길 입구로 다가왔다. 쌍방은 서로 얼굴을 맞대게 되었다. 그 장삼객長衫客은 공연히 뚫고 지나가는 것을 멈추고는 눈동자에 놀란 기색을 드러내며 임봉을 바라보았다. 임봉 또한 놀라며 그를 바라보며 생각했다.

'아마도 그는 어떤 일 때문에 총총히 뛰어 나온 것이며, 사람에게 쫓기는 것은 아닐 것이다.'

그는 또한 그 장삼객이 조금 전 여섯 기사 중 한 사람임을 알아차렸다. 이 사람은 대략 마흔 정도 되어 보였고 얼굴을 말랐으며 뼈가 앙상했다. 한번 보면 그 성격이 음험한 것을 알 수 있었다. 임봉의 눈을 돌리며 그는 주목하고 있지 않았다는 표시를 했다. 장삼객이 말했다.

"성함은 어떻게 되시나요? 어느 곳으로 가시는 중입니까?"

임봉이 말했다.

"저는 임봉입니다. 개봉부로 가려고 합니다. 선생은 누구십니까? 어찌하여 갑자기 물으시나요?"

장삼객은 담담히 말했다.

"임형이 과객이라면 어찌하여 길을 돌아갑니까?"

임봉은 마음속으로 놀라서 생각했다.

'그가 어떻게 돌아가는 것을 알았지?'

만약 그가 돌아가는 거동을 미리 알았다면 이미 장삼객에게 발각되었다는 것이다. 하지만 장삼객이 출현했을 때에는 분명 의외라는 얼굴색을 띠지 않았을 것이다. 그러나 임봉은 그중의 도리를 알아낼 수 없었다. 만약 그가 신속하게 반문하였다면 아마도 그의 기지를 보여줄 수 있을 터인데 그렇게 된다면 아마도 더 경계해야 할 것이었다. 그는 담백하게 대답했다.

"저는 어떤 곳을 찾아 용변을 보려 했습니다."

장삼객은 실소하며 말했다.

"그렇군요. 그런데 이곳은 사람들이 다니는 곳이니 임형은 다른 곳을 찾는 것이 어떻소."

임봉은 그가 부드럽게 말하는 것을 보고는 대답했다.

"당연히 그래야죠!"

그는 고개를 돌려 왔던 길로 되돌아가려고 했다. 그가 걸음을 옮길 때 자연스러우면서도 신속하게 상대방을 바라보았다. 그 장삼객은 예상과 같이 눈썹 끝을 찌푸리고는 아마도 그가 걸어온 길을 되돌아가는 뜻을 나타내고 있었다.

원래 임봉은 상대방이 능히 그가 돌아서 온 것이라는 것을 알고 있는 것으로부터 상대방이 이 길을 올 때 그를 보고는 그의 속도를 고려하여 그가 이 길로 접어든 것을 알았음을 생각했다. 그리고 그들은 어떤 사람이 갈림길에 있는 것을 보았을 때 급히 뛰쳐 나왔을 것이다. 이러하다면 그들은 지금 임봉의 뒤에 올 사람을 기다리는 것이다. 이로부터 추론하건데 아마도 그가 이 길을 돌아간다면 자연스럽게 그들이 기다리는 사람을 마주칠 수 있을 것이다.

임봉은 이미 자기의 생각이 틀리지 않는다면 그가 되돌아가는 것을 장삼객이 그리 기뻐할 일이 아니라고 생각했다.

예상처럼 그 장삼객이 눈썹을 찌푸리고 있자 임봉은 속으로 기뻐하며 계속해서 나아갔다. 그가 두 장 정도 걸어가자 큰 길 모퉁이로 접어들어 장삼객이 보이지 않았다. 그는 천천히 사방을 둘러보고 한편으로는 용변을 볼 장소를 찾았고, 또 한편으로는 지형을 관찰하였다. 그는 한편으로 보면서 한편으로 걸음을 옮겼다. 십여장을 걸었을까 이때 눈앞에 시야가 펼쳐지며 산간 평지로 나타났다. 앞길은 평탄하고 넓어서 먼 곳까지 볼 수 있었다. 배후의 수 장 뒤 먼 곳에서 장삼객의 소리가 들려왔다.

"임형은 어느 곳으로 가려나요?"

임봉이 고개를 돌리면서 생각했다.

'이 사람의 목소리는 강력해서 거리가 이렇게 있는데도 큰 소리로 소리를 지르지 않는 것으로 보아 상당한 내력을 가지고 있구나.'

그는 장삼객이 산간 평지 길의 모퉁이에 서있는 것을 보았다. 그 위치에서는 다행히도 앞 쪽 큰 길을 바라봐도 보이지 않았다. 지금 형세는 분명했다. 이 장삼객은 오는 이가 먼 곳에서 볼 수 없도록 고려하고 있었으며, 그것은 아마도 상대방이 도주할까봐 두려워하는 것 같았다. 따라서 가까운 곳에서 그를 기다리다가 갑자기 몸을 드러내려고 하는 것 같았다. 임봉은 머리를 돌리며 소리 높게 말했다.

"어딜 가는 것이 아닙니다."

그는 상대방의 내력을 모르며 은원이 없었다. 따라서 장삼객을 두려워하지는 않았지만 그에게 아무 연고없이 죄를 짓고 싶지는 않았다. 임봉은 대답한 이후 그가 그만두지 않으려 한다면 어떤 말을 해야 할까 생각했는데, 홀연히 그 장삼객은 몸을 숨기고 물러나더니 사라져 버렸다. 그는 먼저 놀라 멍해진 후 마음속에 깨닫는 바가 있어, 고개를 돌리고 바라보았다.

앞쪽 길 위에는 한 사람이 말을 타고 다가오고 있었다. 거리는 상당했지만 명확히 높게 쪽을 찐 여자가 백색의 비단 옷을 휘날리는 것이 보였다. 멀리 바라본 것이지만 그림속의 선녀와 같은 모양이었다. 그는 놀라며 그녀를 바라보고 생각했다.

'일찍이 총표두 심우에게 들은 바로 애림의 풍모가 탁월하다고 했고 백색 의상을 입는다고 했다. 멀리서 바라봐도 선녀같으니 이 여자를 묘사하는 것과 다름없다. 아마도 애림이 북쪽으로 건너온 것인가?'

잠시 뒤 그녀는 말을 타고 삼 장 근처까지 다가왔다. 그녀를 보니 눈썹은 초승달같고, 얼굴은 아침 안개와 같았다. 눈은 가을 호수와 같았으며, 입술은 앵도와 같았다. 비단 미모가 지극히 아름다웠을 뿐만 아니라 동시에 청춘의 용모는 그녀를 더욱 빛내주었다. 임봉은 이러한 여인을 세상에서 만나본 적이 없었으며, 이 시각 어쩔 수 없이 멍청해지고 말았다.

원래 이 선녀와 같이 아름다운 소녀는 두 가지 이상한 점이 있었는데 하나는 청춘미려한 광채 속에 일반 사람들의 마음속에 성결한 빛이 들어와 속세의 거짓과 허물을 잊게 하는 것이며, 또 한 가지는 그녀가 다가오는 모습이 느릿한 듯하지만 실제로 그 속도가 대단히 빠르다는 것이다. 하지만 보기에는 천천히 표일하는 듯 했고, 만약 임봉의 안력이 뛰어나지 못했다면 느린 듯하게 보이는 그 속도가 대단히 빠르다는 이상한 점을 알아차릴 수 없었을 것이다.

이 선녀와 같은 백의 소녀가 타고 온 말은 한 필의 흑마였는데 흑백이 서로 어울려 더욱더 그녀를 돋보이게 하였다. 임봉은 놀라움에서 깨어나 건장한 신체를 신속하게 움직여 큰 길로 이동하여 그녀의 길을 막아섰다. 백의 소녀는 놀라지 않고 또한 화도 내지 않으면서 도리어 가볍게 웃으면서 말고삐를 잡고 있었다. 임봉이 말했다.

"낭자는 제가 외람되게 길을 막고 선 이유를 아시나요?"

백의 소녀는 고개를 흔들며 말했다.

"제가 어찌 알겠어요?"

그녀의 목소리는 부드럽고 매혹적이라 귀를 즐겁게 했다. 그중에서도 장엄한 기운이 서려있어 자연스럽게 그녀를 무시하는 마음이 생길 수 없었다. 임봉이 말했다.

"저는 낭자가 속세로 내려온 선녀시니 당연히 앞 일도 아시는 줄 알았습니다. 천박하게 말씀올려 가소롭지 않으셨나요?"

백의 소녀가 천천히 말했다.

"말씀을 잘하시네요. 저는 허약한 데다가 덕도 갖추지 못했고, 능력도 없는데 어찌 감히 선녀라는 이름을 받을 수 있나요. 그러나 장사께서 저에게 아름답다고 하시니 저는 감격할 따름입니다."

백의 소녀는 젊고 빛나는 아름다움을 갖추고 있었다. 성결무사聖潔無邪하며, 목소리는 귀를 즐겁게 하고, 말투 또한 겸허하고 성실하여 너무도 친절하게 느껴졌다.

임봉은 어느 새 그녀에 대해 십분 관심을 갖으며 말했다.

"저는 임봉이라 합니다. 드릴 말씀이 있지만, 아직까지 성함이 어떻게 되시는지 여쭙지 못했습니다."

백의 소녀는 가볍게 웃으며 말했다.

"제 성은 진陳이고…."

그녀는 갑자기 낮게 읊조리며 말했다.

"이름은 약람若嵐이라고 합니다. 이름이 듣기 싫지 않은가요?"

임봉은 생각했다.

'그리 듣기 좋은 이름은 아니군. 하지만 어찌 면전에서 말할 수 있겠는가!'

그는 이 아름다운 소녀는 전혀 심기를 사용하고 있지 않으며 순결하기가 물 위에 떠있는 백련과 같다고 생각하며 대답했다.

"낭자의 이름은 참 듣기 좋습니다. 청산에 걸린 운무가 아스라이 펼쳐져 속세에 사는 사람은 보고 싶어도 볼 수 없는 그런 신비스러운 느낌이 납니다."

진약람은 아름답게 웃으며 말했다.

"임장사는 말씀을 참 잘하시네요. 제가 생각했던 것과 다르십니다. 또한 인품이 고상하고 정취가 심원하셔서 이렇게 만나뵙게 되어 뜻밖입니다. 임장사께서는 이 길을 지나가시는 중이셨나요? 아니면 이 부근에 사시나요?"

임봉이 말했다.

"임모는 보표로 일하고 있으며, 이 길을 지나가던 중입니다."

진약람이 말했다.

"아! 당신의 옷차림으로부터 저는 응당 당신이 길을 가던 사람임을 알았어야 했어요. 제가 얼마나 바보처럼 물었나요!"

임봉은 도리어 부끄러워하며 그녀를 위해 변명하듯 말했다.

"낭자가 부주의한 것이 아닙니다. 제 일신의 복장으로는 누구라도 잘못 알아볼 겁니다. 따라서 당신이 제 의복으로부터 제가 길을 가는 사람인지 알 수 없는 것이 맞을 겁니다."

진약람이 말했다.

"아니에요. 제가 너무 경험이 부족하지요. 기실 경력이 없다고는 할 수 없지만 제가 다른 사람들과 엮이는 것을 좋아하지 않아서 아마도 우매하고 비루하며 가소로운 것이 아닌지 몰라요."

임봉이 가볍게 "아"하고 소리내며 말했다.

"진낭자께서는 이번 여정에서 혹시 의심스러운 사람이 당신을 주목하고 있는 것을 발견하셨나요?"

진약람이 말했다.

"있어요. 하지만 한 무리의 사람들이었는데, 지금까지도 그들이 왜 저를 주시하고 있는지는 잘 이해할 수 없어요."

임봉이 말했다.

"그 한 무리 사람들 중 출가인이 있지 않았나요?"

진약람이 고개를 끄덕이며 말했다.

"있었어요."

임봉이 말했다.

"그들이 이 앞 멀지 않은 곳에 있는 묘에서 당신을 기다리고 있소."

진약람이 말했다.

"당신은 어찌 그들이 저를 기다린다는 것을 알 수 있나요?"

임봉은 지금까지의 경과를 이야기 하고는 다음과 같이 말했다.

"그들 한 무리의 사람들은 응대하기가 좋지 않아요. 낭자는 그들을 피하는 것이 가장 좋을 듯해요."

진약람이 말했다.

"하지만 저는 개봉으로 가야해요. 그렇다면 계속 앞으로 가야하죠. 그렇지 않나요."

임봉이 말했다.

"만약 개봉을 향해 가려면 자연히 앞 쪽으로 가야합니다. 그러나 낭자가 앞으로 가서 개봉을 가려는 생각을 버리시면 앞 쪽으로 굳이 갈 필요는 없습니다."

진약람이 말했다.

"안됩니다. 저는 반드시 앞 쪽으로 해서 개봉을 가야합니다."

그녀는 이 말이 임봉의 호의에 대하여 적절치 못했다고 느꼈는지 이를 다시 해석하며 말했다.

"세상에 많은 사정들이 있지만, 때론 뜻대로 되지 않는 일이 있습니다. 임장사께서는 이 점을 이해해주기를 바래요."

임봉이 말했다.

"당연하지요. 당연해요."

진약람이 말했다.

"저는 반드시 개봉부에 도착해서 려사라는 사람을 찾아야 합니다."

임봉은 깜짝 놀라서 물었다.

"진낭자는 왜 려사를 찾으려나요? 당신은 그를 알고 있습니까?"

진약람이 말했다.

"저는 그를 알아요."

그녀는 임봉이 만면에 놀란 기색을 띤 것을 보고는 다시 말했다.

"저는 그의 사람됨에 있어 마음이 잔인하며 수법이 독랄하다고 알고 있어요. 칼을 한번 발출하면 반드시 피를 보고야 만다고 합니다. 당신은 분명 제가 그토록 흉악한 사람을 알고 있다는 것이 이상할 겁니다."

임봉이 솔직하게 말했다.

"그렇습니다. 그러나 애씨 성을 가진 사람이거나 호씨 성을 가진 사람이라면 임봉 또한 기괴하다 느끼지 않을 겁니다."

진약람이 말했다.

"아! 원래 당신도 애림과 호옥진을 아는군요."

그녀의 말 속에서 이미 그녀 또한 애, 호 두 여인을 알고 있다는 사실을 노출했다. 임봉은 이상하다고 느끼며 물었다.

"진낭자는 그 두 여협을 보았습니까?"

진약람이 말했다.

"저는 보았을 뿐만 아니라 호옥진 누이와도 깊은 관계가 있습니다. 그러나 제가 개봉에 도착하려는 것은 려사를 찾기 위해서가 아니라 다른 사람을 찾으려고 하는 것입니다. 이 사람은 려사가 개봉부에 있다는 말을 듣는다면 반드시 그를 찾으러 올테니까요."

임봉이 끼어들며 말했다.

"진낭자는 혹시 심우 대협을 찾으려는 것이 아니오?"

진약람은 고개를 흔들며 말했다.

"그는 아닙니다. 그러나 당신을 속이지는 않을 겁니다. 저는 그를 보고 싶습니다. 그와 다른 이야기를 나눌겁니다. 제가 그에게 할 많은 말들이 있습니다."

임봉은 더욱 놀라고 기이해서 생각했다.

'심대협은 성이 진가인 낭자에 대해서는 이야기한 적이 없다.'

입으로는 다음과 같이 말했다.

"진낭자가 심대협을 거론할 때 정말 익숙한 친구와 같은 느낌을 받았습니다. 그런가요?"

진약람은 과거를 생각하는 듯한 표정을 지으며 잠시 침묵을 지키다가 실의에 빠진 듯하게 탄식을 하며 말했다.

"저와 그는 아주 익숙합니다. 지금와서 돌이켜 보니 아마도 옛 사람이 '당시에는 망연자실했지만, 이 정은 아마 추억이 되리라.'고 말했던 것처럼 말이죠!"

그녀의 말에는 진심이 담겨있었으며 아무런 꾸밈도 없었다. 이로부터 그녀는 예전부터 심우에게 마음이 있었으며, 동시에 지금에서는 그러한 정분을 되찾을 수 없다는 것을 명백히 하고 있었다.

임봉은 마음속으로 정말 애석하다고 생각했다.

'심대협이 만약 그녀와 같은 아내를 얻는다면 평생 한이 없을 것이다. 그러나 어찌 그가 기회를 놓쳤는지는 알 수 없구나.'

그는 참지못하며 솔직하게 물었다.

"진낭자는 어떤 고인을 찾으시나요?"

진약람이 말했다.

"그 사람의 성명을 당신은 들어보지 못했을 겁니다. 그의 성은 사이고, 이름은 진입니다. 산동 양곡현에서 온 사람입니다."

임봉의 마음은 무거웠졌다. 그는 갑자기 심우에게는 과연 희망이 없구나 하는 생각이 들었다.

제33장

仙女若嵐

선녀약람

그가 말했다.

"낭자는 틀렸습니다. 임모는 비단 사공자의 대명을 들었을 뿐만 아니라 또한 그를 알고 있습니다. 얼마 전에 저와 그는 함께 특별히 대단했던 백액호를 제압한 적이 있습니다."

진약람은 "아"하고 소리내며 말했다.

"원래 당신도 인연이 있군요. 저 또한 사람들에게서 그 일을 들었습니다. 하지만 마음속 황급히 그를 쫓으려다 보니 자세히 물어보지 못했습니다."

그녀는 아름다운 눈동자로 친절한 신색을 띠고 임봉을 아래 위로 바라보더니 한편으로 웃음을 지으며 고개를 끄덕이고는 대략 생각이 된다는 뜻을 표시했다. 임봉은 눈썹을 찌푸렸다. 그는 복호공자 사진이 대범하고 멋이 있으며 무공 또한 일절이지만 사람됨이 광오하고 심지어 조금은 괴벽스러운 성격이라 생각했기 때문이다. 따라서 이렇게 성결하며 미려한 백의 소녀가 어떻게 사진과 밀접한 관계를 가지고 있는지 인정하기 어려웠다. 진약람은 여전히 사람의 마음을 움직이는 미소를 지으며 말했다.

"당신은 아마도 사진에 대해서 모종의 생각이 있나 보군요."

임봉은 솔직히 승인하며 말했다.

"그렇습니다. 저는 정말 이해할 수 없습니다."

진약람이 말했다.

"많은 사람들이 그에 대해 편견을 가지고 있지만, 그 사람은 정말로 좋은 사람입니다."

임봉이 말했다.

"한 사람의 심지는 물론 좋아야 하지만 만약 그것을 표현하지 못한다면, 아마도 심지가 좋고 나쁨이 다른 사람에게는 어떤 의미도 없을 것입니다."

진약람이 말했다.

"그는 그의 무공에 의지해서 나쁜 일을 일삼는 이가 아닙니다."

임봉이 말했다.

"그 점은 당연히 매우 중요합니다. 동시에 제가 사공자가 나쁜 자라 말한 적이 없다고 말씀드립니다. 그러나 말하기 어려운 느낌을 받았으며, 낭자의 세속에서 벗어난 듯한 절세의 자태와는 그리 어울리지 않는다는 생각이 들었습니다."

진약람이 웃으며 말했다.

"그렇군요. 앞서 저를 저지하려는 사람에 대해서 임장사의 진심어린 충고 여러모로 감사드립니다. 저는 지금 떠나고자 합니다."

임봉은 측면으로 몸을 돌리며 수 보 물러서서 공수하며 말했다.

"그러면 낭자께서는 이리로!"

그는 정말 위험이 도사리는 앞으로 계속 가지 않기를 권유하고 싶었다. 그러나 어떤 연유인지 모르게 그녀의 모습과 목소리는 아마도 일종의 명령과 같이 그 말을 어길 수 없도록 하였다. 따라서 권유의 말을 삼켜버릴 수밖에 없었다. 진약람이 고삐를 쥐고 흔들자 말이 움직이기 시작했으며, 임봉을 지나쳐서 삽시간에 산길로 접어들어 사라졌다.

임봉은 한동안 멍청히 있다가 그제서야 걸음을 옮겼다. 그리고 조금 전 그 장삼객이 있었던 갈림길에 다가갔으나 진약람과 혹 다른 사람의 그림자는 찾아볼 수 없었다. 그는 갈림길을 잠시 배회한 후에 말발굽의 흔적을 찾아보더니 진약람이 이미 갈림길을 들어섰다는 것을 알 수 있었다. 이는 예리한 안광으로 단서를 찾아 추정해 본 결과였다. 그는 진약람이 스스로 원해서 갈림길로 접어 들어갔는지, 아니면 핍박으로 그렇게 한 것인지 알고 싶었다.

잡초가 무성한 그 갈림길 위에는 전혀 싸움이 있었던 흔적을 찾을 수 없었다. 또한 이 시간이라면 임봉이 신속하게 이곳으로 온 것이기 때문에 그 사이 대략 삼초三招 양식兩式 정도의 손을 겨룰 시간이라 그녀가 싸움을 한 흔적이 없는 것이 사정에 맞았다.

임봉의 마음에서 그 순결하고 아름다운 얼굴이 떠올랐다. 순간 호방한 기운이 솟아나는 것을 억제할 수 없었으며 즉시 걸음을 옮겨 갈림길로 접어들었다. 길을 가는 동안 모든 것이 쥐죽은 듯 고요했다. 수풀을 지나가니 과연 고묘가 잡초가 무성하게 자란 너른 공터에 우두커니 자리하고 있었다. 묘 앞에는 오히려 북적거림이 느껴졌다. 그곳에 일곱 여덟 마리의 말이 매어져 있었기 때문이다. 그가 자세히 살펴보니 진약람이 타고 있던 그 말도 그 중에 있었다.

거기까지 살펴보니 더욱 의심할 바 없었다. 진약람은 분명 이 묘 안에 있다. 임봉이 먼저 그 묘를 살펴보니 과연 생각한 바와 같았다. 이 묘의 외관은 황량하고 파괴되어 있었고, 첫 눈에도 향화의 불길이 이미 오래 전에 꺼졌을 것이라 알 수 있었다. 이 황량한 들판에 서 있는 묘에는 여우나 들쥐, 새나 박쥐 등의 흔적만이 있을 뿐이었다. 진약람이 만약에 그 무리의 사람과 충돌하지 않았다면 절대로 이와 같은 곳으로 가지 않았을 것이다.

임봉은 더욱더 주저하지 않고 빠르게 묘 앞 문으로 달려갔다. 그러나 묘 문 안 정원에는 넝쿨풀이 우거졌고, 황량한 연무가 드리워져 있어 사람도 보이지 않고 적막하기 그지 없었다.

그는 즉각 들어가지 못하고 입으로 낮게 말의 울음소리를 내며 묶여 있는 말들을 향해 다가갔다. 이 한 무리의 말들은 조용히 서 있었고, 임봉은 이미 말들 다리 사이를 왔다갔다 하면서 한 마리 한 마리 조사해 가기 시작했다. 그리고는 여러 말 안장 주머니에서 적지않은 물건들을 찾아낼 수 있었다.

임봉의 이러한 조사는 바로 지피지기의 수법이라 할 수 있다. 무릇 적과 대치하고 있는 국면이라면 그가 제일 먼저 해야 할 것이 바로 방법을 간구하여 상대방 내력의 허실을 이해하는 것이다. 이러한 행동은 그가 급히 묘 안으로 들어가서 조사하는 것보다 더욱 중요했다. 그는 그가 조사해 찾아낸 물건들을 신속하게 주변 동혈同穴에 감추어 두었다. 그런 후에 그는 말 무리에서 벗어나 부서지고 무너진 산문山門을 지나 계단을 한 계단 한 계단 올라 천왕전天王殿 안으로 들어갔다.

천왕전에는 거미줄이 진을 치고 있었고, 지붕에는 몇 군데에 구멍이 뚫려서 빛이 들어오고 있었다. 임봉이 눈을 굴려 사방을 바라보니 전 내에는 사람이 들어왔던 흔적이 없었으며 소리 또한 들을 수 없었다. 그는 크게 조심하면서 생각했다.

'이 고묘는 그리 크다고 볼 수 없다. 만약 모든 사람들이 모두 뒤쪽에서 들어온다고 하면 분명 자그마한 소리라도 들었을 것이다. 진약람이 이미 적이 펼쳐놓은 그물에 걸려들었단 말인가?'

따라서 그는 뒤쪽으로 돌아서 오른쪽의 측실을 지나 한 월동문月洞門 앞에 섰다. 월동문 안쪽으로 또 넓은 정원이 있었는데 그 뒤에는 녹색 기와을 얹은 우뚝 선 대웅보전大雄寶殿이 있었다. 임봉이 대웅보전의 안쪽을 바라보니 어두워 선명하게 보이지 않아서 물체가 희미하게 보여 뚜렷하게 볼 수 없었다. 그는 깊이 호흡을 가다듬고 운공을 하며 경계를 하는 동시에 한편으로 생각하기 시작했다.

'내 안력으로 더 먼 곳이라도 아마 전 내의 정경을 모두 볼 수 있었을 텐데 지금 뜻밖에도 모호하며 분명하게 보이지 않으니 저 대웅보전은 분명 괴상하다 할 것이다.'

이러한 생각은 근거없이 온 것이 아니라 앞서 한 무리 말을 조사하면서 쓸 만한 자료들을 얻었던 터라 신속하게 그 이상함을 알아차릴 수 있었다. 그가 고개를 낮추고 땅을 바라보니 잡초가 무성한 가운데 갑자기 어지럽게 버려진 벽돌들이 보였고, 또 한 무더기 마른 나뭇가지들이 쌓여 있는 것을 보게 되었다.

임봉이 한참을 바라보니 얼굴에 드리워진 그림자가 어느 정도 사라졌으며, 눈을 들어 다시 대웅보전을 바라보게 되었다. 그의 시선은 돌연 맑아졌으며 눈빛이 미치는 보전 안 한 모퉁이를 명확하게 바라보았다. 그곳에는 조금전 보았던 그 장삼객이 보전 안에서 등을 입구에

등지고 안쪽을 바라보며 경계하고 있었다. 그는 오랫동안 고개를 돌려 외부의 정세를 살피지는 않았다.

그리고 다시 안쪽에는 바닥에 앉아있는 인영이 보였는데 임봉이 안력을 동원해 살펴보니 여섯 사람 중에 유일한 여인이었던 여승이었다. 그녀는 매우 어려 보였다. 임봉이 서있는 위치에서는 보전의 내부를 빗겨서 볼 수 밖에 없었기에 한쪽 모퉁이만 볼 수 있었고 더 자세하게 형세를 살펴보려면 접근하지 않으면 안되었다. 그는 눈을 거두고 사방을 잠시 둘러본 후 외부에 다른 사람이 없음을 확인한 후 다시 보전 내의 장삼객을 바라보니 그는 계속 안쪽을 주시하고 있었다. 그러자 그는 결심을 한 듯 신속하게 월동문을 지나갔다.

임봉은 이렇게 들어가는 것이 의심할 바 없이 번거롭고 위험한 소용돌이 속으로 스스로 들어가는 것임을 분명히 알았다. 그러나 그의 마음속에서 진약람의 성결하고 아름다운 모습이 떠오르자 더욱 그만둘 수 없다고 생각이 들어서 용기가 솟아났다. 그는 정원으로 들어가 몸을 숙이고 빠르게 움직였다. 그는 곧추 대전을 향하지 않고 잡초들 사이를 이리 저리 돌아서 들어갔다.

그가 빠르게 움직이고 있을 때 그는 한 무더기 전돌과 마른 나뭇가지들을 표지삼아 방향을 잡았다. 따라서 전문 안의 장삼객을 살펴볼 시간이 없었다. 그가 이리저리 돌아 전문에 두 장 정도 거리에 도달했을 때 그는 가볍게 한 호흡을 하고는 머리를 들어 바라보았다. 그러자 장삼객의 신영이 조금 움직이는 듯하더니 몸을 돌리려는 것 같았다.

임봉은 신속하기가 전광석화와 같이 옆으로 수 척을 굴러 무성한 잡초 사이로 몸을 감추었다. 전문 입구의 장삼객은 역시나 몸을 돌려 정원과 그 주변, 그리고 먼 곳에 있는 월동문을 향해 한참을 바라보더니 다시 고개를 돌리고는 이전과 같이 보전 안 쪽을 바라보는 자세를 취했다.

임봉은 이 때 구멍을 찾아 들어간 쥐와 같이 보전의 측면으로 연기처럼 몸을 피했다. 이어서 그는 팔을 흔들며 도약하더니 신형을 상승시켜 보전의 지붕 위로 올라갔다. 만약 그가 위로 오를 때 소리를 내지 않는다면, 아래 사람들은 분명 그를 볼 수 없을 것이다.

임봉은 자신의 무공 중에 가장 취약한 것이 경공이라는 것을 잘 알고 있었다. 따라서 그는 매우 조심하였고 천천히 위에서 이동하였다. 그는 눈동자를 지붕의 틈 사이로 밀착시키고는 아래를 살펴보았다. 눈으로 그가 보전 안의 정세를 살펴볼 수 있게되자 바로 그는 기쁘기도 하였고 놀랍기도 하였다.

임봉이 기뻐한 것은 그가 아래를 바라보니 바로 진약람이 보였는데 백의는 눈과 같았고, 책상다리를 하고 깔아놓은 포단蒲團 위에 앉아있었는데 보아하니 상처를 입지는 않은 것이다. 놀라운 것은 그녀의 주위로 백현교의 도인, 크고 마른 화상, 그리고 젊은 여승이 각 방향을 나누어 애워싸고 있었는데, 모두 털썩 주저앉아 그녀를 포위하고 있는 형세였다.

이 밖에 두 중년인이 있었는데 한 사람은 회포灰袍를 입고 있었고, 또 한 사람은 청포靑袍를 입고 있었다. 그들은 서로 진약람의 좌우 양측에서 각기 일 장을 내밀며 밀고 누르는 듯한 자세를 취하고 있었다. 하지만 장삼객과 진약람의 사이는 대략 삼, 사 척의 거리가 있었다.

이 사람들은 문 앞의 장삼객 이외에 모두 진약람을 향해 공격하려고 하는 것 같았다. 그중에서도 두 명의 중년인의 의도가 가장 명확했는데, 조금 멀리 있는 화상, 도사, 여승 등 세 사람도 또한 괴이한 진세를 이루고 있었다. 진약람은 쌍수를 교차하여 가슴 앞에 두고 있었는데 그 자세가 아주 아름다웠다. 그를 둘러싼 사람들은 그녀에게 묻지도 않고 듣지도 않고 있었다. 임봉은 생각했다.

'큰일이군. 이들이 분명 모종의 괴이하고 무서운 진식으로 진약람을 애워싸고 있으니, 만약 경솔하게 대처한다면 분명 예측하지 못한 화를 당할 것이다. 그러나 나는 이 상태에서 수수방관만 할 수 없다.'

만약 그가 먼저 그 여섯 필의 말을 조사하지 않았다면 이러한 상황 속에서 그 이치를 이해하지 못했을 것이다. 만약 이해하지 못했다면 현 상황을 더 힘들게 만들었을 것이다. 홀연 장을 내밀어 자세를 취했던 중년인들이 모두 한 발 물러섰다. 그 중의 회포인이 말했다.

"방노이龐老二, 우리 형제가 오늘 평생에 없던 큰 적수를 만났네."

방노이라고 불린 이가 청포인에게 말했다.

"맞다. 홍노대洪老大는 어떻게 하려나?"

홍노대가 말했다.

"우리가 병기를 사용하여 다시 한번 해보는 것이 어떤가?"

"그것 좋겠군."

그는 신속하게 지상에서 오 척 정도 긴 흑색 궤장을 들었다. 홍노대 역시 도를 꺼내었다. 그 칼의 도신은 매우 넓었으며, 번쩍하고 적홍색 도광의 빛을 냈다. 홍노대는 압력을 가하지 않으며 말했다.

"진낭자, 우리 형제의 열화도烈火刀와 현빙침玄氷針을 들어봤는가?"

진약람은 단정히 앉아 쌍수를 계속해서 가슴에 위치하고는 말했다.

"들어보았지요! 누가 모르겠습니까 방서냉열龐西冷熱 이괴二怪의 위명을!"

홍노대가 말했다.

"진낭자의 견문이 넓은 것이 사가謝家인물이라는데 부끄럽지 않구료. 그러나 낭자의 무공은 사가의 절예와 완전히 다른데, 이 점이 아무리 생각해도 이해가 되지 않소."

진약람이 말했다.

"사람마다 우연히 만나는 것이 다릅니다. 제가 비록 사가에서 왔지만, 일신 배운 바는 사가의 절예와는 전혀 상관이 없습니다."

홍노대가 말했다.

"홍모도 그렇게 생각하오. 지금 친히 진낭자가 이야기를 하니 내 생각이 틀리지 않았구료."

진약람이 말했다.

"여러분들이 계속 저를 막으시려고 하는 마음을 밝히시지 않고 이렇게 대단한 진세를 벌리는 것은 정말 저로서는 이해할 수 없습니다. 더군다나 홍, 방 두 분은 열화도와 현빙침까지 사용하시려고 하니 이것은 저를 사지로 몰겠다는 것인데, 제가 여러분에게 어떤 원한을 맺었던 적이 있었나요?"

방노이가 말했다.

"없다. 우리들 사이에는 어떤 원한도 없다."

홍노대가 말했다.

"우리들 형제가 협력하여 냉열신공을 펼쳐도 진낭자의 무공이 고심막측高深莫測하고, 절세의 공력을 가진 터라 우리들 형제가 전력을 다해도 진낭자의 수를 파악할 수 없어 부득이하게 병장기를 꺼낸 것이니 진낭자는 언짢아 하지 마시오."

임봉은 매우 의심스럽게 생각했다.

'그들이 진약람의 사정을 캐내려 하지 않는다면 어찌 이런 한 무리 사람들을 모았으며, 이러한 진세를 펼쳤겠는가. 그리고 나니 홍노대의 변명이 가소롭기 그지 없었으며, 그들 형제들이 병기를 써서 진약람을 공격하면서 언짢아 하지 말하는 말을 하니 정말 세상에 이런 도리가 어디 있을까.'

진약람의 말이 들렸다.

"홍선배, 되었습니다. 제가 아는 바 세상의 일은 왕왕 자기 뜻대로 되지 않는 법이지요. 두분이 만약 세력을 믿고 저를 핍박하신다면 사정이 그러할진대 제가 어찌 당신들을 원망하겠습니까."

그녀의 목소리는 귀를 즐겁게 하면서, 동시에 진심으로 동정하고 이해하는 뜻을 담고 있어 임봉이 홍, 방 두 사람을 대신해 미안한 마음이 들 정도였다. 방서냉렬 이괴는 무력에 있어 새롭고 창조적인 방법을 사용하고 있어 매우 날카로우며 또한 인정사정보지 않는 것으로 이미 무림에 이름이 높았다. 따라서 그들은 이미 천하의 고수에 자리하고 있었다. 그의 위명과 신분으로 볼 때 한 젊고 아름다운 여자를 병기로 상대하는 것이 어찌 부끄럽지 아니한 일인가? 방노이가 크게 외쳤다.

"진낭자, 당신이 언짢거나 언짢지 않아도 좋소. 모두 중요한 일이 아니오."

진약람이 물었다.

"그렇다면 선배는 어떤 일이 가장 중요한가요."

방노이가 말했다.

"솔직하게 말하면 우리 형제는 일찍이 대막大漠에서 이십여년간 수련을 통해 열화도와 현빙침의 쌍보합벽雙寶合璧으로 극한의 열기와 냉기를 발휘할 수 있게 되었소. 진낭자가 만약 견디지 못하면 절대 살아남지 못할 것이오. 우리들이 볼 때 낭자의 위인됨이 좋아서 당신이 목숨을 잃는 것은 보지 못하겠소."

홍노대는 음험하게 웃으며 말했다.

"방노이, 어리석은 소리 말아라. 진낭자는 우리들의 이러한 기예를 반드시 마음에 두었다고 볼 수 없다."

방노이가 말했다.

"저도 알고 있습니다. 우리가 일단 출수하면 공세를 멈출 수 없을 것인데, 하지만 진낭자가 우리의 조건을 고려해준다면 굳이 불행한 일을 겪을 필요가 있는 것인가 합니다. 어찌 좋다고 하지 않겠습니까?"

진약람이 가볍게 웃으며 말했다.

"방선배의 호의에 감사드려요. 하지만 제가 당신들의 조건을 받아들이지 못하는 점은 용서하세요."

그녀는 맑고 투명하며 명랑한 눈빛을 돌려 홍노대 얼굴을 바라보았는데, 그녀의 신색이 어찌하여 장엄하고 성결하게 변했는지 위엄스러워 감히 침범할 수 없는 듯이 보였다. 홍노대도 눈을 뜨고는 그녀를 바라보았는데, 그의 마음속에서는 아직도 뒤틀린 심사가 남아있었다. 그러나 상대방은 비록 위엄스러워 범할 수 없는 눈빛을 내보내고 있으며, 터럭만치도 흉학한 뜻을 가지고 있지 않았다. 따라서 그가 잔혹한 눈빛을 보냈지만 수포로 돌아가는 것과 같아져 낭패스러웠다. 진약람이 말하는 것을 듣고만 있었다.

"홍선배는 흉심이 가득하며, 자비스러운 마음이 전혀 없고, 더구나 성정 또한 음험하니 당신의 열화공은 영원히 최고의 경지에 다다를 희망이 없군요. 이것이 오늘 저녁 제가 감히 한번 시험해보고자 하는 이유입니다."

홍노대는 입을 떼었으나 어찌 대답할지를 몰랐다. 방노이가 물었다.

"진낭자는 어찌 하여 그런 말을 하는가?"

진약람이 부드럽게 말했다.

"방선배는 이곳을 떠나는 것이 좋을 겁니다. 이후 제가 다시 말씀드리겠습니다."

방노이는 결단코 말을 했다.

"그건 안된다. 어찌 되었던 홍노대와 함께여야 한다."

홍노대는 대담스럽고 호기롭게 "흐흐"하며 냉소를 지으며 말했다.

"진낭자는 우리 형제를 떠나겠다는 생각을 말라. 방노이, 우리 그럼 시작합시다."

이야기가 끝나자 수중의 장도를 먼저 허공에서 몇 차례 휘두르니 "휙휙"하고 바람 소리가 났다. 도신에서는 번뜩이며 적홍색의 붉은 꽃이 화염과 같이 일어났다. 방노이가 수중의 흑궤를 한번 흔들고 돌연 간 땅을 크게 두드리니 커다란 소리가 났다. 이때 그의 커다란 손바닥 위에 아주 가늘고 긴 흑침이 놓여 있었다. 이 장침은 본디 궤장 안에 있었던 것으로 평시에는 궤장 안에 두었다가 적을 만나면 꺼내는 것이었다.

진약람은 몸을 일으켰으나 쌍수는 여전히 가슴 앞에 교차해 두고 있었다. 지붕 위의 임봉이 바라보니 방서냉열 이괴는 확실히 놀랄만한 절예를 수련하였고, 각자의 절예를 가지고도 종횡천하할 수 있을 것이라 생각되었는데, 어찌하여 연합 공격을 펼치는지는 이해할 수 없었다. 이로부터 그는 진약람에게 믿는 마음이 생겼다. 하지만 눈 앞에 그녀가 도침의 위협 아래에 있기 때문에 어쩔 수 없이 걱정이 되었으며, 매우 조급한 마음이 들었다.

홍노대가 먼저 공세를 시작했다. 그 수중의 도는 홍색의 도화를 내뿜으며 진약람을 향해 쏘아져 갔다. 진약람은 몸을 훌쩍 솟구쳐서 허공에서 느릿느릿 한가롭게 피어나는 도화를 딛고 섰다. 잠깐 보니 무수히 피어난 붉은 연꽃 위에 서있는 백의 관음과 같은 모습으로 환상적인 기이한 장면이 펼쳐져 참으로 보기 드문 장면을 연출했다. 그녀가 백의 자락을 표표히 날리며 허공을 날아 기를 발출하니 너무도 아름답고 경쾌했다.

홍노대는 도세를 계속 변화시켰다. 그러나 불시에 펼쳐지는 도화는 그녀를 떠 받쳐주고 있었는데, 그가 의도적으로 이러한 기경을 계속 이어가는 것 같았다. 방노이가 바라보고는 무엇인가 잘못되었음을 느꼈다. 수중에서 현빙침을 뿌리니 한풍의 거센 소리가 귀를 찌르는 듯이 들렸고 침의 날카로운 끝이 어지럽게 움직이더니 진약람을 향해서 찔러 들어갔다. 그의 현빙침은 매번 진약람의 다리 위의 맥혈을 찔러 들어갔는데, 그 수법이 절묘하기 그지 없었다.

그러나 진약람은 송이 송이 도화 홍련 위를 느릿하게 걷는 듯이 지극히 우아하고 아름다운 모습을 잃지 않았다. 이야기하자면 정말 기괴한 것으로 홍노대의 도초가 그녀를 상하지 못하게 하였으며, 나아가 방노이의 현빙침 또한 그녀를 찌르지 못했고 모두 중도에서 차단되어 버렸다. 홍노대가 돌연 성을 내며 말했다.

"방노이, 눈이 멀었는가. 왜 찌르지 못하지."

방노이가 키득키득 웃으며 세 번을 더 찔렀으나 성공하지 못하자 대답하며 말했다.

"무슨 말씀입니까. 제가 일부러 그녀를 찌르지 못했다는 말입니까."

홍노대는 전력으로 다리를 움직이며 갑자기 뒤로 수 척을 물러났다. 진약람은 지상으로 내려왔는데, 그때까지도 쌍수를 가슴 앞으로 교차하고 있었으며, 얼굴에는 장엄하고도 아름다운 미소를 띠고 있었다. 홍노대는 눈을 끄게 뜨고 그녀를 바라보며 말했다.

"당신은 어떤 문호의 무공을 쓰는 것인가? 왜 출수하여 반격하지 않는가?"

진약람은 눈을 방노이에게 옮기며 소리내어 말했다.

"방선배 물러서시는 것이 좋겠습니다."

방노이는 고개를 저으며 말했다.

"안된다. 오늘 만약 너를 사로잡지 못한다면 미안하지만 반드시 너의 목숨을 앗아야 할 것이다."

진약람이 말했다.

"좋아요. 당신들이 돌아서지 않는다면 이번에는 내가 가만두지 않겠어요."

계속 문 앞에서 서있던 장삼객이 갑자기 끼어들며 말했다.

"진낭자의 이 수법은 혹시 '영교선보靈嶠仙步'가 아닙니까?"

진약람은 그를 바라보고 말했다.

"맞아요. 선생은 혹시 천비부天秘府의 고인이 아닙니까?"

장삼객은 얼굴색이 변하며 말했다.

"진낭자는 아는 것도 많군요!"

방서냉열 이괴가 함께 장삼객을 바라보고, 그 장삼객의 내력을 듣더니 모두 놀라움에 흔들리고 말았다. 진약람이 말했다.

"제가 아는 바에 따르면 이 영교선보는 천비보 사람들 이외에는 아는 사람이 없다고 들었습니다. 그래서 제가 감히 추정해 본 것입니다. 선생의 성함은 무엇입니까?"

장삼객은 음험한 신색을 띠고 냉랭하게 말했다.

"나는 우진於秦이라고 하오. 잠시후 진낭자에게 가르침을 받겠소."

진약람은 단지 웃음을 지으며 어떠한 표현도 하지 않았다. 그러나 지붕 위의 임봉은 암중으로 그녀가 더 걱정이 되었다. 그 천비부의 이름은 강호 상의 사람들이 모르는 사람이 없는 대단한 문파로서 무공은 말할 필요가 없고, 그들 아래 무수히 많은 무림 고수들이 살해당했는데, 죽은 이들은 모두 사후에 이마에 화살 표기가 나타났다고 한다. 이전에도 전혀 알 수 없었듯이 이 흉악한 자는 그의 신분을 노출한 바 없었다.

이러한 사실에 풍문까지 보태어져 이 문파의 사람들은 계략이 뛰어나며 흉독한 일을 저지르는 비루한 악도로 알려지게 되었다. 그 풍문이라는 것은 천비부의 문하들 모두 다른 한 문파의 무공에 정통하다는 것이다. 그리고 그들은 항상 다른 문파의 신분으로 출현한다고 한다.

따라서 방서냉열 이괴는 이 우진이라는 자가 천비부의 사람이라는 것을 듣자 모두 놀라 얼굴을 움찔거렸다. 원래 우진은 계속 육합도六合

刀 고수로 자칭했었는데 지금에서야 그의 진면목이 진약람에 의해 파해쳐진 것이다. 삼 면으로 나누어져 앉아있던 화상, 여승, 도인 세 사람 중에 크고 마른 노승이 갑자기 냉소를 발출했는데, 올빼미 울음 소리와 같이 귀를 자극했다.

하지만 진약람, 방서냉열 이괴, 그리고 우진 등 사람들은 모두 눈을 돌려 노승을 바라보지 않았고, 표면상 그의 냉소에 대해 모두 담담한 듯 했다. 기실 모든 사람들이 암중에 주의력을 발휘하여 집중하고 있었으며 그 노승이 어떤 거동을 하는가 살펴보고 있었다.

지붕 위에 있는 임봉만이 마음대로 바라볼 수 있었다. 그가 소리에 따라 크고 마른 노승을 바라보니 그는 우진을 주목하고는 한 손으로 넓은 도포 자락 내에서 손바닥 반 정도되는 은합銀盒을 꺼내들었다. 임봉은 일시에 그것이 어떤 물건인지 알 수 없었다. 홀연히 젊은 여승의 교태로운 목소리가 들렸다.

"살장로薩長老, 그 독개미를 풀어 놓으면 안돼요!"

이 교태로운 목소리는 사람의 혼백을 뺏는 듯한 풍정을 지니고 있었으며 요사스럽기까지 했다. 크고 마른 살장로가 냉랭하게 말했다.

"향고香姑가 내 수법을 깨뜨린 이유는 무엇인가?"

향고라고 불린 젊은 여승이 말했다.

"어머나, 살장로 화내지 마세요. 장로께서 비록 천비부의 사람과 깊은 원한이 있다고 해도, 만약 장로께서 독개미를 방출하면 그것들은 어떤 사람이 당신의 원수인지 알지 못할 것이에요."

그녀의 목소리는 대전 중에서 맴돌았다. 모든 남자들은 마음속에서 이상한 감정이 솟아오르는 것을 느꼈다. 임봉은 경이롭게 그녀를 바라보며 생각했다.

'이 젊은 여승은 어떤 내력의 소유자인가? 보자하니 사문일 것 같다. 단지 목소리만으로 사람들에게 욕념을 불러 일으켰다.'

그가 이러한 생각을 할 때, 백현교의 도사가 입을 열었다.

"이 젊은 여승이 말한 것이 옳다. 살장로가 독개미를 방출하려 한 것은 다음을 생각지 못한 것이다. 만약 자기 사람을 상하게 한다면 살장로는 어떻게 하려고 하는가?"

그가 이렇게 향고를 뒷받침해주니 살장로는 혼자만의 생각으로 어쩔 수 없어서 "흥"하고 소리낸 후 은합을 거두었다. 우진이 말했다.

"살장로는 천충곡千蟲穀의 명사이신데 만약 경고하지 않고 독개미를 방출한다면 천하인들의 조소를 받을 것이 두렵지 않단 말씀입니까?"

살장로가 말했다.

"당신과 같은 천비부의 사람이 무슨 규칙을 따지느냐?"

향고는 놀리는 듯하게 껄껄대며 웃으며 말했다.

"되었어요! 우리들의 개인적인 일은 상대방을 상대한 후에 다시 논해도 됩니다. 어떤가요."

말이 나온 후 보전의 사람들은 다시 진약람에게 주의를 집중하였다. 백현교의 도인이 이어서 말했다.

"향고의 이야기는 바로 내 뜻과 같다. 만약 홍, 방 두 사람이 그만두겠다고 선언하면, 아직도 많은 사람이 순서를 기다리고 있다."

홍노대가 말했다.

"여러분들이 다른 말씀이 없으시면 우리 형제는 바로 출수하고자 합니다."

제34장

冷熱二怪

냉열이괴

방노이가 갑자기 말했다.

"노대, 우리들이 비록 선수를 쟁취했지만, 만약 다른 사람들이 먼저 공격하고자 한다면 우리가 양보해도 좋을 듯합니다."

홍노대는 침음하며 대답하지 않았다. 살장로가 또 말을 했다.

"두 분은 이미 손을 써보지 않았습니까. 이미 양보할 자격을 잃었습니다. 만약 지금 손을 쓰지 않는다면 규정에 따라서 이곳을 떠나야 하며, 축록逐鹿의 자격을 잃습니다."

기타 사람들이 모두 이 말에 찬동하자, 방서냉열 이괴는 쟁론하지 않았고 진공할 것인지 퇴각할 것인지 결정만이 남았다. 홍노대는 음험하게 웃으며 말했다.

"우리 형제가 어찌 가벼이 축록의 권리를 포기할 수 있겠습니까. 방노이, 우리 갑시다."

진약람이 말했다.

"제가 비록 당신들에게 무슨 일이 있는지 모르겠지만 사람마다 모두 저와 상대하고자 하군요. 한 마디 말씀을 드리자면 방선배가 제 의견을 받아드리는 것이 최선일 겁니다."

방노이가 크게 말했다.

"진낭자, 그러면 말해보시오. 방모는 경청하겠소."

진약람이 말했다.

"방선배가 일찌감치 이 분쟁에서 퇴출하신다면 분명 손해보는 일은 없을 겁니다."

방노이가 말했다.

"진낭자는 감히 우리 형제를 이길 수 있다는 것인가?"

진약람이 말했다.

"방선배는 솔직하고 호방하시군요. 물으신다니 대답해 드리겠습니다. 맞습니다. 당신들이 협력하여 펼치는 빙한화열 신공이 우내宇內 절예 중 하나라고 해도 당신들의 화후가 아직 절정에 미치지 못하기 때문에 오늘 분명히 저에게 승리를 거두지 못할 겁니다."

방노이가 말했다.

"진낭자 빈 말이라도 삼가시오. 우리 형제를 놀래켜서 물러나라고 하는 겁니까?"

진약람이 말했다.

"믿든 믿지 않던 그것은 당신에게 달렸습니다. 사실상 당신이 홍선배를 떠나는 것이 당신에게는 유리하면 유리하지 불리하지 않을 겁니다. 당신들이 계속해서 수련한다면 다시는 조금도 진전이 없을 것이며, 걸핏하면 서로 상극의 위험에 직면하게 될 것입니다."

그녀는 대전 안의 모든 이들을 쓸어보면서 말했다.

"이것은 홍선배의 본성이 음험한데, 열화공을 수련하고 있으며, 방선배의 성품이 건조하며 곧지만, 수련하는 것은 현빙공이기 때문입니다. 두 사람의 수련과 성격은 서로 상반되는 것입니다. 따라서 당신들은 영원히 서로 정진할 수 없을 뿐만 아니라 더 나아가 양패구상에 이를 수 있게 되는 것입니다."

그녀의 이야기 소리는 달콤하고 부드러웠으며, 향기롭고 성스러운 느낌마저 주었다. 중인들이 듣고는 조금 전에 생겨났던 욕념이 모두 허공으로 사라짐을 느꼈다. 임봉은 지금 대략적으로 이 흉악스러운 분규가 한 바탕 정사正邪 간의 결투같았다. 정을 대표하는 쪽이 홀로 견디고 있는 진약람인 것이다. 사를 대표하는 쪽은 비단 세력이 더 우세했으며 또 지리적인 잇점을 가지고 있었다. 그러므로 진약람이 처해 있는 상황은 상당히 위태로웠다. 그의 가슴 속에서는 존경과 흠모의 마음이 솟아났으며, 동시에 불의에 대해 분개하는 마음이 일어나며 마음속으로 생각했다.

'내가 힘이 들더라도 저 낭자를 위해 힘을 써야 하겠다.'

이때 향고가 교태롭고 부드럽게 사람을 움직이는 목소리로 말했다.

"진약람의 말이 도리가 없는 것은 아닙니다. 만약 홍, 방 두 분이 모험하려 하지 않으신다면 지금 물러나시는 것도 방법입니다."

그녀가 홍, 방 두 사람이 손을 쓰도록 격발하지 않았을 뿐만 아니라 도리어 충고를 하니, 임봉과 심지어 이 대전 중의 사람들 모두 곤혹스러웠고 이해할 수 없었다. 홍노대가 물었다.

"향고의 그 말은 무슨 뜻인가?"

향고가 아름답게 웃으며 말했다.

"솔직하게 말해보죠. 설사 당신들이 진약람이 말한 것 같이 화후가 절정에 도달하지 못했지만 다른 각도로 살펴보았을 때, 그녀가 당신들

두 사람을 이길 수 있는 능력을 갖추고 있는 것인지요? 세상에는 왕왕 많은 일들이 알기는 쉬워도 행하기는 어려운 법입니다. 그녀가 비록 그 도리를 알지라도 아마 이루지 못할 일들은 많이 있을 겁니다."

홍노대가 말했다.

"내 뜻은 이미 결정되었소. 진낭자 칼을 받으시오."

그의 수중의 칼이 송이 송이 도화를 피어내자 화염이 사방으로 발출되는 것 같았으며, 진약람을 향해 공격해 들어갔다. 방노이 수중의 현빙침 역시 한풍의 슬픈 휘파람 소리를 내며 발출된 후 눈부시게 빛나는 홍광 중에 불시에 찔러 들어가는 것이 번개같이 신속했다. 진약람은 이번에 허공으로 뛰어 오르지 않고 도광과 침영 중에 갑자기 나가거니 물러서거니 백의를 휘날리며 움직였다. 그 동작의 우아하며 편안함이 느껴져 조금도 서두르는 것이 없었다. 홍, 방 두 사람의 강력한 공세도 그녀를 묶어놓지 못했다.

홍, 방 두 사람은 빠르게 이십 초 이상을 공격했으며, 보전 안의 사람들도 갑자기 추워졌다가 갑자기 더워지는 등, 극한과 극열 사이를 왔다갔다 했다. 홍, 방 두 사람이 이미 전력으로 신공을 발휘하고 있음을 알 수 있었다. 진약람은 갑자기 자유롭게 도영, 검광 중에 출몰하였다. 홀연히 홍노대가 욕을 하며 말했다.

"제기랄, 노이, 조심 좀 해라."

방노이 또한 욕을 하며 말했다.

"이런 제기랄. 칼 좀 제대로 잡으시오. 어찌 나를 찌르려고 합니까?"

사람들은 그들의 대화를 듣더니 그 안에서 많은 것을 알 수 있었다. 홍, 방 두 사람의 무공 조예가 높고 또 그들이 서로 오랜 기간 함께 수련하였는데, 그들이 연합해서 공격할 때 어찌 서로 다치게 하는 상황까지 이르렀는가이다.

홍, 방 두 사람이 서로 원망하였지만, 그들 수중의 병기들은 멈추지 않고, 계속해서 거센 비바람과 같이 공격해 들어갔다. 그러나 십에서 이십 여 초가 지난 이후 백의를 휘날리는 진약람은 더욱 활발히 움직이며 여유로워졌는데 비해 홍, 방 두 사람은 오히려 이를 지켜보는 사람들로 하여금 혹시 그들이 목숨을 걸고 싸우는 것이 아니라 놀고 있는 것이 아닌가 하는 의심을 하게 하였다. 향고가 갑자기 술에 취한 듯한 웃음 소리를 내며 말을 했다.

"여러분들 한번 보세요. 홍, 방 두 사람은 이미 진낭자의 현기보법玄奇步法에서 헤어나지 못하고 있어, 어쩔 수 없는 형국이 되었습니다."

살장로가 냉랭히 말했다.

"그들 쉽게 결심을 바꾸지 않을 겁니다. 그들이 패한 후 우리들이 손을 씁시다."

백현교의 도사가 말했다.

"진낭자의 보법이 은연 중에 요심탈지搖心奪志의 힘과 합쳐져서 홍, 방 두 사람이 이미 그만두고자 해도 그만둘 수 없는 괴로움에 처해있는 것 같습니다. 제가 생각한 것이 맞는지요?"

천비부의 우진이 말했다.

"임법사는 신묘한 이치에 정통하고 선기仙機 또한 정묘하니 말씀하신 것이 틀릴 수 없을 겁니다."

임법사가 말했다.

"우형, 별말씀이십니다. 저의 도력은 높지 않습니다. 어찌 우형은 과찬의 말씀을 하십니까."

우진이 말했다.

"임법사는 백현교의 저명한 고인이시며, 종이로 말을 만드시고, 콩을 거두어서 병사를 만드시는 신통을 가지신 것 이외에 무공에 정통하시니 우모는 오래전부터 앙모해 왔습니다."

살장로가 말했다.

"임도형, 이 사람은 입으론 달콤한 말을 하지만, 뱃 속에는 검을 숨긴 사람이요. 수단이 악날하기 그지 없으니 그와 가까이 하지 마시오."

우진이 "흥"하며 말했다.

"당신들 천충곡에도 무슨 좋은 사람을 찾아볼 수 없소. 마치 거북이 자라에 꼬리가 없다고 놀리는 꼴이니 피차 마찬가지요."

그들은 입에 창검이 달린 듯 서로 다투기 시작했다. 지금 한참 겨루고 있는 홍노대와 방노이 두 사람은 이러한 대화를 듣지 못하고 있었다. 향고가 말했다.

"모두들 조용히 해 주세요. 어느 분이 홍, 방 두 사람이 어느 정도까지 견딜 수 있는지 알 수 있습니까."

우진, 살장로, 임법사 등 세 사람이 눈을 돌려 살펴보고는 잠시 시간이 지난 후 임법사가 먼저 말을 떼었다.

"그들의 기세는 아직 사그러들지 않았으니, 진약람 낭자가 그들을 격패시키려고 해도 아마 아직은 힘이 들거요."

살장로가 말했다.

"내가 보기에는 삼십오 초 내에 진약람이 그들을 어찌하지 않겠는가?"

우진이 냉소하며 말했다.

"그것은 꼭 그렇지 않을 것이오. 만약 진낭자가 원한다면 아마도 살형에게 손을 쓸 수 있을 겁니다."

살장로가 노성을 지르며 말했다.

"너의 뜻은 그녀가 바로 홍, 방 형제를 바로 격패시킨다는 것이 아니냐."

우진이 말했다.

"나는 그렇게 이야기한 적이 없소."

살장로가 욕하며 말했다.

"거지같은 소리하지 말아라. 분명 그렇게 이야기하지 않았느냐."

우진이 말했다.

"네가 더 거지같다. 나는 단지 그녀가 당신을 바로 공격할 수 있을 것이라 한 것이지, 지금 바로 홍, 방 두 사람을 격패시킬 것이라 말하지 않았다."

살장로가 화가 나서 일어나자 향고의 부드러운 소리가 들렸다.

"장로 손을 쓰지 마세요. 우형이 말한 것은 일리가 있습니다. 다행히도 다음 번은 당신 차례 아닙니까. 어찌하여 진낭자에게 도전하지 않습니까?"

그녀의 목소리는 사람의 마음을 미혹하는 마력을 지니고 있어, 과연 살장로가 듣고는 진약람을 향해 말했다.

"진약람, 우리가 당신에게 몇 수 배워보려하오."

진약람은 이에 응하며 말했다.

"살장로는 이 두사람의 진세에 함께 하시려고 하나요. 아니면 별도로 손을 쓰시려 하나요?"

살장노가 그녀의 말을 듣더니 홍, 방 두사람은 이미 그녀에 대하여 전혀 압력이 되지 않는 것을 알고는 마음속으로 생각했다.

'내가 만약 참가해서 들어가면 아마도 저들의 방해만 될 것이다.'

이런 생각에 이르자 그에 응하며 말했다.

"우리는 따로 손을 쓰는 것이 좋겠소."

진약람이 말했다.

"좋아요!"

말을 하면서 그녀는 표연히 결투하는 곳을 벗어나 살장로 앞에 다가왔다. 그녀가 입을 열기 전에 홍노대와 방노이가 소리치며 욕하는 소리가 크게 들려왔다. 원래 그들은 싸울 대상을 잃은 것으로 갑자기 서로 찌르는 형국이 되었으나 손을 멈출 수 없었다. 우진은 박수를 치고 웃으며 말했다.

"재미있군, 재미있어. 그들 한 쌍의 사기꾼들이 서로 죽고 죽이는 꼴이 되었군."

임법사가 말했다.

"정말 불가사의한 일이다. 내가 보건대 그들은 분명 완전히 제압되어 자유롭지 않은 것이 아니었는데 어찌 서로 처참하게 서로를 공격하게 되었지?"

우진이 말했다.

"사람은 본래 이처럼 추악한 것이니, 그 어찌 신기한 일이겠소."

향고가 말했다.

"우형이 말한 것은 반만 맞습니다. 인성은 과연 추악하지만, 그들 또한 무공 방면에서 서로 극성을 지니고 있고, 게다가 여러 해 동안 서로 간에 사이가 벌어져 있었습니다. 서로가 그것을 참고 있었던 것이죠. 오늘 그것들이 일반 폭발하게 되자 물과 불이 서로 친할 수 없듯이 겨루면 겨룰수록 더 격렬하게 터져 나온 겁니다."

진약람은 그녀를 한번 바라보고는 말했다.

"향고, 당신의 재학과 견식은 과연 보통 사람이 미칠 수 없군요. 이들이 모두 당신을 지휘자로 따르는 것이 이상하지 않습니다."

향고가 말했다.

"진낭자 과찬입니다. 당신이 몇 분의 절학을 견디신다면 이후에 제가 가르침을 받도록 하겠습니다."

진약람이 말했다.

"저는 진력으로 응하겠습니다."

이 시각에 이르자 지붕의 임봉은 헛되이 반나절나 보고 들은 것 같았다. 도대체 진약람이 어찌하여 이 사람들과 다투게 되었는가? 하지만 그는 지금은 시작할 때와 같이 그렇게 걱정되지는 않았다. 그녀가 보여준 몇 수는 실제로 아름다우면서도 뛰어남의 극치를 갖고 있다고 할 수 있었고, 그의 눈을 크게 뜨게 해준 느낌이 있었다. 진약람의 눈은 이미 살장로 얼굴로 향했다. 살장로가 말했다.

"쇄가灑家에서 기른 몇 가지 작은 벌레들을 진낭자가 능히 제압할 수 있다면 진 것으로 하겠소. 그 다음은 마음대로 하시오."

진약람이 말을 하려고 할 때 우진이 끼어들었다.

"이런 상황에서는 상벌을 분명히 하여야 하지 않나요. 먼저 이기면 어떻게 할 것이고, 지면 어떻게 할 것이라는 것을 말하시오. 모호하게 말하지 말구요."

살장로가 날카롭게 소리쳤다.

"입닥쳐! 쇄가의 일에 참견말아라."

우진이 말했다.

"살형의 곡충이 우내에서 일절이니 생사를 논하지 않더라도 진낭자의 생명이 우려될 상황이니 제가 공도公道를 논한 것뿐입니다."

그는 겉으로 기쁨이나 노한 표정을 드러내지 않았으며, 말솜씨가 매우 좋았다. 살장로가 그의 말을 듣고는 진낭자가 분명히 질 것이라 예상했고, 때문에 그녀의 목숨을 잃는 것을 방지하기 위하여 이렇게 끼어든 것이라 생각했다. 이렇게 생각이 미치자 머릿속에 뻗치던 화도 점차 가라앉았으며, 진약람을 향하여 말을 열었다.

"진낭자 말할 것이 있소?"

진약람이 말했다.

"만약 진다면 무슨 말을 하겠습니까. 생사는 알아서 하십시오."

살장로가 말했다.

"그렇다면 쇄가도 진낭자가 말한대로 만약 진다면 생사는 알아서 하시오."

우진이 말했다.

"진낭자가 분명 당신을 살해하지 않을 것이니, 살형은 마음을 놓으시오."

진약람이 담담히 웃으며 말했다.

"우선생의 마음은 정말 알아내기 어렵습니다. 그러나 그 이야기는 이치에 맞습니다. 저는 졌다고 인정하는 사람을 상하지는 않을 것입니다. 가장 좋은 것은 지금 졌다고 말로 하는 것입니다. 제가 손을 쓰지 않는 것이 좋지 않겠습니까. 살장로 어떠십니까."

살장로는 눈을 부릅뜨고 우진을 노려보며 마음속 분노를 나타내었지만, 화를 내지는 않았다. 그는 눈을 진약람에게 돌리며 말했다.

"진낭자가 말한 뜻은 자연적으로 피륙지상皮肉之傷이 아니라도 좋다는 말씀이지요. 그렇게 정하는 것으로 합시다. 만약 쇄가가 진다면 바로 이곳에서 자진하겠소. 만약 쇄가가 이긴다면 당신의 몸은 쇄가의 것이며, 생사는 제 손에 달린 것이요. 어떻소."

진약람이 고개를 끄덕이며 말했다.

"좋습니다. 그렇게 하지요."

지붕 위의 임봉은 그녀가 상대방에게 어떠한 보증도 요구하지 않자 암중으로 상황이 좋지 않다 생각했다.

'그녀는 아직도 사람의 마음이 얼마나 간교한지를 모르고 있나 보다. 사람들이 모두 그녀 자신과 같다고 생각하고 말을 이행할 것으로 생각하다니. 뜻밖에 생사에 임박해서는 어떤 일이든 할 수 있는 사람들이지.'

홍노대와 방노이는 이 시각 점점 격렬하게 다투고 있었다. 대전 안에는 암류가 소용돌이 치고 있어서 사람들로 하여금 강대한 기류가 회전하는 곳에 서있는 듯이 느끼게 하였다. 원래 한기와 열기가 서로 만나면 반드시 강력한 역량을 생산한다. 하물며 그들이 발출하는 잠력에는 원래부터 서로 상충하는 힘을 가지고 있기 때문에 점점 더 세력이 맹렬해지고 강대해졌고 사람들은 점점 더 커지는 그 소리에 놀랄 수밖에 없었다.

진약람과 살장로의 결투는 이 때문에 부득불 늦춰질 수밖에 없었다. 아마 그들의 결투가 일단락을 맺어야 시작이 가능할 것 같았다. 임봉은 여유를 가지고 농서隴西 냉열이괴의 무공 초식을 살펴보았다. 홍노대의 열화도가 크게 열리기도 하고 닫치기도 하면서 떠들썩하게 움직이니 매 일 초 마다 모두 지극히 날카롭고 흉맹한 기운을 발출하여 한 칼 한 칼이 모두 상대방을 둘로 쪼개놓을 것 같은 기세였다.

그러나 방노이의 현빙침은 확실히 교활하며 음독하게 공격해 들어 갔다. 정말 빠른 출수에 한번 손목을 흔드는 듯싶더니 네다섯 번 이상을 찔러갔다. 대략적으로 말하지만 두 사람의 결투 방식은 서로 달랐으며, 각기 정묘하고 예측할 수 있는 곳이 있어서 대등한 세력을 유지하고 있었다. 그러나 이러한 것 때문에 쌍방의 초식이 점차로 거세질수록 머리털하나 들어갈 틈도 없이 상황은 심각해졌다. 홍노대의 열화도가 이미 방노이의 몸에 다달았고, 방노이의 현빙침 역시 홍노대의 요해를 찌르려는 찰라 쌍방은 초식을 바꾸며 한 번 뒤로 물러섰다.

그들의 결투는 깊은 원한을 가진 사람들이 좁은 길에서 만난 것 같았으며, 흉악하기가 이를데 없었다. 갑자기 두 사람은 큰 소리를 내며 각기 뒤로 물러섰다. 일시간에 도광과 검영이 사라졌다. 대전 안에는 "휘휭"하는 바람 소리가 울리는 것을 제외하고는 적막이 흘렀다. 홍, 방 두사람이 눈을 부릅뜨고 서있었는데, 만면에는 경악하는 표정으로 상대를 서로 주시하고 있었다. 방노이가 먼저 말했다.

"홍노대, 우리가 지금 뭐하는 겁니까? 어째서 우리가 서로 죽이려고 하는 것입니까?"

홍노대가 냉소를 지으며 말했다.

"네가 현빙침에 사정을 두지 않으니, 내가 어찌 너에게 응대하지 않을 수 있겠느냐?"

방노이가 탄식하며 말했다.

"미안합니다. 저도 많은 상처를 받았습니다. 정말 어찌된 일인지 모르겠습니다."

홍노대의 눈에서 음독한 빛이 흘러나오며 말했다.

"보자! 네 가슴이 모두 붉게 물들었으니 내가 약을 발라주겠다."

말을 마치고 천천히 걸음을 옮기며 다가서려 하였다. 이때 진약람이 경고를 하며 말했다.

"방선배, 당신은 조심하셔야 할 겁니다. 그가 좋은 뜻을 품고 있지 않은 것 같아요."

우진이 "아하"하고 웃으며 말했다.

"홍형이 방형에서 약을 발라준다고 한 것은 인지상정입니다. 절대 다른 뜻은 없어요. 홍형이 아직 기회를 잡아 방형을 암살하려 한다는 것입니까?"

다른 사람은 모두 이에 대해 대응하지 않았고, 진약람 또한 말을 하지 않았다. 방노이가 고개를 끄덕이자 홍노대가 걸어갔다. 한편으로는 열화도를 거두고 치료약을 꺼냈다. 방노이 또한 현빙침을 거두어 궤장에 갈무리했다. 홍노대가 말했다.

"네 상처는 중한가?"

방노이가 말했다.

"아직 괜찮습니다. 견딜만 해요. 홍노대의 상처는 어떤지 모르겠습니다."

홍노대가 말했다.

"큰 무리는 없다."

그는 상처를 받았다는 것은 인정했지만, 피가 보이지는 않았다. 사람들은 현빙침은 전문적으로 혈도를 찌르기 때문에 도검에 입은 상처와 달라 피가 흐르지 않는 것이 모두 당연하다 생각했다. 홍노대는 방노이의 상세를 살펴보고는 돌연 오지를 갈구리처럼 만들어 방노이의 가슴을 할퀴자 피가 갑자기 터져 나왔다. 방노이는 크게 소리치며 무릎을 구부려 "퍽"하는 소리와 함께 홍노대를 쳤다.

홍노대를 보니 쓰러진 채로 일어서지 못하였다. 바로 방노이의 한 무릎이 하음下陰 요혈에 적중한 것이다. 그러나 만약 홍노대가 상처를 입지 않았다면 이번 공격이 이처럼 날카롭게 홍노대를 공격하여 성공하기 어려웠을 것이다. 방노이의 신형이 비틀비틀 거리자 진약람은 그 앞으로 다가가 말했다.

"저는 이미 그가 좋은 뜻이 없다는 것을 알았습니다."

방노이가 그녀의 좋은 목소리를 듣고, 또 그녀의 편안한 표정을 보자 홀연히 마음의 안정을 되찾았고, 가슴이 시원해지는 것을 느끼며 몸을 가누어 설 수 있게 되었다. 그는 가슴 앞의 상처를 염두에 두지 않으며 쓴 웃음을 지으며 말했다.

"제가 낭자의 말을 들었어야 했습니다."

진약람이 말했다.

"그는 천성적으로 음독한 성격이라 마음속 원한을 특히 중시하는 사람입니다. 그러나 제가 보건데 그 또한 중상을 입었기 때문에 스스로도 쉽게 치료할 수 없다는 것을 알았을 겁니다. 그러자 비로소 당신에게 이와 같은 독수를 쓴 것입니다. 당신의 현빙침은 바로 그의 무공과 극성이었고, 따라서 당신은 겨우 경상일 것이라 여겼지만, 그는 완전히 그렇지 않았습니다."

방노이는 이제야 알게 되었다.

"진낭자의 말씀이 옳습니다."

진약람이 말했다.

"제가 상처를 치료하는 법에 대하여 그리 정통하지 않아, 당신의 상세를 치료할 수 있는지 없는지 모르겠습니다."

방노이가 천천히 고개를 저으며 말했다.

"구할 수 없을 것 같습니다."

진약람은 평정심을 가지고 말했다.

"그렇다면 제가 도움을 줄 것이 없는 것 같습니다."

방노이가 그녀를 주시하며 점차로 감격하는 빛을 띠었다. 그는 이러한 짧은 시간 내에 자신의 일생을 되돌아보았고, 자신이 정말 잘못을 많이 저질렀으니 이러한 빈사지경에 도달해서야 심령의 안정과 편안함이 이토록 귀한 것인가 깨닫게 되었다. 이외에 그는 친구를 선택하는 도리에 대하여 더욱 이해하게 되었다. 그는 탄식하며 말했다.

"성격이 잔악하고 차가운 사람은 관계가 정말 친밀하다고 하더라도 최후의 순간에 자신의 진면목을 노출하는구나."

우진이 말을 이었다.

"방형의 일은 여기까지입니다. 또 무슨 일을 하려고 합니까. 하물며 이러한 이치를 누가 모르고 있습니까?"

방노이가 말했다.

"그것이 바로 한계입니다. 어떤 사람들은 이치를 알고, 그것을 실행하지요. 하지만 어떤 사람들은 이치를 알고도 실행하지 않습니다. 그리고 결국 후회막급한 화를 불러들입니다."

우진이 냉소하며 말했다.

"진부하군, 진부해. 뻔한 이야기군. 정말 듣기 싫소."

방노이가 말했다.

"이전의 우리 형제는 우형과 같지 않았소. 이와 같은 이치가 정말 뻔하다구요? 하지만 몸이 이렇게 해를 입으니…, 아! 더 이상 말하지 않겠소! 우형은 다른 사람의 이야기가 귀에 들어가지 않겠지요."

향고가 돌연 말을 꺼냈다.

"방형, 듣자하니 당신들의 열화도와 현빙침은 특별한 묘용이 있다고 하던데, 그것이 사실입니까? 거짓입니까?"

방노이는 바로 고민스럽고 어지럽다는 신색을 띠었다. 향고의 소리에 사람을 홀리는 마력을 가지고 있기에 방노이의 안정된 마음이 일시간에 혼란스러워졌다. 우진이 말을 이었다.

"맞아요. 듣자하니 도검합벽으로 펼쳐지면 수궁隋宮 고정古井을 파괴할 수 있다고 하는데 이 말이 맞습니까?"

방노이는 혐오하는 표정으로 그들을 바라보고는 말했다.

"그 전설은 맞습니다. 그러나 고정 바닥 주철鑄鐵을 파괴한들 무슨 소용입니까? 아마 매장되어 있는 주보를 건질 수는 있겠지요."

진약람이 말했다.

"방선배, 현빙침을 저에게 주실 수 있으신가요?"

살장로는 먼저 반대의 뜻을 표하며 말했다.

"진낭자가 그 물건을 받아 어디에 쓰려는 겁니까?"

향고가 말했다.

"그녀는 반드시 수궁에 매장되어 있는 보물이 탐나는 것이겠죠. 이 것은 인지상정이 아닙니까? 이상할 것도 없지요."

우진이 말했다.

"만약 그녀가 탐심이 생겼다면 고정 안의 보물은 보통의 것이 아닐 겁니다. 이점은 단언할 수 있어요."

그들이 분분히 논쟁할 때 방노이는 이미 수중의 궤장을 진약람에게 주면서 말했다.

"낭자가 궤장의 몸을 세심하게 수리한다면 낭자에 맞게 사용할 수 있을 겁니다."

진약람은 웃으며 말했다.

"감사합니다. 그러나 이 침이 많은 사람들의 암투를 불러오지 않을까요?"

방노이가 말했다.

"만약 열화도가 무공에 정심하고, 사람됨이 강직한 대협 손에 들어간다면 아마도 사람들이 이 침을 원할 수는 없을 겁니다."

진약람은 눈을 돌려 그 열화도가 이미 우진의 손에 들어간 것을 보고 눈빛을 거두고는 말했다.

"기왕 방선배 당신들은 일찌감치 전설을 알았을 텐데 여러 해 동안 그곳 수궁에는 가보지 않으셨나요?"

방노이가 말했다.

"진낭자는 모르시겠습니까? 그 전설 속 그 고정에 많은 주보가 묻혀 있다고 하지만, 먼저 그 전설이 진실인지 거짓인지 모르겠고, 둘째로 주보란 모두 여인들이 좋아하는 것이지 남자들이 쓸만한 것은 아니지 않습니까. 셋째로는 홍노대가 동의하지 않았지요. 따라서 몇 해 동안 가보지 못했습니다."

그는 깊이 심호흡을 하며 다시 말했다.

"진낭자 어찌하여 방모에게 다른 일을 묻지 않으십니까? 예를 들어 이번에 여러 사람이 당신을 막아선 이유 같은 것 말입니다."

진약람이 가볍게 웃으며 말했다.

"당신들이 계속 이야기하지 않는 것으로 보아 자연 말하기 어려운 비밀이라 생각됩니다. 따라서 저는 당신이 위기에 있을 때 당신 마음을 불안하게 하고 싶지 않았습니다."

방노이가 말을 이으려 하자 향고의 소리가 들렸다.

"방형, 당신이 말을 아껴야만 아마 목숨을 부지할 기회가 있을 겁니다."

진약람이 말했다.

"그의 상처는 이미 치료할 수 없습니다. 또한 원기를 유지하는 것 또한 하기 힘들 것입니다."

향고가 말했다.

"지금 이 자리에 있는 사람 중에 한 사람만이 방형의 목숨을 구할 수 있을 겁니다."

우진이 말했다.

"그 고인은 누구입니까?"

원래 그의 생각은 방노이의 상세가 매우 과중하여 지금 상황으로는 단지 몇 년 동안 수련하여 모은 공력으로 겨우 목숨만 부지할 수 있을 것이라 본 것이다. 만약 어떤 이가 방노이를 구한다면, 그는 당금의 화타華陀라야 기사회생시킬 수 있을 것이라 생각했다. 그래서 그는 크게 놀라며 급히 물어본 것이다.

우진이 말을 한 것으로 볼 때 그는 방노이를 구할 수 있는 사람이 아니라는 것이 분명했다. 남은 사람들을 보면 향고 본인을 제외하고는 살장로와 임법사 두 명이 남았을 뿐이다. 그는 목광을 한 명의 화상과 한 명의 도인에게로 돌렸다. 그들의 얼굴에는 어떠한 표정도 보이지 않는데, 일시에 진정으로 어떤 이가 신통력을 가지고 있는지 알아낼 수 없었다. 진약람은 맑은 눈빛으로 살, 임 두 사람을 바라보며 말했다.

"임법사께서는 그러한 신통력을 가지고 계신데 사람의 목숨을 살리시려 하는지 모르겠습니다."

우진은 마음이 흔들리며 생각했다.

'그녀는 어느 점으로부터 임법사가 그런 능력을 가지고 있다고 생각한거지?'

임법사가 말을 꺼내어 그가 그러한 능력이 있다고 스스로 인정했을 때가 되자 우진은 진약람에 대하여 암중으로 두려운 마음이 생겨났다. 이러한 이어지는 많은 사정 속에서 그녀의 재지가 매우 출중하다는 것이 들어났으며, 그보다 뛰어나다는 것을 알게 되었기 때문이다. 임법사가 냉랭히 말했다.

"본법사가 손을 써서 그를 구한다면 어떤 이득이 있겠소?"

진약람이 말했다.

"그가 만약 살아난다면 당신들의 비밀을 누설하지 않겠죠."

임법사는 중얼거리며 망설이다가 비로소 말했다.

"좋다! 그러나 나는 반드시 그를 외부로 가서 시술해야 한다. 이곳에는 할 수 없다."

제35장

蘭心玉簡

난심옥간

진약람이 말했다.

"만약 임법사가 심력을 다한다면 방선배의 목숨을 구하지 못한다고 하더라도 할 말이 없을 겁니다. 그러나 당신이 만약 심력을 다하지 않는다면 그것은 도행에 반하는 일일 것이고, 방선배에게 이롭지 못할 것입니다. 그렇다면 저 또한 가만있지 않을 겁니다. 반드시 방선배의 보복을 하고야 말겁니다."

임법사가 냉소하며 말했다.

"내가 무엇 때문에 그를 암산하겠는가. 그리고 나는 너의 보복을 두려워하지 않는다."

진약람이 방노이를 향해 말했다.

"방선배, 이것은 당신의 유일한 기회입니다. 비록 믿음직스럽지는 않지만 한번 해보셔도 무방합니다. 당신을 어떻게 생각하시나요?"

방노이는 고개를 끄덕였으나 걸음을 옮기지는 못했다. 원래 그가 서서 넘어지지 않는 것 또한 이미 쉬운 일이 아닌데 어디를 갈 수 있겠는가? 임법사가 걸어와서 방노이를 향하여 얼굴에 기를 불어주며 "질疾"하고 소리치자 방노이는 걸음을 옮겨 그를 따라 대전 밖으로 나갔다. 우진이 말했다.

"진낭자, 당신의 생각으로 방형이 목숨을 부지할 수 있을까요?"

진약람이 말했다.

"이 문제는 당신이 향고에게 물어야 합니다."

향고가 바로 고개를 저으며 말했다.

"저에게 묻지 말아요. 저는 모릅니다."

살장로가 말을 이었다.

"하지만 방형의 치료 문제는 향고 당신이 꺼낸 것이다."

향고가 말했다.

"이 문제는 임법사가 생명을 잇는 그 능력을 시전하느냐 하지 않느냐에 달려있습니다. 제가 무슨 방법이 있겠습니까?"

우진이 말했다.

"맞습니다. 방형을 살해하여 입을 막는 것이 더 편한 일이지요."

살장로가 그렇지 않다고 생각하며 말했다.

"우리들이 말하는 것은 바로 수를 쓰는 것이라 오해가 있을 수 있다. 하지만 임법사가 방형의 생명을 구하는 것은 그에게 손해보는 것이 아니니, 왜 그렇게 하지 않겠느냐?"

향고가 말했다.

"살장로는 모르시는 바가 있습니다. 이러한 법력을 수련한 사람은 조금이라도 공력을 소모하는 일을 원치 않습니다. 따라서 보편적으로 본다면 사람을 살리는 것은 그 스스로도 본신의 진기를 크게 잠식시키는 일입니다. 그러나 만약 사람을 구하는 일이 소모적인 일이 아니라면 도리어 그의 법력은 더 증가될 수도 있습니다. 따라서 저 또한 그가 어떻게 처리할 것인지 알 수 없습니다."

그들이 이렇게 이야기 할 때 대전 밖에서 끔찍한 소리가 들려왔다. 사람들은 모두 귀를 기울이며, 얼굴에 모두 경악하는 표정을 지었는데 이러한 비명 소리가 분명히 임법사의 소리가 아닌가 모두들 생각했다. 향고가 말했다.

"우리들이 나가서 살펴보는 것이 어떤가요?"

살장로가 말했다.

"괴상하군. 그가 방형에서 독수를 쓰려하니 방형이 목숨을 걸고 반격해서 부상을 당한 것이 아닐까?"

진약람이 말했다.

"임법사의 비명 소리는 아마도 엄청난 비극을 암시하는 듯합니다. 아마도 그가 지른 이 소리는 비명횡사 직전의 신호가 아닌가 생각되며, 부상에서 끝날 것이 아닐 듯 싶습니다."

향고는 바닥에서 일어나 날씬하고 아름다운 몸을 이끌고 대전 밖으로 나갔다. 우진이 비록 대전의 문에서 가장 가까이 위치하고 있었으나 이 사람은 가장 영민해서, 사태가 명확치 않은 일에는 절대 먼저 우선하는 법이 없었다. 따라서 그는 움직일 듯 움직이지 않았으며, 향고가 먼저 나가기를 기다렸다. 대전 밖의 광장에는 땅 위에 두 사람이 누워져 있었고, 한 사람은 도를 들고 서있었는데 그 위세가 늠름했다. 향고가 바라보고는 놀라지 않을 수 없었다.

"장사는 어떤 분이십니까?"

도를 들고 있던 사람은 낭랑한 목소리로 말했다.

"저는 임봉입니다. 길을 가는 도중 여러분들을 본 적이 있습니다."

향고는 아름답게 웃으며 말했다.

"제가 이전에 주의하지 않았군요. 임형이 비단 무림의 고수일 뿐만 아니라 일표도 당당하고 위세도 혁혁하니 영수의 기개를 갖추고 있다 할 수 있습니다."

우진이 그 뒤쪽에서 "흥"하고 소리내며 말했다.

"원래 그였군."

향고가 물었다.

"우형은 이 임형을 아시나요?"

우진이 고개를 저으며 말했다.

"모릅니다. 그러나 우리가 이곳에 접어든 후 저는 그가 다시 돌아왔다는 것을 알았지요. 당시에 그는 장소를 찾아서 용변을 본다고 했는데, 원래 진낭자의 사람이었어요."

향고는 아름답고 매력적인 웃음을 지으며 말했다.

"우형와 같이 경험이 많으신 분도 임봉형의 진면목을 알아차리지 못했다니 임형이 아마 당시 매우 위장을 잘하셨나봅니다."

임봉이 멀리 그녀를 바라보았다. 젊은 여승이 매우 아름다운 자태를 가지고 있으며, 사람들을 취하게 하는 요사스러운 아름다움을 가지고 있어, 그녀에 대한 적의가 크게 줄어들었다. 따라서 처음과 같이 긴장을 하고 일촉즉발의 기세를 누그러뜨렸다. 향고는 우진을 향해 눈웃음을 지으며 말했다.

"우형, 이 임형을 당신에게 부탁드릴까요? 아니면 제가 상대할까요?"

우진이 중얼거리며 대답하지 않자, 대전 내에서 살장로의 목소리가 들렸다.

"당신들 외부에서 한 사람을 상대한다면, 이 쇄가에게 맡겨보시오."

우진이 즉시 결정하면서 말했다.

"형제 잠깐 기다려 보시오. 살장로가 어떻게 진낭자를 처리하는지 봅시다. 이 임형은 향고가 처리할 겁니다."

원래 그들의 이러한 행동의 목적은 바로 진약람에게 있는 것이다. 목하 한 사람 임봉이 늘어났지만, 진약람과 관계가 있다고 하더라도 주가 될 수 없는 것이다. 하물며 향고가 임봉을 잡겠다고 하니 분명 그녀의 확신하는 바가 있다고 생각되었으며 우진에게는 이익되는 것이 아니었다. 향고는 버들같은 허리를 흔들며 돌계단을 내려왔다. 그녀의 일거동은 모두 사람의 혼을 흔들고 뼈를 녹일 것 같은 풍취를 자아냈다. 임봉은 마음속으로 조심하며 생각했다.

'그녀의 머리는 파르라니 하고, 몸에 승복을 입고 있는데 어찌하여 이와 같이 사람의 마음을 흔들 수 있는가. 만약 그녀가 머리에 화려한 장식을 하고, 몸에 아름다운 옷을 걸치고, 눈을 가늘게 뜨고 얌전히 걷는다고만 하면 천하를 풍미하지 않겠는가?'

이러한 생각을 하는 동안 향고가 그의 앞으로 걸어오더니 달콤한 미소를 지으며 말했다.

"임형, 당신은 어떤 수법으로 임법사를 살해하였나요?"

임봉은 어깨를 들썩거리고는 말했다.

"그가 방가에게 암수를 쓰려는 것을 보고 크게 노하여 한 칼에 그를 죽였습니다. 당시에 이처럼 대명이 자자한 임법사인 줄 상상도 못했습니다. 결과적으로 이렇게 좋지 않게 되었습니다."

향고는 얼굴에 가득 탄복하는 기색을 하며 말했다.

"아마 당신의 용맹무쌍함이 임법사의 사법을 억제했을 것이라 생각되네요."

임봉은 갑자기 자기가 임법사를 살해한 것이 영웅적인 것 같아 호기가 크게 일어나며 말했다.

"그 사도가 무슨 대단하기나 한가요. 향고께서는 과찬입니다."

향고가 고개를 돌려 대전을 바라보니 우진은 이미 대전 안으로 들어가고 없었다. 그녀는 고개를 다시 돌리며 말했다.

"저는 당신들과 원한도 없고 원수도 아니니 우리가 겨루던 겨루지 않던 상관없습니다. 그렇지 않나요?"

임봉은 마음속에서 너른 마음으로 연신 고개를 끄덕이며 말했다.

"그렇습니다. 향고께서 핍박하지만 않는다면 저는 죄를 짓고 싶지 않습니다."

향고는 아름답게 웃으며 말했다.

"우리들 자리를 바꾸는 것이 어떤가요. 이곳에 시체 두 구가 있으니 좀 불편한 것 같습니다. 그리고 내전 안의 상황을 알 수 없군요."

임봉은 이 여자가 매우 세세하게 살펴주자 아무런 이상함도 느끼지 않고 그녀를 따라 움직였다. 그들은 좌측으로 돌아 뒤편으로 갔다. 그곳은 황량한 곳이었고, 떨어진 낙엽이 온 땅에 가득했으며, 계단마다 푸른 이끼가 끼어있었다. 향고는 낮은 목소리로 말했다.

"우리들은 이 길을 따라 갑시다. 그쪽 길의 측문은 이미 가려져 있고, 그 안쪽이 바로 대전입니다. 문에는 틈이 많이 나있어 우리들은 그를 통해 안을 살펴볼 수 있으며, 그들이 우리를 발견할까 걱정할 필요도 없습니다."

임봉은 고개를 끄덕이며 그녀를 따라 갔다. 문 앞에 도착하자 향고는 나무 문 사이로 난 틈을 통해 안을 바라보고는 몇 걸음을 물러서서 임봉 곁으로 왔다. 그들의 거리는 매우 가까웠고, 신체끼리 거의 접촉할 정도였다. 임봉은 진한 향기를 맡자 마음속으로 가볍게 취하는 듯했다. 향고는 옆으로 그를 바라보면서 가볍게 말했다.

"당신은 제 나이가 몇으로 보이나요?"

임봉은 그녀의 나이를 알아보기 위해 그녀를 바라보았다. 그녀의 얼굴은 성내는 듯, 기뻐하는 듯 아름답고 매력적이기가 그지없어 일시에 그녀의 나이를 알 수 없었다. 향고가 또 말했다.

"당신은 삼십 또래로 되어 보이지 않네요. 제가 제일 좋아하는 나이입니다."

임봉은 그냥 물었다.

"왜 그렇지요?"

향고가 웃으며 말했다.

"당신의 그 나이 때는 강한 힘을 가지고 있으며, 또한 경험 또한 갖추고 있어 나이어린 사내들과는 다르다고 할 수 있지요."

임봉이 그 말에 답했다.

"그러나 당신과 같이 생각하는 여자들은 많지 않습니다."

그가 그녀의 얼굴을 바라보고는 유감스러운 마음으로 참지 못하며 충동적으로 물었다.

"당신은 어찌하여 출가하게 되었습니까?"

향고가 가볍게 탄식하며 말했다.

"저는 박한 운명을 가지고 태어난 사람입니다. 부모는 일찍 돌아가시고, 신혼 삼개월 만에 남편까지 저 때문에 사망하고 슬하에 자녀도 없습니다."

그녀의 얼굴에 나타난 그윽한 원망과 스스로 가련해 하는 모습은 십분 사람을 감동시켰다. 임봉도 마음이 부드러워져서 그녀를 대신해 탄식했다. 따라서 그녀가 접근해 오자 그를 밀쳐낼 수 없었으며, 손을 내밀어 그녀의 어깨를 안았다. 그녀를 위로하며 말했다.

"당신과 같이 젊고, 아름다운 사람이 하필 머리를 깎고 출가합니까? 당신이 만약 다시 환속한다면 당신을 위해서 반드시 남편을 찾아드리겠습니다."

향고가 말했다.

"그러나 인생에서 그 같은 환상과 다릅니다. 제가 환속한다고 해서, 반드시 행복해지지는 않을 겁니다. 그렇지 않나요?"

임봉이 말했다.

"말은 그렇지만 당신은 한번도 시도해보지 않은 것 아닙니까. 그렇지 않다면 어떠한 기회도 잡을 수 없는 겁니다. 한번 해보지 않으시렵니까?"

향고의 옥수가 자연스럽게 그의 허리를 감은 후 위쪽을 향해서 움직이며 뒷목에 이르렀다. 그의 자태와 동작은 친밀한 느낌을 주었으나 식지와 중지의 손가락 끝은 임봉 뒷목의 대혈 위에 있었고, 매우 흉악하게 변해 있었다. 임봉은 이를 느끼지 못하고 말했다.

"만약 당신이 환속한다고 하면 제가 책임지고 좋은 남자 몇 명을 소개해드리겠습니다. 당신이 선택할 수 있도록 말입니다."

향고는 놀라며 물었다.

"또 다른 남자를 찾는다구요? 당신은요? 당신이 어쩌면 본처를 버릴 수도 있을 것이라, 그래서….."

임봉은 성실하게 말했다.

"저는 안됩니다. 저는 아직 아내를 얻은 적도 없고, 따라서 본처를 버릴 수 없기 때문이 아닙니다."

향고가 놀라며 말했다.

"그렇다면 어째서 인가요? 제가 보기싫은 것은 아닌가요."

임봉이 말했다.

"제가 어찌 당신을 싫어하겠습니까? 그것은 제가 아마도 당신에게 어울리지 않기 때문입니다. 저의 출신은 미천하고, 또 집에는 가지고 있는 재물도 없습니다."

향고는 향기롭게 또 부드럽게 몸을 그에게 밀착시키더니 기뻐하며 말했다.

"그렇게 말하지 말아요. 저는 이미 적지 않은 남자를 보았으나 당신과 같은 인재는 이미 만 사람 중에 하나라도 만나볼 수 없는 사람이라 생각해요. 정말 미천한 신세라 말하지 마세요. 금지옥엽이라고 해도 당신에겐 어림없습니다."

임봉이 기뻐하는 신색을 띠며 물었다.

"당신은 저를 속이지 마십시오."

향고가 말했다.

"당연히 속이는 것이 아니지요. 진약람은 당신의 어떤 사람입니까."

임봉이 말했다.

"진약람은 저와 잘 알지 못합니다. 조금 전 길에서 만난 사이죠. 제가 보니 우진은 좋은 사람이 아닌 것 같았고, 아마도 그녀를 해할 것 같아 그녀에게 경고를 한 바 있고, 또 따라와서 살펴보려고 했던 것입니다."

향고는 그 말을 의심하지 않고 믿었다. 임봉이 그녀에게 준 인상은 그가 절대로 남에게 굽히지 않는 철한鐵漢이라는 것이며 거짓으로 지어내어 이야기할 사람이 아니라는 것을 알았다. 그녀는 고개를 끄덕이며 말했다.

"그렇게 말하니 그녀와 당신과는 관계는 저와 당신 보다 친밀하지 않은 것이네요."

이렇게 말했을 때 그녀의 손톱 끝은 그의 목 뒤 혈도 위에서 이미 떨어져 있었다.

"우리들은 가서 내전의 상황을 살펴봅시다. 이미 결투가 시작되었는지 모르겠습니다. 그러나 당신은 경솔하게 손을 써서 그녀를 돕지는 마세요."

임봉은 그녀에게 대답하여 응하지 않았다. 면전에서 미안하게 반대할 수도 없어서 소리내지 않은 것이다. 향고가 말했다.

"제가 그녀를 질투하는 것은 아닙니다. 혹여나 적의를 가지고 당신의 출수를 막는 것이 아닙니다. 사실상 저는 당신을 생각해서 그런 것입니다. 이번에 와서 그녀를 상대하는 사람 중 가장 대단한 사람은 아직 몸을 나타내지 않고 있습니다."

임봉은 믿기 어려웠으나 "아"하고 소리내며 물었다.

"그는 누구입니까? 얼마나 대단하다고 하는 것입니까?"

향고가 말했다.

"그 사람은 황해黃海 칠도서七島嶼의 왕후王侯 중 한 사람입니다. 황해 칠왕후의 이름을 들은 적이 있나요?"

임봉은 냉기를 내뿜으며 말했다.

"당연히 들어보았습니다. 하지만 진짜 그런 사람이 있다는 것은 몰랐습니다."

향고가 말했다.

"진짜 그런 사람이 있는 것은 물론이요, 저는 친 눈으로 그의 절세의 무공을 본 적이 있습니다. 이렇게 말하는 것으로 그의 진면목을 다 드러낼 수 없습니다. 요사도瑤沙島 원망후怨望侯 필태충畢太沖은 정말 대단한데 그가 수련한 신공신법神功神法이 형태도 없이 소리도 없이 위력을 발휘하기 때문입니다. 제 해석을 이해할 수 있나요?"

임봉이 고개를 저으며 말했다.

"잘 이해되지는 않습니다."

향고가 말했다.

"예를 들어 당신의 날래고 사나운 기세나 저의 사람을 미혹시키는 웃음들도 적의 관점에서 말하면 상당한 위협이 될 수 있지요. 그의 신공신법도 그런 것입니다. 하지만 그 무공은 전혀 다른 방법을 사용하여 새로운 것을 창신한 것으로 위협적이기가 비할 바 없지요."

임봉이 말했다.

"그렇군요. 하지만 얼마나 위력적인지는 알 수 없나요?"

향고가 말했다.

"원망후 필태충이 사람 앞에 서기만 해도 상대되는 사람의 마음은 이미 격탕되지요. 만약 보통의 명가 고수라면 말할 것도 없습니다. 제가 친히 목격한 것에 따르면 두 사람 명문대파 출신의 고인으로 오랜 기간 수련하여 공력을 쌓은 자였지만 그의 공격을 견디지 못했으니, 이로서 원망후 필태충의 위력을 알게 되었습니다."

그녀는 잠시 멈추었다가 말을 이었다.

"그 두 사람의 고인 중 한 사람은 소림 명가였으며, 또 한 사람은 무당 고수였습니다. 믿을 수 있습니까?"

임봉이 다시 말을 받았다.

"정말 그토록 대단합니까?"

향고가 성을 내며 말했다.

"제가 광언이라도 하는 것 같나요?"

임봉이 급히 말했다.

"제가 어디 당신이 광언했다고 했습니까. 마음속에서 매우 놀랄 따름이었습니다. 마음에 두지 마십시오."

향고는 성을 내다가 다시 웃으며 말했다.

"당신이 만약 내 말을 믿는다면 분명 손해보지는 않을 겁니다. 그가 이미 이곳에서 당신의 거동을 살피고 있을 지도 모르기 때문입니다. 자연 그의 무공은 십분 정심하며 오묘하여 무공만을 논하자면 당세에 그의 적수를 찾아보기 어려울 정도입니다."

임봉은 생각했다.

'그녀는 아마도 놀라서 담이 작아졌나보다. 그러니 원망후 필태충을 지나치게 두려워하는 것이 아닌가. 그를 이야기할 때 너무 과장하는 것이 아닌가 싶다.'

그리고는 바로 물었다.

"듣자하니 황해 칠왕후는 이미 이십 년 동안 중토를 밟지 않았다고 하는데, 그 원망후 필태충은 어찌하여 이곳으로 오는 것입니까?"

향고가 말했다.

"그것은 알 수 없어요. 그에게 가서 묻지 않는다면…."

그녀는 갑자기 입을 다물었고, 사람 이름을 이야기하지 못했다. 임봉이 거북하지만 계속 물었다.

"그렇다면 그에게 신경쓰지 마십시오. 하지만 당신은 그가 오늘 나타날 것이라는 것을 알고 있습니까?"

향고가 말했다.

"만약 살장로와 우진이 모두 패한 후, 제가 나서지 않는다면 필후야는 반드시 나타나 손을 쓸 것임은 의심할 바 없어요."

임봉은 더 말을 할 수 없었다. 향고를 이끌고 문 옆으로 다가가 틈 사이로 안을 보았다. 대전 내의 형세는 매우 기묘했다. 본디 진약람과 결투를 하던 살장로는 한 곳에서 앉아 있었다. 도리어 우진이 노장검鷩長劍을 뽑아 들고 진약람과 대치하는 형국이었다. 임봉과 향고가 명확히 보았을 때 우진은 갑자기 몸을 날리더니 수중의 장도로 삼엄한 빛을 만들어 곧바로 진약람의 머리를 쪼개갔다.

다른 사람들은 그냥 보고만 있었는데, 임봉은 놀라서 소리를 지를 뻔하였다. 원래 우진의 이 일도는 신속하기가 맹렬하여 부드러움과 강인함이 암중으로 존재하며, 펼쳤다 거두기를 숨쉬듯하고, 칼이 지나간 곳마다 바느질을 빽빽이 하듯이 틈이 없을 정도였다. 분명 소림사 육합도의 정수를 보여주고 있었다. 임봉은 일찍이 심우로부터 소림 절예를 배웠다. 따라서 한번만 보고도 그것을 알 수 있었으며, 마음으로 크게 놀라서 생각했다.

'천비부의 내력을 가진 사람이라는 것이 이상하지 않구나. 강호에서 두려하거나 꺼릴 상대가 없는 듯하다. 우진의 이 일도는 실제로 이미 소림의 진전을 이어 받았다고 할 수 있으며 만약에 그가 천비부의 고수라는 것을 몰랐다면 누구든 그가 소림 문하라고 믿을 것이다. 만약 이후에 복수를 갚으려고 한다면 아마 그 대상을 잘못 찾을 것이다.'

그가 이러한 생각을 하는 동안 진약람이 소매를 흔들며 장으로 받아치니 그냥 넘어가는 듯이 우진의 날카로운 도세를 와해시켰다. 우진은 다리로 땅을 딛고 서서, 대갈일성하며 칼을 휘둘러 베어 갔다. 공격을 하는 동안 기세는 천변만화하며 무성도武聖刀의 정수가 펼쳐졌다. 진약람은 두 걸을 물러나서 미소를 띠었다. 말하자면 매우 이상했다. 우진의 삼군벽이三軍辟易의 기세가 돌연간 종적도 없이 사라졌다. 이때 그의 도초는 이미 정묘함을 잃어버리고는 거칠게 변했고, 그는 그저 급히 장도를 거두기 바빴다.

우진은 투덜거렸지만 어느 누구도 그가 어떠한 소리를 했는지 들을 수 없었다. 그의 도세는 변했으며, 그는 신형을 엎드리고는 칼끝으로 상대방의 다리를 질풍처럼 공격해 들어갔다. 진약람은 두 다리를 옮기지 않고, 윗 몸을 구부려 우수를 펼쳐서 땅에 떨어진 물건을 줍는 듯한 자세로 있었다. 이러한 간단한 동작은 확실히 바닥에서 펼쳐지는 도광을 물러나게 하였다. 우진은 급히 뒤로 따르게 몸을 돌려 물러섰다. 아마도 막대한 위협을 받은 것 같았다. 향고는 임봉의 신변에서 가볍게 탄식하며 말했다.

"진약람의 저 한 수는 아마도 난심옥간蘭心玉簡의 정수를 받은 것이군요."

임봉은 연이어 낮은 목소리로 물었다.

"무슨 말씀입니까? 난심옥간은 무엇입니까?"

향고가 말했다.

"조금 있다가 말씀드리겠습니다."

이때 우진은 이미 칼을 안고 오육 보 떨어진 곳에서 놀란 듯이 진약람을 바라보고는 말했다.

"진낭자는 이미 범인을 뛰어넘은 성인의 능력을 갖추었군요. 저는 인사드리고 물러납니다."

진약람이 담담히 말했다.

"우선배 말씀은 잘하십니다. 저는 정말 우연하게 이 도법을 알게 되었습니다. 따라서 겨우 상대할 수 있었을 뿐입니다. 만약 우선배가 이후 더 간섭하지 않으신다면 저는 감격할 따름입니다."

우진은 몸을 숙여 예를 취하고는 말했다.

"진낭자 걱정마십시오. 제가 만약 더 발전이 없다면 감히 다시 놀라게 해드리겠습니까. 제가 드릴 말씀이 있는데 괜찮으시겠습니까?"

진약람은 예모를 갖추고 웃으며 말했다.

"우선배는 어떤 가르침이신가요?"

우진이 말했다.

"제 출신은 천비부로 이 점은 낭자가 이미 알고 있으실 겁니다. 솔직히 말씀드리면 제가 오래지 않아 더 대단한 초식 수법을 얻게 된다면 다시 한번 낭자에게 인증받고 싶습니다."

진약람이 말했다.

"좋습니다. 그러나 저도 한 가지 충고드릴 것이 있으니 우선배는 잘 들으시기 바랍니다."

우진은 감히 태만할 수 없었으며 공경히 말했다.

"낭자는 어떤 충고가 있으신가요?"

진약람이 말했다.

"만약 우선배가 또 다른 가파의 도법을 사용한다해도 마도의 비초를 얻지 못한다면 아마도 다시는 시도해볼 기회가 없을 겁니다."

우진의 얼굴 색이 변하며 말했다.

"그렇다면 려사가 있어야 낭자를 감당할 수 있다는 것인가요."

진약람이 고개를 끄덕이며 말했다.

"아마도 그렇겁니다. 우선배가 만약 믿지 못하신다면 장래에 반드시 후회할 겁니다."

우진은 앙천일소하며 말했다.

"저는 필사적으로 상처입고 사망하더라도 다시 한번 시도해 보려는데, 후회가 있겠습니까?"

진약람이 말했다.

"우선배, 심혈을 기울여 시간을 허비한 후 다른 절초를 연성해 내었을 때, 당신이 아직도 승산이 없다고 한다면 필경 후회막급할 겁니다."

우진은 따르지 못하고 말했다.

"제가 적어도 이미 몇 초의 절예를 연성하였지만 낭자와는 상대가 되지 않지요. 하지만 다시 시도해 보는 것이 손해보는 일은 아닐 겁니다. 제가 어찌 후회하겠습니까?"

진약람이 담담히 웃으며 말했다.

"우선배가 자신의 생각을 고집하신다면 그렇다면 한번 해보셔도 무방합니다."

그는 눈을 살장로에게 돌리며 얼굴에 편안한 신색을 띠고는 천천히 말했다.

"살장로, 법가法駕 이외에 향고만 남았습니다."

살장로가 말했다.

"쇄가는 알았다. 낭자가 이야기할 필요는 없다."

진약람이 말했다.

"향고는 마지막으로 결투를 기다리고 있지 않습니까. 아마 그녀는 반드시 통천철지通天澈地의 능력을 갖추고 있을 것으로 보이니 살장로는 어찌하여 그녀에게 저를 상대하라 하지 않으십니까?"

살장로는 기이한 기색을 떠올랐다. 한참이 지난 후에 말을 열었다.

"쇄가는 낭자에게 무례했습니다. 그러나 낭자가 어떤 연유로 저를 옹호해주시는지 모르겠습니다. 저 쇄가와 손을 쓰지 않겠다구요? 혹시 쇄가 저 같은 사람도 불쌍히 여기는 겁니까?"

진약람이 가볍게 웃자 그 모습이 정말로 우아하고 사랑스러웠다. 하지만 그 가운데에는 무엇이라 추측할 수 없는 깊은 의미가 있는 것 같았다. 그녀가 천천히 말했다.

"세상에 많은 일들은 굳이 그 이유를 알 필요는 없습니다. 때로 말을 해보았자 명확치 않은 것입니다. 살장로께서도 자연 이 도리를 아시지 않습니까?"

살장로가 말했다.

"그 뜻이 비록, 하지만, 하지만…."

진약람이 말했다.

"살장로는 더 말씀하실 필요가 없습니다. 만약 당신이 저를 믿으신다면 지금 바로 이곳을 떠나는 것이 좋습니다. 빠를수록 좋습니다."

우진이 끼어들며 말했다.

"진선자의 말씀 중에는 저를 포함하는 것입니까?"

진약풍이 말했다.

"당연히 우선배도 말씀드린 것입니다. 이 곳 묘에는 지금 살기가 깔려있습니다. 두 사람은 빨리 이곳을 떠나시는 것이 좋을 듯합니다."

살장로는 따르지 않고 눈을 들어 말했다.

"쇄가는 다른 사람이 감히 저에게 그렇게 말하는 것을 믿지 않습니다. 당연히 진선자가 우리들에게 권고한 것이니, 그 적수가 진선자는 아니겠지요."

진약람이 말했다.

"당연히 저는 아닙니다."

우진이 말했다.

"그렇다면 향고 또한 아니겠지요?"

진약람이 고개를 저으며 말했다.

"그녀도 아닙니다. 하지만 그가 누구인지 저 또한 아직 모르겠습니다."

말을 듣자니 정말 이상했다. 살장로, 우진 등의 사람들은 진약람의 말이 너무 현묘하다고 느꼈기에 도리어 마음속으로 팔성 정도의 믿음이 생겨나게 되었다.

"그렇다면 쇄가는 떠나도록 하겠습니다."

그가 자리에서 일어나며 다시 물었다.

"우형은 가지 않으십니까?"

우진은 머뭇거리다 말했다.

"갑시다. 비록 저는 더 머물며 어떤 변고가 있을지 보고 싶지만 말입니다. 그러나 진선자의 이 호의를 저버릴 수는 없습니다."

그들은 진약람을 향하여 예를 갖추어 이별을 고한 후에 대전 밖으로 나갔다. 진약람은 대전의 문 근처로 가서 밖을 바라보았으나, 그곳을 떠날 의사는 없는 것 같았다. 측문 뒤에서 몰래 지켜보던 임봉과 향고는 이때서야 조금씩 문 틈을 벗어났다. 임봉이 향고를 바라보며 의문이 가득한 얼굴을 하고서는 낮은 목소리로 말했다.

"진낭자는 혹시 황해 칠왕후가 이곳을 찾아올 것이라는 것을 알고 있는 것이 아니겠소?"

향고가 말했다.

"아마 그럴 겁니다. 살, 우 두 사람을 떠나보낸 것을 보면 말입니다."

임봉이 말했다.

"만약 살, 우 두 사람이 그녀 쪽에 선다면 정황은 그녀에게 유리할 것이고 해가 없을 텐데 왜 급히 두 사람을 보냈을까요?"

향고가 웃으며 말했다.

"황해 칠왕후가 어떤 인물입니까. 살, 우 등 고수들이 이곳에 머물러 진낭자를 도와준다고 해도 아마 큰 작용을 하지는 못할 겁니다."

임봉이 말했다.

"당신은 정말 황해 칠왕후를 너무 높게 평가하는 것 아닙니까. 그들이 비록 천하에 이름이 났다고 해도, 그들이 고수 중의 고수라고 불려도, 살, 우 두 사람은 각기 절예를 가지고 있기에 원망후 필태충의 한 사람의 힘으로 감히 가볍게 승리할 것이라고는 생각지 못하겠습니다. 거기에 진약람도 있지 않습니까?"

향고가 말했다.

"원망후 필태충이 도착한다면 당신도 이해할 수 있을 겁니다."

그들이 여기까지 말을 마치자 홀연히 모두 조용해지며, 귀를 귀울였다. 임봉이 말했다.

"아마도 많은 사람이 오는 모양이군!"

향고의 얼굴색이 무겁게 변하며 말했다.

"분명 원망후 필태충이 도착한 것 같습니다. 우리들이 여기에서 몰래 살펴보는 것은 적당하지 않은 것 같습니다."

임봉이 웃으며 말했다.

"그렇다면 당신은 몸을 숨기십시오. 저는 그가 두렵지 않습니다."

향고는 가볍게 탄식하며 말했다.

"당신들 남자들은 언제나 그 모양이지요. 모두 강한 척합니다. 하지만 곁에 있는 사람들은 당신을 얼마나 걱정하는지 아시나요."

임봉은 멍해지며 말을 했다.

"향고 당신의 말을 들으니 황해 칠왕후는 정말 세상을 뒤엎어버릴 만한 무쌍의 실력을 가지고 있는 것 같습니다. 다른 사람들은 그와 만날 자격도 없는 것 아닙니까. 흥! 당신은 정말 그를 너무 높게 평가하는 군요!"

향고는 기분이 조금 상했지만 걱정이 되기도 하였다. 걱정이 되는 것은 이토록 강직한 남자라도 분명 원망후 필태충의 흉악하고 맹렬한 기세를 피할 수 없다는 것이다. 그녀가 말했다.

"과거 고수로 둘을 찾아보기 어려웠던 칠해도룡 심목령이라도 감히 가볍게 황해 칠왕후를 상대하겠다고 말하지 못했을 겁니다. 당신은 칠해도룡 심목령의 위명을 들어보았나요?"

제36장

黄海一侯

황해일후

임봉이 말했다.

"들어보았습니다. 그는 저희 표국 총표두인 심우의 선친이십니다."

그는 다시 더 말을 하지 않고 문 틈으로 다가갔다. 향고는 어쩔 수 없이 어깨를 들썩이고는 그의 신변으로 따라가서 내전을 바라보았다. 진약람이 대전의 문이 있는 곳에 서있는 것이 보였다. 가볍게 바람이 불어 그녀의 옷자락이 흔들리니 신선과 같은 자태를 나타내고 있었다. 그녀는 비록 그냥 편한대로 서있는 것 같았으나 그 자체에서 일종의 성결한 기도가 느껴져 사람들로 하여금 경모하는 마음이 일게 하였으며 예의없는 생각을 감히 하지 못하도록 하였다.

한 바탕 어지러운 말발굽 소리가 대전 앞까지 다가왔다. 진약람이 조용히 오는 사람들을 바라보았지만 미동도 없었다. 얼굴에도 특별한 표정이 나타나지 않았다. 한 무리의 기사들은 열두명에 달했는데 모두 황의黃衣 경장을 입고 있었다. 그들은 대전 앞의 계단 아래에서 분분히 말에서 내린 후 신속하게 두 열을 지어 서서 숙연한 자세로 있었다.

바로 이어서 말 네 기가 다가왔다. 진약람이 목광을 돌려 바라보니 네 기 중 둘이 바로 살장로와 우진이라 가볍게 고개를 젖고 말았다.

다른 두 사람은 황포를 입은 노인이었는데 대략 나이가 육순 정도였다. 얼굴은 길고 말랐으며 안색은 누랬다. 멀리서 바라보기만해도 사람들로 하여금 불편한 느낌을 주었다.

다른 사람은 젊은이였는데 귀한 집의 자제처럼 꾸미고 있었으며 부채를 들고 흔들고 있었다. 하지만 이 젊은이는 생긴 것이 이마는 좁고 광대뼈가 툭 튀어 나왔으며 사자 코에 입은 아주 커서 상당히 못생긴 추남이었다. 비록 화려하게 옷을 갖추었지만 호감을 줄 수 없는 얼굴이었다. 이들 네 사람도 도착하더니 말에서 뛰어 내렸다. 황의의 늙은이는 미리와서 기다리고 있는 두 열의 대한들 사이를 지나가 계단을 오른 후 바로 대전 안으로 들어갔다.

그 두 열의 황의 대한들도 네 사람이 지나간 후 신속하게 대전 안으로 들어가 수족에 방해가 될 만한 향로 및 몇 개의 탁자 같은 물건들을 치웠다. 그 중의 한 사람은 어느 곳에서 가져왔는지 의자를 가지고 와서 내전 벽 아래에 놓았다. 황의 노인이 사양하지 않고 옷을 걷고는 앉았다. 시각 대전 안의 사람은 적지 않았다. 하지만 기침 소리 하나 들리지 않았다.

황의 노인은 앉은 후 진약람의 눈을 응시하더니 돌연듯 날카롭고 예리한 눈빛을 쏘아내었다. 아마도 마음속에 많은 원한을 간직한 것 같았다. 그의 눈빛에 누런 그의 얼굴은 더욱더 사람들로 하여금 불편한 마음을 느끼게 하였다.

진약람은 조용히 그를 한 동안 바라보았다. 사람들은 갑자기 또 다른 느낌을 받았다. 그것은 이렇게 깨끗하고 성결한 미녀가 그토록 앞에서 계속 서있다면 영원히 번뇌를 느끼지 않을 것만 같은 느낌이었다. 화의공자가 "흥"하고 소리치며 말했다.

"낭자가 진약람입니까?"

진약람이 고개를 끄덕이며 미소를 지으며 말했다.

"그렇습니다. 공자는 누구신가요?"

화복 공자가 말했다.

"내 성은 필이고, 이름은 붕비입니다. 그렇다면 다시 한가지를 묻죠. 당신은 본래 춘희春姬라고 불리지 않았습니까?"

진약람이 말했다.

"그렇습니다. 필공자는 정확히 알고 계시네요."

필붕비畢鵬飛는 부채를 흔들며 말했다.

"당신이 사진의 첩妾이 맞습니까?"

진약람은 조용하게 평상시와 같이 말했다.

"그것은 사공자에게 물어보시면 알 수 있습니다."

필붕비가 듣고는 매우 놀랐다. 그 살장로와 우진 두 사람도 놀랐으며 또한 화가 난다는 듯한 기색을 띠었다. 원래 그들은 이미 진약람의 절세 무공을 그들 눈으로 보았으며 또한 청려하기가 신선과 같은 얼굴과 모습을 가지고 있는데 뜻밖에 한 사람의 첩이라고 하니 그녀를 대신에 불공평하다는 생각이 떠올랐다. 황의 노인이 이때 "흥"하며 소리치고는 말했다.

"아들아 입닥쳐라. 아비가 그녀에게 묻겠다."

진약람이 눈을 돌려 황의 노인을 바라보고는 말했다.

"원래 노선생은 필공자의 부친이었군요. 보자하니 부하들이 많은 것으로 보아 왕후가 아니신가요. 생각건대 신분이 매우 높으신 분 같습니다."

황의 노인이 말했다.

"노부는 필태충이고, 황해 칠왕후의 한 사람이오. 사람들은 원망후라고 부르지요. 낭자는 노부의 이름을 들어본 적있소."

진약람이 고개를 끄덕이며 말했다.

"있습니다. 있어요. 사부인(師夫人이 말씀하시는 것을 들은 적이 있습니다. 그러나 그 때는 제가 강호에 나올 지 생각하지도 못할 때여서 크게 유의하지는 않았습니다."

필태충은 그 사람을 불편하게 하는 누런 얼굴 위로 한 가닥 웃음을 지으며 말했다.

"사부인이 천하 영웅 인물을 논할 때 노부를 언급한 것은 참 어려운 일입니다. 노부가 한가지 물어보려고 하는데, 그 난심옥간을 낭자는 어느 정도 연성했소."

진약람이 말했다.

"필후야畢侯爺께서 불원천리 오신 것이 그것을 물려고 하신 겁니까?"

원망후 필태충이 말했다.

"당신이 어떻게 대답하는 가를 보아야 겠소."

진약람이 말했다.

"저는 당신을 선배 고인으로 존경합니다. 그러므로 사실대로 말씀드리겠습니다. 그 난심옥간은 정말 깊이가 있어 깨치기 어렵습니다. 하지만 이미 적지 않게 수련했습니다."

필붕비가 지적하며 말했다.

"어찌 그런 일이 있을 수 있지! 어찌 그런 일이 있을 수 있지!"

필태충이 옆에 있던 그를 바라보고 말했다.

"붕비 너는 '허튼소리하지마'라고 하더니 어찌 말을 바꾸었느냐?"

필붕비는 얼이 빠져서 말을 하지 못했다. 필태충이 말했다.

"아마 그녀의 난심성력蘭心聖力이 이미 너의 마음속에 침투했다. 네가 느끼지 못하는 사이에 그녀를 상하게 하지 않으려 하게 되었고 따라서 네가 평소에 쓰던 말도 순하게 변했다. 이런 것들을 놓고 보았을 때 너는 아직 진약람의 적수가 아니다."

필붕비가 역성을 내며 말했다.

"그렇다면 한번 해보겠습니다. 아버님 허락해 주십시오."

필태충이 말했다.

"허락할 수 없다. 너와 그녀 모두 내가 상해를 주고 싶지 않은 사람들이다. 당연히 그녀가 반드시 너를 이길 수는 없을지라도, 만약 지게 된다면 상해를 입거나 목숨을 잃을 수도 있기 때문이다."

필붕비의 위세는 누그러졌다. 그는 고개를 돌려 살장로와 우진을 바라보고 말했다.

"너희들이 연합해서 공격해라."

우진은 어떤 표시도 하지 않고, 살장로는 견디지 못하고 냉랭하게 말했다.

"공자의 말씀이 만약 영존을 대표한다면 쇄가는 한번 생각해 보겠습니다."

필붕비는 분노하며 말했다.

"이 하늘 높은 줄 모르는 대머리 화상아. 너는 본공자가 아버님의 위명에 기대어 사람들을 못살게 구는 사람으로 보이느냐?"

살장로는 필태충이 어떤 소리도 내지 않는 것을 보고 일시적으로 그의 생각을 짐작할 수 없어 말을 이었다.

"공자가 만약 세를 등에 업고 한 것이 아니라면 자연 바람직합니다."

그의 말투가 돌연 부드러워졌다. 그의 성격과 신분으로 보면 어디 이와 같이 말할 수 있을까. 그것은 원망후 필태충이 얼마나 두려운 상대인지 알게 해 주었다. 우진이 이에 말을 이었다.

"필공자 위세가 혁혁하시고 한편으로 그 재능과 실제 학습이 높은 고인이시니 어디 후야의 위명을 등에 업겠습니까. 그러나 우리들은 이미 진낭자의 손에 패한 적이 있으니 다시 겨룰 필요가 없습니다."

필붕비는 포기하지 않고, 원혼을 흐트러뜨릴 기세로 진혹하게 말했다.

"너희들이 출전해도 당연히 적수가 되지 않는다. 내가 지금 당신들에게 연합해서 싸우라고 하지 않았느냐. 내 명을 어기면 반드시 죽게 될 것이다."

살장로와 우진은 서로 바라보며 순식간에 상대방의 의중을 이해했다. 우진이 고개를 저으며 말했다.

"공자는 진낭자의 무공을 보지 못했으니 알지 못하는 겁니다. 저와 살형이 연합해서 출수한다고 해도 천만 진낭자의 적수가 될 수 없습니다."

살장로는 마른 두 어깨를 들썩이며 말했다.

"쇄가 또한 그런 생각을 가지고 있습니다. 우형 또한 같은 생각을 가지고 있는지 몰랐습니다."

그는 잠시 쉬었다가 말했다.

"다시 말하자면 공자가 명하신 것은 아마도 생각이 부족했다고 보는 것을 면치 못할 것입니다. 만약 영존께서 말씀하신다면 우리들이 혹여 따를지라도 공자는 무엇에 의거하여 우리에게 명령하는 겁니까?”

그들이 비록 황해 칠왕후의 위명을 두려워하여 원망후 필태충을 만났을 때 고분고분 되돌아 온 것이지만 필태충의 아들 필붕비의 오만 방자한 것은 견딜 수 없는 것이었다. 따라서 지금을 기회로 삼아 그 마음을 드러낸 것이다. 우진도 즉각 말을 해서 살장로를 지원했다.

“살형의 말은 정말 이치에 맞습니다. 필공자 당신이 이미 가전 진전을 이어받았다면 족히 종횡천하하실 수 있을 겁니다. 하지만 어찌되었든 당신은 영존과 같이 세상을 뒤엎을 위명을 가지고 있지 않으며, 만약 귀도의 휘하의 사람에게 명령을 한다고 한다면 아마도 그렇게 쉬운 일은 아닐 겁니다.”

필붕비의 눈썹에는 원한의 빛이 뚜렷했다. 안광은 흉포하게 변했으며, 냉소를 몇 차례나 흘리며 말했다.

“본공자가 한 말은 산과 같다. 절대 주워 담지 않는다. 너희들이 명을 어긴다면 죽음밖에 없다.”

원망후 필태충은 이 시간까지 말을 하지 않았다. 실제로 그의 의중이 무엇인지 짐작치 못하게 했다. 우진과 살장로는 모두 생각했다.

‘필태충 네가 말을 하지 않고, 네 자식의 힘을 빌린다면 그래 우리가 무서워하나 보자.’

문 뒤에서 몰래 지켜보던 임봉과 향고 두 사람은 이 때 이미 몸을 움직였다. 임봉의 마음속에서는 정말 이해되지 않는 것이 있었다. 팔꿈치로 가볍게 향고를 두드리고는 낮은 목소리로 물었다. 향고의 옥장조 掌이 그의 입을 막았다. 그녀의 손은 따뜻하고 향기로웠으며 아주 부드러워서 임봉은 마음이 가볍게 뛰는 것을 참을 수 없었다. 그녀는 눈동자를 깜박거리며 소리내지 말하는 표시를 했다. 임봉이 고개를 끄떡이자 비로소 그녀가 옥수를 거두었다.

필붕비는 귀를 찌를 듯한 웃음소리를 내며 부채를 가볍게 부치고는 몇 걸음을 걸어 나갔다. 우, 살 두 사람은 암중으로 운공하여 대비하고 있었다. 필붕비가 얼굴을 돌려 바라보는데 십분 원망하는 눈초리가 매서웠다. 그들은 그 눈빛을 바라보고는 돌연간 분노와 원한이 일어나더니 함께 걸어 나갔다. 우진과 살장로 모두 심성이 잔인하며 수단이 악독한 사람들이라 일단 마음속에 원한이 일더니 살기를 촉발하여 모두 자신이 이 광오한 필공자를 죽이리라 생각하였다. 홀연히 진약람이 말을 꺼냈다.

"필공자, 당신은 대체 이 두 선배를 살해해서 저에게 시위하려는 겁니까? 아니면 정말 그들을 마음에 두지 않고, 그들이 반대로 저를 도울 것을 두려워하지 않는 건가요?"

진약람의 소리는 편안했고 귀를 즐겁게 했다. 우진과 살장로는 이 순간 청화한 기가 폐부에 들어와 일시간에 원한의 마음을 크게 옅게 되었음을 느꼈다. 그들의 정서는 다시 회복되었고, 방금 일이 타당치 못했다는 것을 깨달았다. 조금전 정서가 격탕했다는 것은 실제로 무도 상 금기라고 할 수 있었다. 그리고는 바로 그 필태충이 원망후라고 불리는 이유를 알 것 같았다. 알고 보니 그가 수련한 기공심법은 능히 적이 가진 원기怨氣의 마음을 어지럽게 만드는 것이다. 필붕비는 두 눈썹을 찌푸리고는 말했다.

"진약람, 당신이 청화지음清和之音으로 그들의 이지를 회복시킨 것은 실제로 바보같은 짓이다. 그들이 일단 맑은 신지를 회복한다면 분명 이해득실을 따질 것이며, 당신도 알다시피 절대로 당신 쪽에 서지 않을 것이기 때문이다.”

우진과 살장로 두 사람은 그 말을 듣더니 과연 반박할 수 없었으며, 또한 그들도 분명 감히 진약람 쪽에 설 수 없을 것 같았다. 진약람은 가볍게 웃으며 말했다.

“필공자 이쪽으로 오셔서 저를 상대하시죠. 하필 다른 사람들을 끌어들이시나요.”

필붕비가 말했다.

“나를 따르면 살고, 거스르면 죽는다. 이것이 황해 요사도 필가의 가훈이다. 진낭자 알고 있나?”

진약람이 말했다.

“그렇군요. 당신들은 저를 어떻게 하실 생각인가요.”

필붕비가 냉랭하게 그녀를 주시하며 말했다.

“폐도의 심공과 난심옥간의 절예는 서로 상반된다. 따라서 가부께서 진낭자가 난심오간을 수련했는지 알고자 특별히 나를 대동하고 중원으로 온 것이다. 낭자는 어느 정도까지 수련을 했는가?”

그의 사람됨은 도리어 시원시원했고 솔직했다. 한 마디로 그의 의중을 이야기했다. 진약람이 말했다.

“천하 각 가문의 무공 심법 중에서 적지 않은 것이 서로 상극인 정황입니다. 필공자의 말씀에 따르자면 그들은 서로 쟁살을 그치지 않음이 없을 텐데 어찌 평안한 나날을 보낼 수 있을까요.”

필붕비가 말했다.

"그것은 다른 사람들의 일이다. 본공자는 관심없다. 진낭자는 우리를 따라서 요사도로 가야한다. 내가 당신이 추호도 상처받지 않을 것이라 보장하겠다."

진약람이 고개를 저으며 말했다.

"안됩니다. 저도 사정이 있습니다. 다시 말해서 제가 귀도로 간다해도 생소한 곳에서 재미도 없을 것입니다."

필붕비가 말했다.

"이것은 진낭자가 원하는가 원하지 않는가의 문제가 아니다. 먼저 본공자는 이 두 사람을 해결하고 다시 이야기를 하고 싶다."

그는 눈을 우진과 살장로에게 돌리며 말했다.

"우리들의 이야기를 당신들은 들었겠지. 지금 당신들은 태도를 분명히 해야 한다. 내 시간을 허비하지 말라."

우진과 살장로는 모두 머뭇거리는 모습이었다. 그것은 원망후 필태충이 어떤 말도 하지 않기 때문에 그들은 지금에 이르기까지 여전히 필붕비의 말이 필태충을 대표하는 것인지 알 수 없기 때문이다. 필붕비가 냉소하며 말했다.

"당신들 중 한 사람은 전문적으로 다른 사람의 무공을 훔치는 도적이고, 또 한 사람은 벌레를 가지고 노는 대머리인데 이러한 하류 인물들이 나에게는 드문 편이 아니지. 그래 너희들은 뭐든지 꺼내서 한번 놀아 보거라."

우진은 도적이라 욕을 들었고, 살장로는 대머리라 놀림을 받자 일시간에 마음속에서 화가 치밀어 올랐다. 우진이 먼저 말했다.

"살형, 참으려도 참을 수 없군요. 우리들이 한번 크게 손을 써봅시다. 다른 일은 그 뒤에 다시 생각합시다."

살장로가 날카롭게 말했다.

"우형 말씀이 옳습니다. 우리들이 만약 힘을 합해 손을 쓴다면 저 어린 자식이 견딜 수 없을 겁니다."

필붕비의 몇 마디가 저 두 노강호의 몸에 있는 일곱 구멍에서 연기가 날 정도로 만들었으며, 마음을 마구 어지럽혔다. 진약람은 건너편에서 고개를 저으며 생각했다.

'이 원망후 필가의 비예는 실제로 범상치 않구나.'

우진은 도를 뽑고 좌측으로 움직였고, 살장로는 죽통 하나를 꺼냈는데 길이가 약 삼 척이나 되고 모양은 오리알과 같았다. 그는 우측으로 돌아가며 협공의 기세를 이뤘다. 진약람이 바로 지금 상황을 주시하고 있으나 아직도 의자에 앉아있는 원망후 필태충의 목광이 자기의 얼굴에 계속 머무르고 있음을 알 수 있었다. 그녀의 마음은 필태충이 그녀의 반응으로부터 자신의 마음을 읽고 있는 것 같았다. 그때 그녀는 홀연 깨닫는 것이 있었다.

'맞다. 필붕비가 우, 살 두 사람을 상대하는 것에 이토록 인정없이 만횡을 부리며 악독하게 구는 것은 바로 필태충의 뜻을 따르는 것이고, 그것은 바로 나의 반응을 관찰하는 것이다.'

다행히 그녀는 계속 신색을 노출하지 않았다. 사실상 그녀는 난심옥간을 수련한 이후 정신이 투명할 정도로 깨끗했고, 속세의 티끌에 물들지 않았으니 거의 그녀의 마음속 파동을 밖으로 드러내지 않았다. 홀연 필붕비의 수중의 부채가 우진을 향하여 날아가더니 바람이 날카롭게 일었다. 우진은 급히 칼을 휘둘러 이를 막았다. 우측의 살장로는 죽통을 빠르게 휘두르며 맹공을 퍼부어 상대방의 공격을 견제했다.

필붕비는 차갑게 입으로 소리치고는 한 쪽 다리를 날려 살장로의 죽통을 쳤다. 펑하는 소리와 함께 휘두르던 죽통이 그 한 발에 차여 부셔졌다. 그의 일선일각一扇一脚은 그의 공력이 심후하기가 그지없음을 보여주었다. 우진과 살장로는 모두 크게 놀랐다. 그러나 마음속의 원한은 안정되지 않았다. 다시 재차 공격해 들어갔다. 그러나 필붕비는 부채를 날리며 도광과 죽통이 만들어내는 그림자 속에서 계속 출몰하며 짧은 시간 동안 십이삼 초 이상을 서로 겨뤘다.

진약람이 바라보고 문득 하나의 기이한 일을 발견하자 놀라지 않을 수 없었으며, 당연히 그를 주목할 수밖에 없었다. 원래 우진과 살장로의 초식 심법은 곳곳에서 그들의 공력이 심후한 것을 보여주었는데 이로부터 그들이 실제로 만나기 어려운 고수라고 할 수 있었다. 하지만 원망후 필태충의 아들 필붕비는 뜻밖에도 혼자서 두 명의 고수를 상대하고 있었으며 무공에서도 그들보다 더 고명한 것 같았다. 그러나 기이한 것은 진약람이 볼 때 필붕비의 무공이 단순히 가볍게 우, 살 두 사람의 막아내는 정도로 고명한 것이 아니라 우진, 살장로 두 사람의 연합 초식의 작용을 빠르게 사라지도록 하는 작용을 하고 있었으며, 따라서 필붕비는 싸우면 싸울수록 더 용맹해지는 것이 아닌가.

그녀가 이 점을 발견하고는 동시에 그 답안을 찾을 수 있었다. 그러나 그녀는 필태충의 예리한 안광이 자신을 바라보고 있기에 계속 놀라는 모습을 드러내며 장내의 결투를 바라보았다. 삼사십 초가 지나자 필붕비가 돌연 대갈일성하며 섭선 중에서 두 줄기 빛을 사출하여 두 명의 적을 습격하여 갔다. 우진과 살장로는 모두 피할 수 없었고, 각기 통증으로 "흑"하는 소리와 함께 뒤로 사오 보를 물러섰다. 우진 어깨에 정련된 철로 만든 부채 살 하나가 꽂혀 있었으며, 그 부채 살의 일부는 칠팔촌 정도 밖으로 나와 있었다. 살장로 또한 다리에 같은 암기가 적중되었다. 역시 부채 살 하나에 당한 것이다. 그들은 몸을 움츠리고 노한 눈을 하며 필붕비를 바라보았다. 필붕비는 광오하게 냉소지으며 말했다.

"당신들은 이미 패군지장敗軍之將인데 아직도 빨리 포기하고 투항하지 않느냐?"

우진이 말을 들은 후 "땅"하는 소리와 함께 그의 장도가 바닥으로 떨어졌다. 살장로가 날카롭게 말했다.

"우형 두려워할 필요가 없소. 쇄가는 아직 절예를 펼치지 않았소."

우진이 응하며 말했다.

"살형 틀렸소. 형제는 두려워하는 것이 아니라 상반신이 홀연히 마비되면서 병기가 손을 벗어나 떨어진 것이오."

그의 목소리에는 분하다는 뜻이 담겨 있었다. 과연 두려워서 포기하는 것은 아닌 듯 싶었다. 살장로가 "흥"하며 말했다.

"쇄가의 하반신은 이미 감각을 잃었소. 아마도 그의 부채살에 극독이 발라져 있었던 모양이오. 그러나 쇄가의 두 손은 능히 움직일 수 있소. 흐! 흐!"

그가 냉소성이 끝나기도 전에 소매를 한번 휘두르니 적지 않은 것들이 날아갔다. 장내의 사람들은 모두 무공이 고강한 사람들이며 안력이 뛰어났다. 그를 한번 바라보니 살장로가 큰 소매 속에서 꺼낸 물건은 바로 벌레들이었다. 그중에는 거대한 황봉黃蜂과 채색 반점이 있는 나비, 긴 몸체에 날개가 달려있는 잠자리 들이었다. 그중 두 마리의 나비가 가장 시선을 끌었는데 홀연히 위로 홀연히 아래로 공중에서 춤을 추는 것이 주목을 받게 되었다.

이외에도 일곱 여덟 마리의 거대한 황봉은 "윙윙"소리를 내며 진을 형성하여 필붕비를 향하여 날아가며 신속하게 습격했다. 그 세력은 사람들을 놀라게 했으며, 상대방의 기분을 건드리기도 하였다. 한편 또 한 마리 잠자리는 아주 높이 날면서 공중에 멈춰서 움직이지 않았기에 사람들이 이를 소홀히하기 쉬웠다. 필붕비는 부채를 들어 흔들면서 경력을 발출했다. 그 칠팔 마리의 황봉은 이에 부딪쳐 더 앞으로 나아가지 못했고 "윙"하며 소리를 내며 모두 흩어지며 사면팔방에서 필붕비를 덮쳐갔다.

모든 사람들의 눈이 그 황봉의 이동을 따라서 움직일 수밖에 없었다. 필붕비의 수중의 섭선이 움직일 때 마다 경풍이 일었다. 근접해 들어가는 큰 황봉이 바람에 밀려서 멀어졌다. 어떤 때는 입을 벌려 바람을 내는데 한번 바람을 불때마다 다가오는 황봉이 이삼 장이나 떨어졌다. 황봉의 공격이 지극히 맹렬했으며 사방팔방에서 진공해 들어왔다. 그러나 필붕비는 전혀 당황해 하지 않으면서 부채를 휘두르고 입으로 바람을 불면서 가볍게 칠팔 마리의 황봉을 물리쳤다.

두 마리의 칠채 무늬의 나비가 돌연간 필붕비를 향해 날아왔다. 그들의 비행 방식은 황봉과는 완전히 달랐다. 홀연히 들어왔다가 홀연히 나가고, 어느 때는 오른쪽에 어느 때는 왼쪽에서 나타나는 등 사람으로 하여금 갈피를 잡을 수 없도록 하였다. 우진은 황급히 물러섰다. 그는 상반신이 비록 감각을 잃었지만 두 다리는 움직일 수 있었다. 이때 여러 차례 필붕비의 부채와 입바람에 물러섰던 황봉이 거의 그를 향해 육박해 들어갔다. 그러자 그는 힘을 내어 뒤로 물러섰다.

그가 몇 장을 물러섰지만 필붕비와의 거리가 아직도 너무 가까웠기에 계속해서 뒤로 물러났다. 하지만 그의 뒷편으로 사오 척 거리에 한 명의 황의 대한이 있는 것은 생각지 못했다. 그 대한은 수중의 장검을 이미 꺼내어 수평하게 들고는 앞을 향해 겨누고 있었는데 우진의 등에 있는 요해와의 거리는 불과 일 척이 되지 않았다. 그자는 검을 들고 움직이지 않았기에 전혀 소리가 나지 않았다. 우진이 만약 다시 물러선다면 아마도 자동적으로 그 검 끝에 닿을 것이다.

문 뒤에서 보고 있는 임봉과 향고를 포함하여 장내의 모든 사람은 우진 쪽 상황을 주목하지 않았다. 우진은 계속해서 후퇴하였고 그 기세가 급했다. 홀연히 등 뒤에서 아픈 느낌이 났다. 적의 검이 이미 수 촌 깊이로 등을 찔렀던 것이다. 그제서야 그는 물러서지 않고 멈췄다. 그 황의 대한은 조각이나 목조상과 같았다. 장검을 더 깊이 찌르지도 않았고, 또 뽑지도 않았다. 원래 우진의 등을 찌른 그대로 있었다. 흘깃 보니 그가 검을 들고 우진을 마주하고 있으며, 그에게 움직이지 못하도록 하고 있는 모습이었다.

선혈이 검날을 타고 흘러내렸다. 우진은 몇 초를 멈추고는 움직이지도 않고 소리내지도 않았다. 갑자기 오장육부에서 극렬한 통증이 밀려왔다. 그는 고통스럽게 소리치면서 뒤를 돌아 번개와 같이 한 장을 날렸다. "펑"소리와 함께 그 일장은 황의 대한의 가슴에 적중했다. 강력한 장력은 황의 대한을 십여 보나 물러서게 하였으며, 쿵하는 소리와 함께 땅으로 쓰러지게 하였다. 사람들이 우진의 고통스러운 소리를 들고는 눈을 돌려 바라볼 때 그의 일장이 황의 대한을 격중하여 사망하게 하였는데, 그 기세의 위맹함이 이를 바가 없었다. 필태충은 눈썹을 찌푸렸다. 필붕비가 말했다.

"이상하군. 어떻게 장을 들어 사람을 공격할 수 있지?"

말이 아직 끝나지 않았을 때 우진도 쓰러져 바닥에 누웠다. 등은 하늘을 향하고 있었는데 피가 그곳에서 계속 뿜어져 나와 옷을 모두 적셨다. 한 황의 대한이 가서 바라보며 높은 소리로 말했다.

"공자님, 이 자는 먼저 창상을 입었는데 바로 그곳이 요해였습니다. 아마도 죽기 직전에 회광반조迴光反照로 일장을 발출한 것 같습니다."

필붕비가 말했다.

"원래 그렇군."

그의 말은 한 마리 황봉이 날아 오자 중단되었다. 그는 앙천대소하며 말했다.

"천충곡의 절예가 이 정도에 불과한가."

한 명의 황의 대한이 별안간 몸을 솟구쳐 장중으로 들어오면서 말했다.

"공자께서 흥취가 없으시면 속하가 이 벌레들을 수습하겠습니다."

그는 한 마디도 허풍떠는 것이 아니었다. 원래 그가 벌과 나비들이 둘러싸고 있는 곳으로 뛰어들 때 그들 황봉과 나비는 모두 몸을 숨기면서 감히 그를 침습하려고 하지 않았다.

진약람이 말했다.

"필공자, 당신이 만약 살장로를 놔주신다면 저와 한번 겨뤄보는 것이 어떻습니까."

필붕비가 껄껄 웃으며 말했다.

"당신은 본디 오늘 나와 겨루려고 생각하지 않았다. 그리고 아마 할 수 없을 것이다. 안 된다. 본공자가 한 말은 반드시 지키지, 반드시 살가 대머리를 없애도록 하겠다."

살장로가 날카롭게 말했다.

"그렇다면 너는 이리와서 해봐라."

소리를 지르며 소매를 휘두르니 또 세 마리의 거대한 잠자리가 날아갔다. 가장 앞선 한 마리를 포함하여 모두 네 마리였다. 그러나 이 잠자리들은 모두 허공에서 머물고 있었는데 바로 살장로의 머리 위에서 움직이지 않았다. 무슨 위력이 있다는 것인지 사람들은 의아했다. 그것들은 아마도 열을 지어 살장로는 보호하는 것 같았다. 살장로의 좌수가 흔들리자 또 한 물건이 진약람을 향해 날아갔다.

"낭자 받으시오."

진약람은 손을 들어 받아들었다. 그것은 바로 하나의 마른 나뭇가지였다. 무게는 아주 가벼웠고 딱히 보아도 특별한 구석이 없었다. 도대체 무엇에 쓰는 것인가?

그녀가 고개를 들어 바라보았을 때 마침 살장로는 한 개의 합을 바닥으로 떨어뜨렸다. 합의 뚜껑이 열리자 무수히 많은 긴다리 개미들이 쏟아져 나왔다. 이들 개미들 중에 가장 독특한 부분은 바로 몸 색깔이었다. 백두홍신白頭紅身 즉, 머리는 희고 몸은 붉은 이 개미는 이목을 끌었다. 이 개미는 일반 개미보다 그 몸체가 조금 컸다. 백두홍신의 긴다리 개미들이 움직이는 속도는 사람을 놀라게 하였다. 눈 깜짝할 사이에 대전의 지면을 덮었다. 없는 곳이 없었다. 사람들이 더 놀란 것은 사면의 벽과 지붕에도 개미들이 보이는 것이다. 비록 모두 이삼천 마리에 불과하지만 정말 사람들이 놀랄 만했다.

그러나 선명한 색을 띤 이 긴다리 개미들은 어떤 사람도 공격하지 않았으며 심지어 접근하지도 았았다. 그래서 사람들이 비록 놀랐지만 수를 써서 그것들을 상대하지도 않았다. 살장로가 입을 조금 움직이자 어떤 수를 썼는지 모르겠지만, 필태충이 곧바로 입을 열며 삼엄하게 말했다.

"빨리 저 화상을 죽여라."

대전 모퉁이에 있던 두 명의 황의 대한이 대답하고는 뛰어 들어갔다. 모두 흉악한 소리를 지르며 한명은 도를 들고 한 명은 채찍을 들어 급히 살장로를 공격했다. 살장로는 두 다리를 움직일 수 없었다. 그 두 명의 황의 대한이 신속히 공격해 들어오는 것을 보고 도포 소매를 흔들면서 그 중의 하나를 막아갔다. 동시의 좌수 오지를 갈고리처럼 만들어 나누어 들어오는 쇠채찍을 감아쥐었다.

그의 수법은 정묘하기 이를 데가 없었다. 그 황의 대한은 한 손으로 강편을 잡을 것이라 생각지도 못했다. 마음속으로 크게 흔들리며 더 생각할 겨를이 없이 건장한 팔을 들어 공격해 갔다. 이러한 반응은 본능적으로 나오는 것으로 만약 생각하고 한다면 아마도 이렇게 대응하지 못했을 것이다.

상대와 교봉을 겨룰 때 서로의 머리가 날카로운 칼 위에 놓여 있다면 조그만 실수라도 그곳을 피로 물들일 것이며 생명을 바치게 될 것이다. 따라서 이 황의 대한은 힘을 발출한 후 경각심을 발휘했지만 아마도 늦어버렸다. 그가 경각한 것은 상대방이 한 손으로 강편을 잡았다는 것이었다. 어찌 이것이 도리어 적에게 기회를 준 것이 아니었겠는가?

　이렇게 설명이 길었지만 실제로 이 일은 찰나지간의 일이었다. 현장에서 "펑펑"하는 소리가 연속으로 들리더니 두 사람이 쓰러졌다. 한 사람은 살장로가 도포를 흔들어 공격을 막았던 황의 대한이고, 또 한 사람은 살장로 본인이었다.

　그 손에 강편을 들고 있는 황의 대한은 반격을 받지 않았고, 도리어 채찍을 힘껏 내려쳐서 살장로를 쓰러뜨렸다. 그는 크게 놀랐다. 눈을 돌려 쓰러져 있는 동료를 바라보고는 놀라 실색하지 않을 수 없었다. 그의 동료 얼굴에는 검은 빛을 내는 거미가 있었던 것이다. 꿈틀거리며 움직이는 것이 아마도 눈을 파먹고 있는 모양이었다. 살장로가 넘어진 이유를 알고보니 수법이 부족했을 뿐만 아니라, 그 황의 대한이 동편으로 그를 감아 끌었기 때문이었다.

제37장

白玉蓮花

백옥연화

그 황의 대한이 놀랍고도 화가나 소리를 지르며 강편을 신속하게 휘두르자 "팍"하는 소리와 함께 살장로의 머리를 격중하였는데, 동시에 피와 뇌수가 함께 쏟아져 나오며 죽게 되었다. 문득 바라보니 원망후 필태충은 의자와 함께 수 척을 날았다. 필붕비 또한 허공으로 뛰어 올랐다. 원래 그 백두홍신白頭紅身의 긴다리 개미들이 공격을 시작했기 때문이었다. 필태충은 안광이 예리했고, 경험이 풍부해서 독개미들의 모습을 보고는 바로 즉각 의자로 다가오는 두 마리의 개미를 장을 날려 쓸어버리고는 동시에 뛰어올랐다. 의자는 계속 그의 엉덩이 아래에 위치하고 있는 채였다.

필붕비도 진약람이 갑자기 바람에 나부끼며 도약하는 것을 보고 일반인을 뛰어넘는 기지를 발휘하여 지극히도 빠르게 반응하여 함께 뛰어 올랐다. 그가 허공의 가장 높은 곳에 올랐을 때 아래를 바라보니 그가 다리를 딛어야 할 곳에 네 다섯 마리의 독개미가 보였다. 그 속도를 판단해서 보니 그 독개미의 움직임은 빠르기가 암기와 다를 바가 없어 크게 놀랐다. 필태충이 소리치며 말했다.

"모두들 대전 밖으로 나가라."

말이 끝나지도 않은 상황 속에서 채찍으로 살장로를 죽인 황의 대한 이 비명을 지르며 땅으로 넘겨졌다. 필가 부자는 허공에서 그 장면을 보고 그 수하의 몸 위에 독개미 한 마리만이 있는 것을 보았을 따름이었다. 아마도 그 독개미의 독은 대단하며 한 마리가 족히 사람의 생명을 취할 수 있는 것을 알았다.

필태충과 필붕비의 신형이 급격히 떨어졌으나 지상에 떨어지자마자 곧 일어섰다. 원래 그들의 무공은 정묘하였으며 손도 빨라서 떨어질 때 개미가 없는 곳을 골라서 다리를 딛고 힘을 써서 갑자기 떨어졌으나 곧 일어날 수 있었던 것이다. 대전 안에는 한 황의 대한만이 남았다. 그는 도약하지도 않았고, 또 자리를 옮기지도 않았다. 원래 몇 마리의 커다란 황봉과 한 쌍의 나비가 그 주위를 돌고 있었다.

정말 이상한 것은 그 봉접이 그를 침범하지도 않았고, 또 바닥에서 움직이는 바람같은 독개미들도 역시 그 주위에서 맴돌 뿐 들어가지 않았다. 이 시각 가장 신기한 것은 진약람이었다. 그는 백의를 표표히 휘날리며 필씨 부자가 이미 두 번이나 떨어지는 가운데에서도 허공 중에 머무르며 있었는데, 바람을 부리며 허공을 걷는 선녀와 같았다.

필태충은 다른 사람이 알아들을 수 없도록 뭐라고 방언으로 말했다. 남아있던 그 황의 대한은 몇 마디 대답하더니 얼굴에 마지못한 신색을 띠고는 천천히 걸음을 옮겼다. 원래 그들이 서있던 자리가 바로 대전의 문이었다. 만약 그가 움직이지 않으면 필씨 부자가 날아가더라도 반드시 그 봉접이 만든 비선飛旋 진세를 뚫고가야 할 것이다.

필가 부자 두 명은 대전 안에서 떨어졌다 올라갔다 마치 바람에 따라 날아가는 듯 잠력을 발휘하고 있었다. 그들이 매번 떨어질 때에는 독개미가 없는 곳을 골라서 떨어졌으며, 그리고 경력을 발출하여 독개미를 쫓기도 하였다. 따라서 광풍을 일으키고 또한 귀를 진동하는 장력 소리가 끊이지 않았다.

본래 필씨 부자의 공력은 이미 높은 경지로 뛰어 올라 지붕의 대들보를 잡을 수 있을 정도였다. 하지만 목전에 이미 지붕까지도 독개미들이 차지하고 있었다. 따라서 손이 지붕에 닿으면 바로 떼어 냈다. 그렇지 않으면 독개미에 닿을 것이고, 아마도 손을 잃는 화를 입을 수 있었다.

진약람의 몸은 허공에서 신선과 같이 유유자적하고 있었다. 그녀가 필씨 부자의 급망한 모습을 바라보는 것은 마치 신선이 명리를 쫓아 분주히 움직이는 객들을 바라보는 것만 같았다. 필붕비가 갑자기 그녀를 향해 날아오더니 번개와 같이 빠르게 부채와 장력을 동시에 시전하며 그녀의 중요 맥혈을 공격하였다. 이에 그녀는 수 척을 날아 필붕비의 독수를 피했다.

필붕비는 정말 이해할 수 없었다. 진약람의 움직임은 그의 부채와 장력이 일으킨 바람에 따라 뒤로 물러난 것 같았기 때문이다. 그러나 이 시각 그는 더 살펴볼 수 없었다. 머리를 숙여 지면을 바라보고는 다리를 딛고 설 자리를 찾아야 했다. 필태충은 아직도 의자 위에서 매번 지면에 착지할 때 조금씩 기울어졌지만 한 다리로 지면을 닿을 때 회전하며 탄력을 이용하여 빠르게 안정을 찾았다. 진약람은 눈으로 그 두 부자의 수단이 아주 고명한 것을 보고는 마음속으로 패복할 수밖에 없었다. 그녀는 마음속으로 생각했다.

'그 독개미의 속도로 보았을 때 일반 고수라면 아마도 피할 수 없었

을 것이다. 누가 필붕비와 같이 이러한 상황에서 다른 사람을 공격할 수 있단 말인가.'

당연히 그들이 이렇게 뛰어 올라 공중에서 피하는 것은 방법이라 할 것이 아니었다. 진약람은 생각했다.

'그들이 이렇게 계속 지속한다면 오래지 않아 분명 실수가 있을 것이고 목숨을 잃을 것이다. 그들은 어떤 방법으로 이 곤경을 벗어날 것인가?'

이러한 생각을 하는 동안 갑자기 대전 밖에서 소리가 들리더니 길고 긴 누런 그림자가 필태충을 향하여 쏘아져 들어왔다. 필태충은 한 손으로 누런 그림자 끝을 잡았다. 원래 그것은 기다란 밧줄이었다. 이 밧줄이 다시 되돌아 갈 때 필태충이 의자를 가지고 함께 밖으로 나갔다. 이러한 긴 밧줄이 대전 안으로 쏘아져 들어올 때 이번에는 반듯이 곧장 들어왔는데 기나긴 대나무 막대와 같이 허공에서 멈췄으며 바닥으로 떨어지지 않았다.

필붕비는 처음에 이 밧줄에 접근할 수 없었으나 두 번째 들어올 때는 가까스로 밧줄을 잡았다. 그 긴 밧줄은 번개처럼 회수되었는데 필붕비도 그 밧줄을 따라 대전 밖으로 나갈 수 있었다. 진약람이 보고는 두 번째 던진 것은 필태충 본인이 그 아들을 구한 것임을 알았다. 이 한 수에는 긴 밧줄에 들어가서 긴 대나무와 같이 만드는 놀라운 공력이 담겨있었는데, 필태충 이외에는 어느 누구도 할 수 없는 것이었다. 지금 대전에는 허공 중에 떠있는 진약람과 한 명의 황의 대한 만이 있었다. 진약람은 생각했다.

'살장로가 전성지법으로 나에게 도약해서 잠자리를 밟고 서라는 것을 알려주었지. 따라서 허공에 머물면서 독개미를 피할 수 있었다. 그러나 그는 나에게 어떻게 잠자리를 조정하여 대전 밖으로 나가라는 것은 알려주지 않았다. 조금 더 있으면 나의 진기가 탁해져서 아마도 허공 중에 머무를 수가 없을 텐데….'

그녀는 다리 아래에 거대한 잠자리를 딛고 서서 고개를 숙여 아래를 바라보니 여러 마리의 독개미들이 대전 안에서 움직이고 있었는데, 그들의 행동은 빠르기가 번개같았고 지면에서 종횡으로 교차하였으며, 사방의 벽과 지붕에도 그들이 모두 있었다. 다시 황의 대한을 보니 그는 천천히 대전 밖으로 나가고 있었다. 그러나 그의 동작은 매우 느렸으며 한 걸음 걸어간 후 오랜 시간을 멈춰서 있었다. 진약람은 어찌하여 봉접과 독개미가 감히 침범하지 않는지 이해할 수 없었다. 그리고 왜 이렇게 천천히 이동하는지, 또한 왜 손을 써서 이들을 처리하지 않는지도 알 수 없었다.

그러나 그녀가 조금 마음에 걸리는 것은 이 황의 대한이 만약 대전 밖으로 나간다면 조금 전 필가 부자가 피해 나간 것과 마찬가지로 그녀가 나갈 확률이 거의 없어진다고 할 수 있었다. 그러므로 그녀는 반드시 그가 이와 같이 봉쇄 형국을 만들기 전에 빨리 이 대전을 벗어나야 했다. 그녀의 다리 아래에는 네 마리의 잠자리가 공중에서 멈춰 있었으며 이동하지 않았다. 따라서 그녀는 어떠한 방법도 생각해 낼 수 없었다.

눈 앞에서는 황의 대한이 문 앞을 향하여 이동하고 있었으며, 밖에서는 필태충의 엄한 목소리가 들려오고 있었다. 그녀가 들으니 이번에도 어떤 방언같았다. 진약람은 알아들을 수가 없었으며 필태충이 명을 내려 이 수하를 재촉하는 것 같았다. 아마도 빨리 문을 봉쇄하라는 것 같았다. 진약람은 마음속으로 급해졌다. 이때 몸이 천천히 아래로 조금 내려간 것 같았다. 이는 그녀의 진기가 영향을 받아 조금 탁해졌기 때문이다.

진약람은 정세가 위급하다고 생각되니 다시 시간을 끌 수 없었다. 이때 한 가지 일이 생각났다. 고개를 내려 손으로 잡고 있는 한 물건을 바라보았다. 그것은 마른 나뭇가지로 살장로가 그녀에게 던져 준 것이다. 당시에 그 용도를 말할 시간이 되지 않았는데 그것은 두 사람의 공격을 받았기 때문이었다. 지금 진약람은 이 마른 나뭇가지가 분명이 살장로의 신물이라 생각되었다. 아마도 그가 기르는 곤충들을 지휘하는 것이 아닐까 생각되었다. 예를 들어 두 마리 잠자리가 그녀의 다리 밑에서 있어 난을 피하고 있는 것도 아마 그녀의 수중에 이 신물이 있기 때문일 것이다.

그녀의 생각이 이렇게 들자 신속하게 마른 나뭇가지를 들고 대전 문 앞을 가리키니 과연 여기 저기서 소리로 응하며 다리 아래의 잠자리가 움직이기 시작하였다. 순식간에 잠자리는 그녀를 문 앞으로 이동시켰다. 그녀가 나뭇가지를 아래로 향하자 조금 아래로 내려갔다. 진약람은 다시 나뭇가지를 앞으로 향하자 잠자리는 앞으로 이동하면서 그녀를 대전 밖으로 내보냈다.

그녀의 전신은 움직이지 않았고 사람이 허공에 떠서 옷자락을 휘날리고 빛나는 용모에 수려한 미모가 돋보였다. 그녀는 허공을 날아서 먼 곳까지 움직였다. 이 장면을 본 사람이라면 모두 선자가 허공을 나는 모습을 본 것 같을 것이고 그 인상은 영원히 잊을 수 없을 것이다.

진약람의 체내의 진기가 탁해져서 바로 잠자리를 조정하여 아래로 내려가서 지면과 삼 척 정도되는 곳에서 뛰어 내렸다. 그녀는 나뭇가지를 버릴 수 없어 그녀의 주머니에 갈무리하자 네 마리의 잠자리도 하늘 높이 올라가더니 눈 깜짝할 사이에 종적을 감추어 버렸다.

필씨 부자는 모두 그녀를 바라보고 있었는데 얼굴에는 모두 크게 놀라는 신색을 하고 있었다. 그들은 모두 안력이 뛰어나서 이미 그 네 마리의 거대한 잠자리가 벌인 일이라는 것을 알아챘으나, 이내 처음 보는 장면에 미혹됨을 감출 수 없어 놀라게 된 것이다. 대전 밖의 광장에는 필씨 부자 이외에 아직도 네 명의 황의 대한이 있었다.

진약람이 바라보니 그 네 명의 표형 대한彪形大韓들은 모두 수중에 길지도 짧지도 않은 모극矛戟과 같은 병기를 들고 있었다. 바로 그들이 합진合陣으로 공격에 능한 자들임을 알 수 있었다. 그녀가 머리를 들어 하늘을 바라보니 남색의 하늘에는 구름 한 점 없었다. 마치 그녀의 마음과 같았으며, 역시 더러운 속세의 먼지하나 없는 것 같았다. 필붕비의 소리가 그녀를 현실로 다시 불러왔다. 그가 말했다.

"진낭자, 그 앞뒤도 모르던 두 사람은 내가 이미 주살했소. 지금 당신 차례요!"

진약람은 가볍게 웃으며 말했다.

"당신은 내가 당신들과 함께 요사도로 가는 것을 바라는 것이 아니요. 그렇지 않나요?"

필붕비가 낮은 소리로 말했다.

"그렇다! 당신의 생각은?"

진약람이 말했다.

"당신의 바람은 이룰 수가 없을 것이오."

그녀는 눈을 돌려 황의 대한들을 바라보고는 또 말했다.

"내가 생각한 바 당신들 또한 요사도에 대해 분명 원한으로 가득차서 그러한 지방에서는 머물기 어려울 거예요."

그녀는 평화롭고 고요한 목소리로 천천해 말을 했다. 그녀의 목소리는 정말 사람을 감동시키기에 충분했다. 네 명이 황의 대한이 그 말을 듣더니 모두 안색이 점차로 변했다. 필태충이 갑자기 말했다.

"붕비, 이 아이들은 크게 쓸모가 없을 것 같다. 네가 직접 출수해야 하겠다."

그 네 명의 황의 대한의 몸이 흔들리더니 아마도 방금 깨어난 것 같았다. 그들의 얼굴에는 놀람과 두려움의 모습이 나타났다. 필붕비가 진약람을 향하여 다가가면서 부채를 가볍게 흔들었다. 이와같이 우아하고 멋진 동작을 이처럼 추악하게 생긴 청년이 행하자 정말 어색하게 보였으며 참으로 보기에 힘들 정도였다. 진약람이 물었다.

"대전 안에는 아직도 한 사람이 있는데 어찌하여 당신들은 그대로 두나요?"

필붕비가 말했다.

"그는 명을 받들어 문을 막고 있는 것이다. 그 독충들이 밖으로 나오지 못하게 하고 있지. 그렇지 않다면 우리들이 지금 겨룰 수 없을 것이다."

진약람은 가볍게 탄식하였다. 그녀의 탄식 중에는 가련하고 애석한 마음으로 충만했다. 진정으로 그 뜻을 전하는 듯 했다. 네 명의 황의 대한이 이를 듣고는 모두 망연한 기색을 노출하는 것을 금할 수 없었다. 그녀는 가련히 여기듯 고개를 저으며 말했다.

"그 사람도 당신의 수하가 아닌가요. 그의 생사를 당신이 관여하지 않는다면 누가 하겠습니까. 그에게 나오라 하고, 우리들이 다른 곳으로 가야하지 않을까요?"

필붕비는 냉랭하게 말했다.

"너의 그 거짓 위선 공부가 다른 사람을 속일지라도 나의 심지는 굳기 때문에 나한테는 통하지 않는다. 나를 흔들려고 하지 말아라."

그의 표정에는 교만하고도 횡포한 분위기가 느껴졌다. 사람들이 그를 바라보면 그가 극단적으로 자존심이 강하고 또한 방자하고 오만한 사람임을 누구든지 알게 된다. 이러한 사람은 어떠한 경우라도 모두 쉽게 분별될 수 있으며 사람들은 그를 싫어하고 멸시하게 된다. 그러나 일반적인 사람들은 모두 체면 때문에 스스로를 굽히고 그러한 이에 대해 관용하고 만다. 마지막으로는 스스로 몰래 이후에 저런 종류의 사람과는 함께 하지 않겠다고 말하며, 아주 소수의 사람들 만이 그 자리에서 질책할 뿐이다. 이러한 종류의 사람들이 없는 곳은 없다. 설사 진약람의 나이가 어리고 경험이 적어 많은 사람을 만나보지 못했다고 하더라도 이전에 이러한 사람들을 겪어 본 적이 있었다. 이것은 그녀의 익숙한 기억을 이끌어 내었으며, 필붕비를 혐오하지 않을 수 없게 하였다.

필붕비가 출수하여 공격할 때 그에 대한 혐오가 고조에 다다랐다. 그녀의 마음속에서 그를 원망하는 마음이 일어나더니 문득 그녀의 품 속에서 한 송이 백색 연화를 꺼내었다. 광택이 나며 따뜻하고 온기가 느껴지는 연화는 아마도 아름다운 옥을 쪼아서 만든 것 같았다. 그러나 그 크기는 실제 연화보다 조금 적은 듯했다. 필태충은 눈을 들어 진약람이 분노의 기색을 띠는 것을 보고는 웃음이 만면에 가득했다. 그러나 그녀가 꺼내든 백옥연화가 바람맞은 휘장처럼 이 척 육칠 정도로 늘어나서 짧은 병기로 변한 것을 보고는 일시에 놀라운 기색을 띠며 물었다.

"진약람, 그것은 경궁瓊宮 쌍보雙寶 중의 하나인 백옥연화가 아닌가?"

진약람이 말했다.

"그렇습니다. 필도주는 이전에 본 적이 있나요?"

필태충이 말했다.

"보진 못했다, 다만 이름을 오래전에 들어보았다."

그의 태도가 돌연 상냥해지니 아마도 세상의 이치를 다 알고 있는 사람들과 다를 바 없었다. 진약람은 한 가닥 희망을 가지고 말했다.

"필도주, 오랫동안 명성을 떨치시고, 이름을 천하에 알렸는데, 어찌하여 갑자기 중토로 왕림하셔서 저 같은 한 소녀를 지나치지 못하고, 많은 생명들을 다치게 하십니까? 실제로 말하자면 우리 사이에는 어떠한 원한도 없습니다."

필태충은 웃으며 말했다.

"틀리지 않다. 우리들은 만나본 적이 없으니, 당연히 원한도 없다."

진약람이 말했다.

"그렇다면 당신은 돌아가세요! 어떤가요?"

필태충은 말했다.

"우리들도 평화롭게 지낼 수 있다. 반드시 우리보고 돌아가라고 하지 않아도 말이다."

진약람이 말했다.

"아! 아닙니다. 당신들은 모두 일종의 원한의 기운을 가지고 있습니다. 당신들이 어디를 가든지 모두 생명을 해치고 상해하는 일들이 계속될 것입니다."

필태충이 말했다.

"내가 한번 고려해보지. 맞다. 너의 수중의 백옥연화를 나에게 빌려주는 것이 어떠냐? 그 물건에 대해서 들은 지 오래되었다. 만약 그것을 감상한다면 아마도 중원에 온 것이 헛되지는 않을 것이다."

진약람이 고개를 끄덕이며 말했다.

"왜 안되겠습니까."

이렇게 이야기 할 때 필붕비는 그의 부친이 왜 이 소녀와 부드럽게 담소를 나누는지 이해할 수 있었다. 아마도 그녀의 백옥연화를 속여서 얻어내려는 것 같았다. 그는 어려서부터 가전의 내공 심법을 연성하였기에 전신에서 원한과 복수의 기운이 모두 흘러나왔다. 그의 공력이 깊지 않았을 때에는 아버지와 같이 자유자재로 기를 발휘할 수 없었다. 그러나 거짓으로 온화한 표정을 지을 때 진약람이 그가 놀라워 하는 것을 알아차릴까봐 측면으로 돌면서 두 걸음이나 물러섰다. 필태충이 말했다.

"아! 정말 생각지 못했다. 네가 의외로 귀중한 보물을 나에게 빌려주어 볼 수 있도록 해준다니, 아마도 '간척幹戚이 옥백玉帛으로 바뀌는 것' 같구나."

그의 말 속의 일부분은 분명히 거짓이 있었다. 그가 출도한지 수십 년 동안 이번이 그가 처음으로 사람에게 신임을 받았고, 그에게 귀중

한 보물을 빌려주어 보도록 한 것이다. 그러나 필태충의 말 속에는 거짓이 일부분 있었는데 그것은 바로 그가 '간척幹戚이 옥백玉帛으로 바뀌는 것'이라 말한 것이다. 만약 진약람이 그녀가 수련한 무공이 바로 원망후 필태충의 극성이라는 것을 알았고 동시에 그의 사람됨을 알았다면 그녀는 분명 그 요사도 도주의 말을 믿지 않았을 것이다. 필태충은 의자에서 일어나 앞으로 두 걸음을 걸어갔다. 돌연간 어떤 사람이 소리를 쳤다.

"진낭자 백옥연화를 그에게 빌려주어서는 안됩니다."

사람은 소리를 따라서 나타났다. 약 삽십 정도 되어보이는 건장한 남자가 대전의 측면에서 뛰어 나오더니 진약람의 신변에 섰다. 진약람이 눈을 돌려 바라보았다. 그 사람의 오관은 단정하였고 옷을 입은 모양새가 성실해 보였으며, 영웅의 기질을 갖추고 있는 호협지사豪俠之士였다. 그녀는 자연 이 사람을 알았다. 따라서 그를 향해 웃음을 지으며 고개를 끄덕이고는 말했다.

"원래 임봉형이군요. 어찌하여 백옥연화를 필도주에게 빌려주어 보도록 하면 안된다고 하십니까?"

필봉비가 발작하려하자, 필태충이 독문 전성으로 저지하며 그가 말하는 것을 말렸다. 임봉은 단도직입적으로 말했다.

"이 보물이 그들 손에 있다면 영원히 돌려받지 못할 것입니다."

진약람이 담담히 웃으며 말했다.

"필도주는 황해 칠후의 한 명이고, 그 명성이 천하에 높습니다. 저는 그가 다른 사람의 물건을 강탈하지 않을 것이라 믿습니다. 어찌되었든 간에 한 송이 백옥연화는 단지 물건일 뿐입니다. 그 가치가 성과 바꿀

만한 것이라지만 도주와 같은 이러한 인물이 재물에 뜻을 두겠습니까?"

임봉이 말했다.

"이치에 따르면 당연히 그리되겠지요. 하지만 이 한 송이 백옥연화는 아마도 가치가 귀중한 것 뿐만이 아니라는 것입니다."

그의 눈빛은 필가 부자를 향했다. 그들도 조용히 자신을 지켜보고 있었다. 그들은 말도 하지 않았고, 어떠한 움직임도 없었으나 무엇이라 말할 수 없는 원한과 복수의 마음이 치솟아 올라 더 힘을 주어서 말을 하게 되었다.

"안됩니다. 당신은 그 백옥연화를 그들에게 빌려주시면 안됩니다. 그렇게 하지 마십시오."

그는 자신의 말이 왜 이렇게 거칠어졌는지 아마도 필가 부자가 그로 하여금 원한과 복수의 마음을 강렬하게 불러일으킨 것이라는 것을 발견했다. 따라서 그는 자신의 말투가 엄중하지 않아서 자신의 마음을 표현하지 못할 것이라 두려워했던 것이다. 진약람은 그에게 말하지 않고 산들거리며 필태충을 향하여 다가가서 말을 했다.

"필도주, 당신이 감상한 이후에는 저에게 돌려주셔야 합니다."

필태충은 웃으며 말했다.

"당연하다! 저 겁쟁이 같은 자식, 본좌를 다른 사람과 같이 생각하지 말아라!"

그는 한편으로 말하면서 다른 한편으로는 손을 뻗어 진약람 수중의 백옥연화를 받아들면서 마음속으로 미치도록 기뻐했다. 임봉은 고소를 지으면서 마음속으로 생각했다.

'내가 어떻게 한 것이지? 저들 부자를 바라보고는 실태를 했구나. 아!

나의 수심양성修心養性 공부는 아직 멀었구나.'

그가 이러한 생각을 하고 있을 때 필붕비가 손을 뻗어 그를 가리키면서 말했다.

"네가 임봉이냐?"

임봉은 즉각 도발하며 말했다.

"그렇다. 네가 감히. 내가 맘에 들지 않느냐?"

필붕비가 광소하며 말했다.

"정말 맘에 안든다. 본공자가 너를 염라대왕에게 보내야겠다."

그는 큰 걸음을 걸으며 바로 임봉 앞까지 다가갔다. 진약람이 눈살을 찌푸리며 말했다.

"필도주, 아드님께 화를 죽이시라고 하지 않으시겠어요."

필태충은 얼굴색이 무거워 지더니 자애로운 모습이 사라지며 냉랭하게 말했다.

"내 아들이 화가 났다고 말하지 말아라. 본좌 또한 기분이 좋지 않다. 저런 자식은 한번 교훈을 줘야한다."

진약람이 말했다.

"그러나 당신은 조금 전 그에게 다른 사람과 같이 생각하지 말라고 하지 않았습니까?"

필태충은 억지로 말했다.

"좋다. 붕비를 돌아오게 하겠다. 그렇다면 다른 아이들에게 그를 혼내주라고 하겠다. 붕비의 손이 매서워 아무도 살아난 사람이 없지."

진약람이 듣고난 후 '탕은 바꾸었지만, 약은 바꾼 것'이 아님을 알았다. 임봉을 가르치겠다는 것을 아직도 고집하겠다는 것이니 수하로 그

것을 대신한 것뿐이었다. 그녀는 어떻게 말해야 할 지 몰랐다. 단지 불
만에 가득차서 고개를 저을 뿐이었다. 그녀는 백옥연화를 돌려받고자
하였지만 아직 필태충이 감상하지 않은 상태라 바로 돌려받기에는 미
안한 감이 있었다. 필태충이 소리치며 말했다.

"아들아, 물러나라. 아이들에게 손을 쓰라고 하면 된다!"

필붕비는 이미 출수하였지만 이 말을 듣고는 몸을 날려 뒤로 물러났
는데 그 동작은 빠르기가 정말 번개같았다. 두 명의 황의 대한이 질풍
처럼 달려왔다. 하나는 동창銅槍을 들고, 하나는 넓은 날을 가진 장검을
들었다. 그들은 임봉을 거들떠 보지도 않았는데 필태충이 하명하자 감
히 명령을 어길 수 없었다. 그 두 사람의 기세는 흉흉했다. 그들의 얼
굴은 모두 못생겼는데 몸은 그리 적지 않았다. 좌측에 창을 든 대한이
소리치고 달려들었다.

"칼을 뽑고 오너라."

우측의 한 사람은 음침한 느낌을 주며 말했다.

"임봉, 너는 우리들의 이름이 알고 싶지 않느냐?"

임봉은 화를 참으며 고개를 끄덕거렸다. 그 황의 대한은 자신의 코
끝을 가리키며 말했다.

"이 어르신은 이곤李袞이라 한다. 그는 마풍馬風이라 하지."

마풍이라는 황의 대한이 동창을 들고 소리쳤다.

"창을 받아라!"

홀연히 소리가 들리더니 동창이 거세고 날카로운 바람소리를 내며
바로 임봉 앞으로 날아왔다. 임봉은 질풍처럼 뒤로 두 걸음 물러나니
마충의 동창은 이미 거두어 졌다. 그는 다시 공격할 준비를 하는 듯

했다. 그가 주저하지 않고 도를 휘두르니 장도에 한광이 서렸다. 마풍의 동창이 홀연 또 공격하여 들어왔다. 임봉이 도를 휘둘러 막아서서 "땅"하는 소리에 함께 적의 창을 물리쳤다. 그는 적의 창이 무거운 것에 마음속으로 조금 흔들렸다. 이곤이 웃으며 말했다.

"내 일검도 받아봐라!"

말을 하면서 검을 들어 곧게 찔러오니 바람 소리가 아주 매서웠다. 그의 수중의 검은 검진劍陣을 발동할 때 사용하는 것으로 날이 넓고 두터웠으며 길이가 길었다. 따라서 대도大刀와 유사한 검법을 시전하였다. 임봉이 가로로 도를 들어 막으니 금철이 교차하는 큰 소리가 울리며 이곤이 뒤로 한 걸음 물러났다. 임봉이 비록 상대방을 흔들어 물러나게 했으나 마음속에서는 놀라지 않을 수 없었다.

'이 두 사람의 공격이 깊으며 강하다. 지금까지로 보면 오늘 내가 쉽게 이길 수는 없을 것 같다.'

이곤이 말했다.

"팔 힘이 좋군. 그러면 도법은 어떤지 모르겠다."

이때 마풍의 동창이 힘껏 공격해 들어왔으며, 이곤 또한 검을 휘둘러 공격을 도왔다. 짧은 시간 임봉은 검광과 도영 속에 파묻혔다. 필봉비가 하하 크게 웃으며 말했다.

"임봉, 너의 도법의 기력이 나쁘지는 않지만 너의 그런 보잘 것 없는 실력으로 감히 본도의 일을 간섭하려고 하니 정말 하늘 무서운지 모르는구나."

갑자기 아름답고 귀를 즐겁게 하는 목소리로 소리가 들렸다.

"소도주가 지적한 것은 정말 맞는 말씀입니다. 임봉은 너무 자신의 실력을 모르죠. 감히 요사도의 일을 간섭하다니 정말 스스로 죽음을 자초하는 일입니다."

그 소리를 따라서 사람이 나타났다. 향고가 산들거리며 걸어왔다. 그녀는 푸른 두건을 머리에 쓰고 붉은 비단 옷을 갖춰 입고는 크고 날 씬한 아름다운 자태를 드러내며 걸어왔다. 흔들거리며 매력을 발산하니 필붕비가 보고는 멍청해졌다. 두 사람의 황의 대한 또한 흥미롭게 바라보며 그녀를 막을 생각을 잊었다. 그녀는 곧바로 필붕비 곁으로 걸어갔다. 필붕비가 웃으며 말했다.

"낭자의 방명은 어떻게 되시나요? 어찌하여 이처럼 궁벽한 곳까지 오셨습니까?"

향고가 말했다.

"저는 향고라고 합니다. 원래는 살장로 그들을 따라서 이곳에 왔습니다. 그런데 생각지도 못하게 필후야와 소도주少島主를 뵙게 되었습니다. 아울러 요사도의 절세무쌍한 절예를 보게 되었습니다."

그녀가 한 말은 정말 듣기 좋았으며, 아울러 그녀의 풍정이 자유분방하고, 교태로움이 가득하니 필붕비는 마음속으로 기뻐하며 말했다.

"저 임봉의 무공이 비록 쓸 만하나 하필 본도의 사람을 만났으니 오늘 그의 운이 좋지 않다고 봐야 합니다. 아마 그의 목숨은 끊어진다 봐야겠지요!"

향고가 웃으며 말했다.

"소도주께서 직접 손을 쓰지 않으시면 아마도 삼십, 오십 초안에 그를 이기지는 못할 겁니다."

향고의 평가는 하나도 틀리지 않았다. 임봉은 마풍, 이곤 두 사람의 맹공 아래에서 비록 밀리는 형세를 보이고는 있지만 아직도 견디고 있었고, 따라서 백초 정도가 되어야 승부 생사를 가릴 수 있을 것 같았다. 필붕비는 그녀를 아래 위로 훑어보더니 사악하고 음탕한 눈빛을 내며 말했다.

"이 일이 마무리 되면 당신은 어디로 가시려하나요?"

향고가 웃으며 말했다.

"아직 결정하지 않았어요. 어디든 갑니다."

필붕비가 말했다.

"우리와 함께 가지 않겠습니까?"

향고가 말했다.

"무엇이 안되겠습니까? 하지만 필후야가 허락하실지."

필붕비가 말했다.

"가부께서는 화통하시며, 저에 대해서 관여하지 않으십니다."

필태충이 더 듣고 싶지 않아 눈을 수중의 백옥연화로 돌리고는 자세히 감상했다. 조금 시간이 지난 후 말을 꺼냈다.

"정말 희세지보군…, 희세지보야."

진약람이 말했다.

"도주께서 이미 감상하셨으면 돌려주십시오."

필태충이 대답하지 않자, 진약람은 다시 한번 재촉했다. 필태충이 머리를 들어 아들을 바라보니 그는 지금 향고와 담소를 나누고 있었다. 그의 기분이 좋지 않았다. 그는 원래 아들이 진약람의 요구를 거절해 주기를 바랬다. 그러나 그는 지금 향고와 관계를 맺느라 이쪽의 일을 잊고 있었다. 필태충은 불쾌해 하며 스스로 할 수밖에 없어 말을 꺼냈다.

"본좌는 다른 보물들을 너에게 주고 바꾸기를 결정했다."

진약람은 고개를 저으며 말했다.

"안됩니다. 필도주는 더 말씀하지 마세요."

필태충이 말했다.

"본좌의 말은 칙명과도 같다. 진낭자가 스스로 본좌의 수중에서 이 보물을 탈취하지 않는다면 생각을 접어라."

진약람은 정말 믿을 수 없어 말했다.

"필도주와 같은 신분과 지위에 계신 분이 어찌 이렇게 남의 물건을 교묘히 강탈하려고 하십니까?"

필태충의 노련한 낯가죽도 과연 조금 붉어졌으나, 이내 안색을 바꾸고는 말했다.

"본좌가 이미 말했다. 네가 본좌의 손에서 빼앗아 가지 전에는 다른 말을 할 필요가 없다!"

진약람은 연이어 고개를 흔들며 황해 칠왕후의 하나인 필태충이 이와같이 강도와 같은 행위를 한다는 사실을 믿을 수가 없었다. 그녀와 같이 순진한 태도와 표정은 필태충으로 하여금 정말 난감하게 했다. 조금 전에 얼굴을 붉힌 것도 이러한 이유 때문이었다. 필붕비는 향고의 매력으로부터 정신을 차리고 소리치며 말했다.

"진약람, 쓸데없는 말을 작작 해라. 네가 만약 빼앗으려 한다면 본공자를 이긴 뒤 다시 말해라."

진약람은 몸을 돌려 그를 바라보고는 비루해서 어쩔 수 없다는 표정을 지으며 말했다.

"좋다. 그러면 내가 먼저 너를 찾겠다."

그녀는 다리를 곧추 세우고는 표연히 필봉비를 향하여 날아가더니 소매를 휘두르며 장을 내밀며 먼저 공격을 가했다. 그녀의 동작은 매우 여유로웠으며 자유로운 듯 했다. 그러나 실제로는 그 빠르기가 질풍같았으며 짧은 시간에 그녀의 소매 그림자와 장풍은 상대의 몸을 덮쳐갔다. 필봉비는 부채를 흔들며 머리카락도 들어가지 않을 틈을 노려 부채 끝으로 경풍을 일으켜 진약람의 완맥 혈도를 습격했다.

진약람은 어쩔 수 없이 장세를 거두었다. 필봉비는 기회를 잡아 부채를 운용하여 반격을 가했다. "쏴쏴쏴"하고 연속으로 세 번 부채로 공격하며 그녀의 두 곳 요해를 노렸다. 진약람은 물러서지 않고 옷소매를 휘둘러 적의 부채를 휘어감은 다음 필봉비의 연속 공격을 막았다. 돌연 일장이 발출되니 필봉비는 두 걸음을 물러섰다. 필봉비가 말했다.

"난심옥간의 무공은 과연 평범하지가 않군. 그러나 오늘 본공자의 손에서 목숨을 건질 생각을 말아라."

그는 괜히 쓸데없는 말을 한 것이 아니었다. 수중의 섭선으로 두 초를 공격하는데 변화막측해서 공격 방향을 알 수 없었으며, 진약람의 공세를 막을 수 있었다. 향고가 냉정한 눈으로 바라보니 요사도의 절학이 과연 명불허전이 아님을 알 수 있었고, 기이하고 환상적이었으며 악독하기가 이를 데가 없었다. 암중으로 그를 적으로 삼지 않았다는 것에 대하여 스스로 다행이라 여길 정도였다.

제38장

魔刀重出

마도중출

눈 깜짝할 사이에 필봉비와 진약람은 서로 이십 여초를 교환했다. 진약람을 보니 분노한 느낌은 받을 수 없었고 편안하여 보였으며 심지어 우아하기 그지 없었다. 하지만 필봉비의 공세는 날카롭기 그지 없었으며 악독하였다. 따라서 필봉비가 아마도 우위를 점하고 있는 것 같아서 사람들로 하여금 자유롭게 표일하는 듯하게 보이는 진약람을 대신해 걱정하며 긴장을 늦추지 않았다.

임봉이 백망 중에 이쪽 결투를 바라보니 진약람이 필봉비를 견디지 못하는 것 같았다. 그는 암중으로 급해져서 분발하고는 날카로운 공격을 몇 초 시전하자 도광이 펼쳐져 사나운 파도가 해안을 때리듯 하였다. 그러나 이곤, 마풍 두 사람이 공격해 오는 범위를 조금 넓혔을 뿐 몸을 그곳에서 벗어나기가 어려웠다. 영웅의 기운이 넘치고, 용기와 기력이 일반 사람들을 뛰어 넘은 그일지라도 이 시각 놀라지 않을 수 없었다.

"요사도의 수하들이 이처럼 대단한데 그 도주는 어떠할까. 만약 필봉비 혹은 심지어 필태충이 친히 손을 쓴다면 나는 아마도 이미 죽었을지도 모른다. 아! 정말 황해 칠왕후라는 이름이 무림에서 수십년 동안 무적으로 불린 것이 허언이 아니었다. 과연 경세 절학을 지니구 있구나."

목하 임봉과 진약람의 열세는 이미 의심할 바 없이 명확했다. 요사도에는 원망후 필태충과 두 명의 수하가 더 있었기 때문이다. 임, 진 두 사람이 근근히 죽기를 각오하고 겨루고 있지만 시간이 뒤로 늦춰질 따름이었고, 불행을 면하지는 못할 것이다. 필태충이 냉소하며 말했다.

"뇌대성雷大聲."

한 명의 황의 대한이 칼을 들고 궁신하며 말했다.

"소인 대령이오."

이 사람은 이름처럼 그 목소리가 귀를 울릴 정도였다.

필태충이 말했다.

"대전 안으로 가서 능부독凌不毒이 어떻게 되었나 살펴보라."

뇌대성은 몸을 펴고는 대전 안을 향하여 갔다. 필태충이 또 말했다.

"곽평郭平."

남은 그 황의 대한은 곤棍을 집고는 궁신하며 대답했다.

"소인 대령이오."

필태충이 말했다.

"소도주 옆에서 진약람이 도주하는 것을 방비하라."

곽평은 즉각 필붕비와 진약람 근처로 가서 온 신경을 다하여 그들의 결투를 지켜보았다. 필태충은 향고를 향해 손짓하며 말했다.

"너는 이리로 오라."

향고는 본래 바쁘게 두 결투를 바라보고 있었는데 필태충의 소리가 높지는 않았지만 한 자 한 자 그녀의 귀를 두드리자 그녀는 결투에 빠져 있던 상황 속에서 놀라 깨어나며 걸음을 옮겨 다가갔다. 필태충은 그녀에 대하여 대단히 흥미를 느끼는 듯이 그녀를 바라보았다. 매 걸음 마다 움직이는 모습을 놓치지 않았다. 향고는 그것을 보고는 마음을 놓으며 생각했다.

'원망후 필태사의 나이가 이미 들었는데 아직 색심이 줄지 않았나. 그 아들 필붕비는 색을 많이 밝히던데….'

그녀는 추파를 던지며 교태로운 웃음을 보내며 말했다.

"후야의 명을 받고 왔습니다. 어떤 부분이신지요?"

필태충이 말했다.

"본좌는 너에게 한가지 일을 묻고자 한다. 네가 받아들이겠느냐?"

향고는 "오"하며 풍정을 발산하고 말했다.

"필후야 과분하십니다. 어떤 분부든 제가 명을 감히 거역하겠습니까."

필태충의 얼굴에 음험한 표정을 지으며 말했다.

"본좌는 너의 내력에 흥미를 느꼈다. 너는 나에게 진실을 말해줄 수 있느냐?"

향고의 두 어깨가 들썩거렸다. 이러한 동작은 경박하기까지 했으나 동시에 가슴 앞의 높이 솟은 두 봉우리가 흔들리며 사람을 유혹하는 매력을 더하게 되었다. 그녀는 방긋이 웃으며 말했다.

"필후야께서는 당세무쌍의 고인이신데 어찌하여 저와 같이 비천한 여자의 내력에 흥미를 느끼십니까? 놀리시는 것이 아니신지요?"

필태충이 냉랭히 말했다.

"너의 두건을 벗어봐라. 본좌가 봐야겠다."

향고는 놀라며 말했다.

"아! 후야의 안력은 정말 대단하십니다. 패복할 수밖에 없습니다. 이미 미천한 것의 사정을 아셨다면 하필 추한 모습을 보고자 하십니까?"

필태충이 말했다.

"두건을 벗어라!"

소리가 차갑기가 얼음과 같았다. 향고는 탄식하며 감히 거역할 수 없어서 두건을 벗었다. 필태충이 가볍게 고개를 끄덕이는 것을 보고 향고는 두건을 다시 쓰며 파랗게 빛이 나는 머리를 감추었다. 필태충은 무엇인가 생각난 것이 있다는 듯이 말했다.

"묘하다. 묘하다. 본좌가 이번 중원에 들어온 것인 진실로 헛걸음한 것이 아니었다."

향고는 크게 의혹을 느끼며 물었다.

"후야께서는 한번 보시고 어떤 심오한 도리를 찾아내셨습니까?"

필태충은 오만하게 웃으며 말했다.

"당연하다. 그러나 그 이치는 너의 사부와 관련이 있다. 따라서 너는 그것이 무엇인지 알 수 없을 것이다. 만약 네가 사부를 만난다면 그녀에게 나를 찾으라고 전해라."

향고는 만면에 망연한 기색을 띠며 한참을 생각한 후 말을 했다.

"필후야께서는 이미 저의 사부가 누구인지 아셨습니까?"

필태충이 말했다.

"본좌는 당연히 안다."

그는 한 손에 든 백옥연화를 들고는 말했다.

"또한 본좌는 네가 이 보물 때문에 이곳에 온 것이라는 것도 알고 있다. 내가 틀렸느냐?"

향고는 믿을 수 없다는 표정을 지었다. 필태충의 짐작이 맞은 것이다. 그녀가 말을 하고자 할 때 홀연히 필태충의 눈빛이 기이하게 변하더니 자신에게서 시선을 거두자 그의 눈을 따라 눈을 돌려 멀리 바라보았다. 필붕비와 진약람이 겨루고 있는 곳에 어느 때에 출현했는지 모르지만 한 사람이 서있었다. 그 사람은 흑포黑袍를 입고 있었고 머리에는 태양을 가리는 삿갓을 꽉 눌러쓰고 있어서 얼굴의 반을 가리고 있었다. 그는 허리춤에 검은 칼집을 가진 장도를 차고 있었고, 그의 몸에서 기이한 기운이 흘러나오고 있었다. 흑의인이 곽평의 삼 척 뒤에 서있었는데도 곽평은 전혀 그를 발견하지 못했으며, 필붕비와 진약람의 결투를 뚫어지게 바라보고 있었다.

필붕비는 수중의 섭선으로 동쪽을 가리키며 동쪽을 공격하고, 서쪽을 가리키며 서쪽을 공격하는 등 흉악하기가 그지없었다. 매 초식 마다 진약람의 중요 대혈을 공격해 들어갔다. 진약람은 비록 질 것 같지는 않았지만 그 세력으로 보았을 때 이길 것 같지도 않았다. 만약 결투가 지속되어 피로해진다면 아마도 상대방에 의해 산채로 사로잡힐 것 같았다.

당연히 그녀가 피로해질 시간은 아직 멀었지만 쌍방의 형세로 보았을 때 아마도 그와 같이 되리라 짐작할 수 있을 따름이었다. 필태충은 눈썹을 찌푸리고 그를 한 동안 살펴보았으나 그 흑의인의 출신을 알 수 없었다. 그가 비록 오랫동안 중토를 밟지 않았다고 하더라도 부단히 사람들을 파견하여 무림의 각종 소식을 수집하였기에 무림 형세 변화 및 인물에 대하여 손바닥 뒤짚듯이 잘 파악하고 있었다.

그러나 그 흑의인의 특징으로부터 그의 내력을 하나도 알아볼 수 없었으며, 그에 대해 들어본 적도 없었다. 이것은 원래 이상한 일은 아니다. 천하가 넓으며 인물이 많은데 당연히 빼뜨릴 수 있고, 그의 수하들도 들어본 적이 없을 수도 있다. 그러나 필태충이 생각하기에 그 흑의인은 분명 일류 고수로 장도 수법에 뛰어난 것으로 파악되었으며, 이러한 인물을 들어보지 못했다는 것은 상상도 할 수 없는 일이었다. 향고 또한 놀라며 말했다.

"필후야 당신은 그가 누구인지 알아볼 수 있습니까?"

필태충은 "음"하고 소리내더니 대답이 없었다. 향고는 사람들의 뜻을 잘 헤아렸다. 바로 필태충의 신분을 고려해서 비록 그가 알아내지 못했지만 이를 다시 말하지 않았다. 따라서 다음과 같이 말을 이었다.

"후야께서는 이 사람의 도법이 어느 경지에 도달했다고 생각하십니까? 양강陽剛의 것입니까, 아니면 음유陰柔의 것입니까?"

무공을 논하자 필태충은 당연히 모든 것을 알고 있으므로 말을 꺼냈다.

"이 사람의 도법은 강함과 부드러움을 모두 겸비했으며 독랄하다고 할 수 있다. 그의 기세와 태도가 그것을 말해준다. 무릇 독랄한 수법은 반드시 음유의 성질을 잃을 수 있을 것인데 둘을 모두 겸비하고 있다는 것은 이 사람의 도세가 한번 발출되면 아마도 살아남을 사람이 없다는 것을 뜻하는 것이다."

향고는 몸을 움츠리며 혀를 내밀고는 말했다.

"말하자면 제가 그를 건드리면 안되겠군요."

요사도의 수하들의 무공으로 볼 때 필태충의 무공은 그 깊이를 헤아릴 수 없을 정도이며, 이러한 그의 견해라고 하면 절대 틀릴 리가 없을 것이다. 필붕비가 돌연 소리치며 말했다.

"곽평! 너는 죽은 사람처럼 뒤에 있는 사람도 눈치채지 못했느냐?"

곽평이 머리를 돌려 바라보고는 깜짝 놀라 노하며 말했다.

"너는 누구냐! 무엇을 하려고 하는 것이냐?"

향고는 그 흑의인이 이렇게 온 것이 괴이하니 분명 곽평을 관여하지 않을 것이라 생각했다.

이렇게 생각을 할 때 흑의인이 쉰 목소리로 대답하며 말했다.

"요사도의 위명이 천하에 진동한다 하니 과연 명불허전이다. 그러나 대항하고 있는 이 두 남녀는 누구인가? 너희들 요사도는 왜 일찍이 그들을 처리하지 못하고 있지?"

곽평이 날카롭게 소리치며 말했다.

"어르신이 너에게 묻고 있다. 네가 어르신에게 묻는 것이 아니다."

뇌대성이 대전으로부터 나와서 바삐 달려오며 말했다.

"후야께 보고드립니다. 능부독은 아직 문 앞에 서서 독물들을 막아 서고 있습니다."

그의 목소리는 우레와 같아서 전장에 있는 사람들이 듣지 못하는 자가 없었다. 필태충이 말했다.

"그가 살았느냐 죽었느냐?"

뇌대성이 말했다.

"소인이 살펴본 바에 따르면 아직 살아있는 것으로 보입니다만 호흡이 미약하고 신체가 점차로 굳어가는 것이 아마도 얼마되지 않아 절명할 것으로 보입니다."

필태충이 말했다.

"네가 가서 곽평을 도와주라."

곽평은 이 말을 듣고 마음속으로 놀라며 아마도 그 흑의인이 분명 상대하기 어려운 자라 알았다. 적어도 지금 고전 중에 있는 임봉보다 약하지 않으며, 그렇지 않다면 필태충이 어찌 뇌대성에게 가서 도와주라고 하였겠는가. 뇌대성은 칼을 손에 들고 빠르게 도약하며 가서 곽평의 신변에 서며 말했다.

"좋다. 네가 도를 쓰는구나. 그렇다면 도를 뽑아라! 어르신이 네 도법이 매운지 살펴봐야겠다."

그의 입은 거칠었고, 소리 또한 크게 울려서 사람들이 심하게 모욕을 느끼며 정말 참을 수 없도록 했다. 흑의인이 "흐흐"하고 냉소를 지으며 쉰 목소리로 말했다.

"본인의 이 칼은 조금 이름이 있다. 따라서 쉽게 뽑을 수는 없지. 너희들이 살기 싫다고 하면 모르겠지만."

그는 더욱 광오했다. 뇌대성의 말보다 더 사람들에게 화가 나도록 하였다. 뇌대성은 성을 내며 대도를 들고 대갈일성하며 "죽어라!"하고 맹렬히 머리를 쪼갤 듯이 덤벼갔다. 그 사람은 키가 크고 거기에 대도의 길이를 덧붙여 그 위력이 멀리까지 미쳤다. 아울러 기세가 날카롭고 도기가 삼엄하여 공력이 십분 고강함을 알 수 있었다. 어떠한 고수라도 이에 맞닿게 되면 역시나 전력을 다하여 막을 수밖에 없었다.

흑의인이 반 척 거리를 이동하더니 뇌대성은 갑자기 자기 도세의 위력이 전부 사라지는 것을 느꼈다. 따라서 그는 도초를 모두 써버리지 않고, 있는 힘을 다해 멈추었다. 그의 대도는 모든 것을 쓸어버릴 듯 했으며 그 변화가 매우 신묘하였다. 조금 전에 다하지 않았던 여력까지 포함하여 일체의 모든 것을 일 초에 담아 위력을 배가시켰다. 그 흑의인은 신형을 조금 돌리더니 쥐가 빠져 나가는 듯한 모습을 취했다. 그가 시간을 운용하는 것은 정말 절묘한 점이 있었다. 뇌대성은 상대가 쥐처럼 도의 세력 밖으로 나간다면 그의 일도는 기력을 낭비한 것이 된다고 느꼈다. 이러한 마음이 들자 그는 쓸어버리려는 기세를 힘을 다해 멈춘 것이다.

그러나 다시 보니 그 흑의인은 두 다리를 원래 있던 자리에 고정시키고 쥐처럼 빠져 나간 것이 아니었으며 순간적을 몸을 구부렸을 뿐이었다. 뇌대성은 더욱더 노했으나 갑자기 깨닫는 것이 있어 놀라움이 일어나 마음속으로 생각했다.

'그가 나로 하여금 스스로 초식을 거두게 했는데 천하에 후야 이외에는 아무도 할 수 없는 일이다.'

그가 이를 깨닫자 많은 사정들이 이해되었다. 예를 들어 필태충이 명을 내려 곽평을 도우라고 한 것은 분명이 이 흑의인이 특별하다는 것을 말해준다. 어찌 함부로 상대할 수 있을까? 또 곽평이 곤을 들고서 손을 쓰지 않고 있었던 것도 아마 흑의인의 이러한 것을 느꼈기에 감히 경솔하게 덤벼들 수 없었던 것이다. 흑의인이 잠긴 목소리로 말했다.

"좋은 도법이다. 그러나 네가 허장성세하고 계속 공격하지 않는다면 너는 평생 어린 아이 하나 이기지 못할 것이다."

뇌대성은 한 걸음을 옮기고 곽평의 철곤이 흑의인에 위력을 미칠 수 있는 위치에 서서 말했다.

"곽평, 손을 써서 이 어린 놈을 처리하자."

곽평이 철곤을 던지자 사람도 함께 날았다. 철장이 높은 곳으로 올라간 후 사람과 철곤이 함께 나르며 떨어졌다. 철곤이 풍뇌성과 함께 흑의인의 정수리를 쪼갤 듯이 날아갔다. 뇌대성은 그와 동시에 일도를 날리며 상대의 아래쪽을 공략했다. 도와 곤을 연합하는 그들의 기세는 신속하기가 번개같았으며 그 위세가 벼락치듯 소리 또한 대단했다.

"땅땅"하는 맹렬한 소리가 들리더니 곽평이 떨어져 철장을 찾고 있었고 뇌대성은 수 보를 물러나 섰다. 그 흑의인은 의연히 원래 자리를 지키고 있었으며 이미 장도는 검은 칼집 안에 갈무리가 되어 있었다. 사실상 흑의인의 장도는 이미 발출되었고 발출되자마자 다시 거두어졌는데 그 동작의 빠르기가 섬전과 같았으니 안력이 떨어지는 사람이라면 근본적으로 그것을 명확히 볼 수도 없었다. 곽, 뇌 두 사람의 철곤과 대도로 견고하기가 비할 데가 없는 석산을 찍은 것 같았다. 도리어 그 기세의 반발로 자신도 모르게 뒤로 물러서게 되었다. 이때 그들 마음속에는 모두 의문이 일었다.

"이 흑의인이 일도만을 썼으며, 그것도 찰나지간의 일이었다. 어떻게 동시에 두 각도로 들어가는 서로 다른 병기를 막을 수 있었을까?"

필붕비가 돌연 소리치며 말했다.

"진약람, 우리 잠시 그만 두는 것이 어떠냐?"

진약람이 말했다.

"어찌 안되겠습니까?"

그녀는 평안하며 부드러운 목소리로 물었다.

"그러나 어떠한 이유입니까?"

필붕비가 말했다.

"너는 이미 알고 있는 것이 아니냐? 당연히 저 놈을 보려는 것이다."

그는 진약람의 동의를 얻기 전에 감히 싸움에서 손을 뗄 수 없었다. 만약 진약람이 기회를 엿보고 추살하려고 한다면 선수를 점할 수 있기 때문이다. 이는 생사가 걸려있는 일이며 그저 노는 것이 아니었다.

진약람이 천천히 말했다.

"좋습니다. 저도 한번 그가 누구인지 보고자 합니다."

그녀가 대답을 하자 필붕비는 머리를 돌려 그들의 결투 권에서 벗어났다. 그것은 그가 진약람과 같은 사람은 말한 것을 반드시 지킨다고 믿을 수 있었기 때문이다. 진약람은 지금 외부에서 일을 지켜보는 국외인이 되었다. 그녀는 자세히 흑의인을 지켜보았는데 마음속이 가볍게 떨려왔다. 그녀는 해변가 어촌 마을에서 그 백의를 휘날리며 찾아온 독랄한 청년 도객 려사가 생각났기 때문이다.

그러나 그녀가 아주 확신할 수도 없었던 것이 이 사람은 이십에서 삼세 정도 나이먹은 체형과 같지 않았고 동시에 또 려사 보다 조금 왜소하게 보였다. 그러나 그가 서있는 자세에는 강대한 기세가 엿보였으며 날카롭고 삼엄한 기운의 도기가 전장을 덮는 듯 하여 우내宇內 제일의 도법대가인 려사가 아니라면 어느 누가 이러한 경지에 도달 할 수 있을까하는 생각이 들었다. 필붕비는 올빼기가 우는 듯이 귀를 찌르는 소리를 내며 그녀의 생각을 멈추게 했다. 그의 외치는 소리가 들렸다.

"어이! 너는 누구냐? 감히 이름을 올리지 못할까?"

흑의인이 쉰 목소리로 말했다.

"너는 누구냐?"

필붕비는 오만하게 말했다.

"소도주 필붕비다. 요사도에서 왔다. 이제 네가 이름을 말할 차례다."

흑의인이 쉰 목소리로 말했다.

"만약 본인이 이름을 말하면 너희들의 간이 콩알만해질 것이다."

필붕비가 노하며 말했다.

"헛소리마라. 네가 염라대왕이라도 이 소도주는 한번 겨뤄볼 참인데, 하물며 너같이 머리는 숨기고 꼬리를 들어내는 미친 놈 쯤이야!"

흑의인이 말했다.

"요사도에 절기가 많다고 해도 모두 하류다. 내가 보기에 필태충은 분명 두꺼운 얼굴로 황해 칠황후에 들어간 것이 뻔하다."

그가 갑자기 이야기를 돌리며 필태충을 언급하자 방자하기가 이를 데 없었다. 필붕비는 노하다 못해 도리어 웃으며 말했다.

"좋다, 좋아. 어린 놈이 살기가 싫어졌구나!"

필태충이 돌연 입을 열며 말했다.

"아들아 손을 늦춰라."

필붕비는 쓰려던 발을 멈추고는 크게 외쳤다.

"이 버릇없는 놈아. 만약 내가 너를 죽이지 않으면 어째 내 화를 풀 수 있겠느냐."

필태충이 말했다.

"이 아비를 봐서 너는 좀 참아라."

그들이 떠들썩하자 임봉을 공격하던 이곤과 마풍 두 사람의 마음이 분산되었다. 임봉이 맹렬히 칼을 들고 질풍처럼 들어가서 몸과 칼이 하나가 되어 하나의 빛 줄기를 만들자 "쨍"하는 거대한 소리가 나면서 검광과 도영 사이에서 벗어날 수 있게 되었으며 진약람 근처까지 내려올 수 있었다. 마, 이 두 사람이 쫓으려 할 때 필태충이 소리치며 뒤로 물러서게 하였다. 결투가 마무리되자 임봉이 진약람 신변으로 다가갔다. 그는 흑의인을 바라보며 낮은 목소리로 물었다.

"진낭자, 당신은 그를 알아보십니까?"

진약람이 담담히 말했다.

"아직까지는 모르겠습니다. 그는 아마 저러한 모습으로 분장하고 있는 것 같습니다. 아마도 익숙한 모습인데 알아보기 어렵습니다."

임봉이 말했다.

"낭자가 말씀하신 것을 알겠습니다. 그러나 낭자의 마음속에서 분명 추정하고 있는 것이 있을 것인데 그것을 저에게 말씀해 주실 수는 없으신지요?"

진약람은 태연히 웃으며 말했다.

"안됩니다. 저는 제 생각을 말씀드릴 수 없어요."

필태충의 목소리가 그들의 대화를 멈추게 했다. 그리고는 그는 냉랭한 목소리로 말했다.

"각하의 도법은 과연 평범하지 않군. 그러나 만약 이 일 초에만 의존하면서 무림을 독패하고, 또한 감히 본좌와 겨루려고 한다면 아직 멀었다고 할 수 있지."

흑의인은 한 마디도 하지 않았다. 산 바람이 가볍게 불어오는 중이나 그가 몸에 걸친 흑의 한자락도 전혀 움직이지 않았다. 사람들은 그 옷에 대하여 의문을 품게 되었다. 도대체 저 옷은 비단이나 면으로 만든 것이 아니란 말인가? 필붕비가 날카롭게 외쳤다.

"어이! 어린 놈, 넌 벙어리라도 되었단 말이야. 넌 도대체 이름이 있는 것이냐?"

흑의인은 하늘을 바라보고는 웃으며 갑자기 뇌대풍, 곽평 두 사람을 향해 걸어갔다. 그는 비록 칼을 뽑아 손에 쥐고 있지 않았으며 또한 어떤 출수 자세도 취하지 않았다. 그러나 주변에 있는 사람이나 이 국면에 처한 뇌, 곽 두 사람이나 모두 이 흑의인이 그들을 공격할 것이라는 것은 명확히 알 수 있었다. 두 사람은 그의 신기막측한 일도를 경험한 바라 마음으로 크게 놀라며 모두 자신 문호의 무공을 펼치려 하였다. 곽평의 철곤은 비교적 길어서 먼거리 공격에 유리했다. 따라서 이를 들고 출격하려는 자세를 취했고, 뇌대성의 날카로운 칼은 비교적 짧아서 수비에 유리했다. 따라서 그는 수비 자세를 취했다.

그들은 평소 서로 배합하여 훈련하였기에 그들이 어떤 약속을 하지 않아도 자연스럽게 연합하여 자세를 취하며 공수를 겸하였으며, 그들의 동작은 마치 한 사람 같았다. 흑의인은 발을 멈추지 않고 뇌대성과 곽평을 향해 밀며 들어갔다. 그는 한번에 곽평의 철곤이 미치는 범위 내로 들어갔다. 곽평이 대갈일성하며 곤을 휘둘러 비스듬히 쓸며 들어왔다. 뇌대성 또한 칼을 바람과 같이 휘두르며 적의 장도가 공격해 들어올 방위를 막아섰다.

흑의인의 장도가 발출되는 것을 보자마자 한 줄기 광망이 칼을 따라 일더니 사람의 눈을 멀게 했다. "땅"하는 소리와 함께 철곤이 진동하더니 칼 끝이 어떻게 곽, 뇌 두사람 앞으로 다가왔는지 모르게 다가왔다. 뇌대성의 도식은 완전히 방어의 작용을 상실하게 되었다. 흑의인이 이때서야 대갈일성 하며 도광을 섬전처럼 움직이며 한 순간에 거두어 버렸다.

뇌대성과 곽평 두 사람은 모두 핏빛에 물들어 차례로 땅으로 쓰러졌다. 알고 보니 각기 일도에 모두 가슴에 있는 요혈에 격중된 것이었다. 그것은 한 순간에 벌어진 일이었다. 이와 같은 경세의 도법을 보고는 모든 사람이 한동안 멍해졌다. 진약람 만이 냉정을 유지하고 있었는데, 사람들이 멍청해하고 있을 때에 그녀는 필태충의 반응을 살펴보고 있었다.

요사도에서 온 그 고수는 얼굴에 놀랍다는 기색을 띠고 있었다. 필붕비의 경우는 더 말할 나위가 없었다. 흑의인이 뇌대성과 곽평을 살해한 후 그의 장도는 그 자리에서 칼집으로 갈무리 되었다. 그는 몸을 돌려 필태충을 바라보고는 그대로 서 있었다. 아마도 살인의 일막一幕이 이미 오래 전의 일이라는 듯 싶었다. 지금은 근본적으로 그 이야기를 꺼낼 필요가 없었다. 이러한 빠른 판단에 따른 깔끔한 마무리의 기백과 풍도에 임봉은 처음으로 패복하지 아니할 수 없었다. 필태충은 신속하게 정상을 회복하고는 말했다.

"좋은 도법이다. 좋은 도법. 만약 본좌가 틀리지 않는다면 이 일도는 분명 마도의 적전심법嫡傳心法이다."

중인들이 마도라는 말을 듣더니 모두 얼굴에 핏기가 가셨다. 필붕비가 말했다.

"만약 마도심법이라면 이자는 바로 백의도객 려사입니다."

향고가 조심스럽게 말했다.

"그러나 이 사람은 흑의를 입고 있지 않습니까?"

필붕비가 말했다.

"황제 어르신이 어명으로 그에게 반드시 백의를 입으라고 한 것도 아닌데, 흠! 그가 갑자기 백의가 맘에 들이 않아서 흑의로 갈아입을 수도 있지. 내가 생각하기에는 이상한 일이 아니다."

어떤 사람도 필붕비의 말을 반박하지 않았다. 그 흑의인 또한 부정하지 않았기 때문이다. 따라서 모든 사람들은 함께 이 사람이 아마도 려사일 수 있겠다라는 생각을 하게 되었다. 임봉이 돌연 말을 꺼냈다.

"아닙니다. 이 사람은 려사가 아니에요. 아마도 다른 도법 대가일 겁니다."

필붕비가 바로 반박하며 말했다.

"너는 어떤 근거로 그런 이야기를 하는 것이냐? 그의 도법을 보면 그것을 증명하지 않느냐?"

향고는 시종 여인이 가진 의심의 눈초리로 살펴보고는, 두려움을 간직한 목소리로 끼어 들었다.

"그의 의복 색이 맞지 않는 것으로 보아 저도 아마 그가…."

필붕비가 냉소하며 말했다.

"옷 색깔이 뭐가 중요하다는 것인가. 정말 가소롭군."

임봉이 낭랑히 말했다.

"다른 사람들이 어떤 옷을 입던 간에 려사는 줄 곳 백의 만을 입었소. 그리고는 그것이 그의 표지가 되었죠. 어떤 사람이 감히 그의 표지를 쉽게 바꿀 수 있겠습니까? 따라서 저는 그가 려사가 아니라고 봅니다."

필붕비가 차갑게 말했다.

"어버님에게 여쭙겠습니다. 어떻게 하시렵니까?"

그는 필태충을 향해 물은 것이다. 필태충은 낮은 목소리로 말했다.

"내가 보기에는 임봉의 말이 믿을 만하다. 이 흑의인은 려사가 아니다."

필붕비는 어깨를 으쓱거리고는 무의식 중에 눈을 진약람에게 돌려 바라보고는 마음이 움직여 높은 소리로 물었다.

"진낭자, 당신은 어떻게 생각하나?"

진약람이 천천히 말했다.

"이 흑의 선생은 외형으로 보면 려사 대협이 아닌 것 같지만 저는 그가 려사 대협이라 생각합니다."

그녀가 이렇게 이야기하자 일시에 국면이 기괴하고 우습게 변했다. 그녀와 임봉이 같은 쪽에 있으면서도 견해가 달랐기 때문이다. 필씨 부자 역시 그러하니 필태충과 임봉이 의견의 일치를 보았고, 진약람과 필붕비가 서로의 의견에 찬동한 꼴이 되었다. 임봉은 조심스럽게 물었다.

"진낭자, 어찌하여 저 사람이 려사 대협입니까?"

진약람이 말했다.

"무공이 려사 대협의 정도에 오르게 되면 신형의 크고 작음이나 뚱뚱하거나 마르거나 모두 변화할 수 있습니다. 의복은 더 말할 필요가 없겠지요. 그러나 한 가지는 거짓으로 위장할 수 없습니다."

임봉이 참지 못하고 물었다.

"잠깐만이요. 진낭자, 제가 당돌하다고 여기지 마십시오. 저는 한가지를 먼저 여쭈어 보려고 합니다. 그렇다면 당신은 이전에 려대협을 만나보셨다는 겁니까?"

진약람은 고개를 끄덕이며 말했다.

"그렇습니다. 심지어 저는 그가 여러 무림고수들을 살해하는 것을 친히 목격하기도 했습니다."

사람들은 모두 경이롭게 그녀를 바라보았다. 그리고는 그녀가 어느 때 려사를 보았는지를 생각했으나 추측할 수 없었다. 임봉이 심호흡을 하며 말했다.

"당신이 보았다면 좋습니다. 더 말씀해 주십시오."

진약람은 말하며 물었다.

"내가 본 것이 좋다는 것은 어떤 의미입니까?"

임봉이 말했다.

"우리들의 논쟁은 그저 저 사람이 죽립을 벗어 진면목을 노출한다면 시비가 분명히 가려질 것입니다. 따라서 당신이 이전에 려사 대협을 보았다는 것이 필요한 것입니다."

진약람이 말했다.

"만약 제가 그를 본적이 없다면 시비는 영원히 가려지지 않는 것인가요?"

임봉이 말했다.

"그렇지는 않습니다. 제가 비록 려대협을 보지는 못했지만 일찍이 가사에게 상세한 그의 용모를 들은 적이 있습니다. 따라서 분명 그를 알아볼 수 있을 것입니다."

진약람이 물었다.

"영사는 어떤 분이십니까?"

임봉은 솔직히 말했다.

"가사의 성은 심이고, 이름은 우라고 하십니다. 진낭자는 알고 계십니까?"

모든 사람들이 눈이 임봉의 얼굴에 집중되었다. 아마도 그가 심우라는 이름을 언급했기 때문이다. 진약람은 놀라면서 미소를 지으며 말했다.

"아! 원래 당신은 심우 대협의 문하이군요…. 저는 그를 이미 알고…."

그녀는 맑은 가을 호숫물 같은 안광을 돌려 흑의인 쪽을 바라보면서 말했다.

"만약 그가 려선생이라 한다면 그는 내가 심대협을 아는 것을 증명할 수 있을 겁니다. 우리들 세 사람은 일찍이 한번 만나본 적이 있습니다. 너무 많은 말을 했습니다. 그렇지 않나요?"

흑의인은 아무런 표시도 하지 않았다. 진약람은 가볍게 탄식하며 말했다.

"당신은 아마도 려선생이 아닌 것 같습니다. 그러나 당신의 도법은 분명 려선생에게서 얻은 것입니다."

흑의인은 "흥"하고 소리치더니 그의 몸이 떨리는 것을 가리려 했다. 원래 진약람은 계속 안정적으로 평정심을 유지하고 있었으며 거의 감정을 밖으로 들어내지 않았다. 그러므로 그녀의 탄식은 무의식적으로 전장에 있는 사람들의 심현을 흔들어 놓고야 말았다. 필태충이 처음으로 의자에서 일어났다. 중인들은 그가 친히 흑의인과 손을 쓰려는 것을 알았다. 이때 긴장감이 감돌며 소리없이 그를 주시하기 시작했다.

제39장

父逃子死

부도자사

흑의인은 얼굴을 돌려 필태충을 바라보고서 혼신의 살기를 발출하였다. 묻지 않아도 그가 이미 정신을 집중하여 운공하면서 어느 때든지 출수하여 응전할 것임을 알 수 있었다. 이때 제멋대로 설치던 필봉비 또한 이러한 정세가 보통 일이 아니라는 것을 실감해서, 감히 소리를 내지 못하고 뒤로 십여 보를 물러나 섰다. 한쪽의 임봉과 진약람 또한 뒤로 물러나서 그 지역을 보호하며, 아마도 그들이 손을 쓰게 되었을 때 선회하며 실력을 발휘할 수 있도록 배려한 것이다.

필태충은 이미 우뚝 서있었는데 흑의인과의 거리가 대략 육칠 장 정도 되었다. 사람들은 그가 어떻게 할지를 생각했다. 사람들은 흑의인이 낮고 쉰 목소리로 날카롭게 소리치는 것을 들었다.

"필태충, 손을 쓰려거든 쓰거라. 말만 하지 말고."

필태충은 눈썹에서 조차 분노의 기를 발출하며 말했다.

"좋다. 몇 십년 이래 어떤 사람도 본좌 앞에서 그렇게 지껄이는 것을 들어본 적이 없다."

흑의인은 "흐흐"하고 냉소를 지으며 대답을 대신했다. 사람들은 모두 그의 냉소 중에서 상대방을 경시하며 하찮게 여긴다는 느낌을 받았다. 필태충의 얼굴이 어두워지더니 말했다.

"마풍은 어디에 있는가?"

강창을 든 황의 대한이 대답했다.

"속하 여기에 있습니다."

필태충이 말했다.

"저 흑의인이 려사인가?"

마풍이 말했다.

"아닙니다. 그는 려사가 아닙니다."

진약람과 임봉은 놀라지 않을 수 없었다. 이러한 그의 말은 산과 같이 우뚝 서 있던 흑의인 조차 놀라게 하였으며, 눈을 돌려 마풍을 바라보게 했다. 필태충은 하늘을 바라보며 냉소하며 말했다.

"친구, 죽립을 벗어라. 괜히 귀신처럼 가장할 필요없다. 이미 너의 도법을 볼 때 진정한 려사라도 너와 견줄 수 없을 것이다. 어찌하여 그를 흉내내는 것이냐?"

흑의인이 말했다.

"너는 손을 쓰려느냐 아니냐?"

그의 말과 태도는 터럭만치도 그 이야기를 인정하거나 부정한다는 흔적을 찾아볼 수 없었다. 바꾸어 이야기하자면 지금까지 이 흑의인은 아직도 자신의 신분을 나타내지 않았으며 다른 사람들의 추측 역시 그의 신분에 대해 단서를 제공하지 못하였다. 필태충이 말했다.

"이런 명확치 않은 결투는 해 봐도 개운치 않다. 본좌가 너에게 다시 묻겠다. 너는 머리 위의 죽립을 벗지 않겠느냐?"

흑의인이 냉소하며 말했다.

"안벗는다. 네가 실력이 있으면 내 머리채 벗겨봐라."

임봉은 참을 수 없어서 크게 물었다.

"마풍, 당신은 언제 려사를 보았습니까?"

마풍이 말했다.

"대략 반년 전에 개봉에서 그를 봤다. 그리고 친히 그가 도법을 전개하여 다섯 명을 살해하는 것을 보았다."

진약람이 말했다.

"그의 도법과 이 선생의 것이 같습니까?"

마풍이 말했다.

"수법은 조금 다른데, 그 위력은 같은 것 같습니다. 모두 일도에 인두가 땅으로 떨어졌습니다."

진약람이 또 물었다.

"그의 용모와 신체는 어떠했습니까?"

마풍이 말했다.

"그는 크고 준수했으며, 마른 몸을 가지고 있었습니다. 지금 이 사람보다 조금 왜소해 보였습니다. 그는 흰 유생 복장을 했으며 보도를 차고 있었습니다. 선비 태가 흘렸지만 그 중에 위세가 대단했습니다."

진약람이 고개를 끄덕이며 말했다.

"려선생 같습니다. 그러나 하나가 다릅니다."

마풍이 놀라며 말했다.

"무엇이 다릅니까?"

진약람이 말했다.

"그의 키가 다릅니다. 려선생의 키는 지금 이 사람보다 조금 큽니다.

도법을 말하자면 지금 이 사람은 정종正宗 마도로서 천하에 다른 사람을 찾아볼 수가 없습니다.”

임봉이 말했다.

“마풍이 개봉에서 본 사람은 아마도 사칭하는 자였을 겁니다. 그리고 이 사람도 역시 려사임을 인정하지 않는 것을 보아 이치에 닿습니다. 스승께서 친히 그가 백장의 흙더미에 매장된 것을 보셨는데, 그것은 절대 틀릴 리가 없습니다.”

그는 눈을 돌려 진약람을 바라보고는 또 말했다.

“만약 스승께서 지금 사정이 있지 않으셨다면 반드시 친히 오셔서 이 거짓 려사를 처리했을 겁니다.”

진약람이 말했다.

“아! 왜 그가 와야 하지요?”

흑의인이 갑자기 말했다.

“아마도 심우 이외에는 어떤 이도 려사를 제압할 수 없기 때문이다.”

임봉이 말했다.

“당신이 말한 것은 틀림없습니다. 그러나 무공 상의 이유 외에도 뒤에 스승과 려사는 친구가 되었습니다. 따라서 어떤 사람이 려사를 사칭해서 인명을 살상한다고 하면 그가 가만두고 볼 수 없는 것입니다.”

흑의인은 잠시 시간을 두었다가 말했다.

“만약 개봉부에서 나타났던 려사가 거짓이 아니고 진짜 려사이고, 그가 계속 인명을 해친다면 심우는 어떻게 할 것 같은가?”

임봉은 놀라 검미가 올라가더니 말했다.

“가사께서는 분명 진력을 다해 권고하고 막아설 것이며, 절대 좌시하지 않을 겁니다."

흑의인이 냉소하며 말했다.

"심우의 무공이 려사를 이길 것 같으냐?"

임봉은 중얼거리더니 말했다.

"그것은 본인은 잘 모르겠소."

진약람이 말했다.

"심우 대협의 무공은 려사를 이길 수는 없습니다. 그것은 의심할 바 없습니다."

임봉은 두 어깨를 들썩이고는 말했다.

"저는 믿지 못하겠습니다. 비록 가사께서 려사를 언급하셨을 때 때때로 려사에게 자탄함의 마음을 금치 않았는데, 저는 그것을 믿지 않았습니다."

흑의인이 말했다.

"네가 믿지 않는 것도 타당하다. 네가 심우의 제자이기 때문이다."

그는 화제를 갑자기 돌리며 필태충에게 말했다.

"필태충, 본인이 기다린 지 오래되었다. 어찌 손을 쓰지 않는 것이냐?"

진약람, 임봉, 필붕비 등의 사람도 같은 느낌이었다. 그 흑의인처럼 천성의 흉악하고 싸움을 좋아하는 사람을 찾아보기가 매우 드물었다. 원망후 필태충과 같은 인물은 건드리기 어렵고, 싸우기도 힘든 상대인데 흑의인은 계속 그에게 출수하라고 하니 이러한 자신감과 고집은 정말 두려울 정도였다. 진약람이 부드러운 소리로 말했다.

"필도주, 제가 보기에는 당신은 명을 내려 다시 요사도로 돌아가는 것이 좋겠습니다. 저와 임봉형 모두 오늘 일을 다른 사람에게 이야기하지 않겠습니다."

오랫동안 소리를 내지 않았던 향고가 급히 태도를 나타내며 말했다.

"저도 말하지 않겠습니다."

원망후 필태충은 흑의인을 바라보더니 그저 산처럼 서서 계속 아무런 움직임도 없이 그대로 자세를 유지하고 있었다. 필태충은 이 사람의 기세가 견고하기가 이루 말할 수 없었고, 강대 절륜하여 실제로 그를 흔들어 움직이기 어렵다고 느꼈으며, 태어나 처음으로 만나는 두려운 상대라는 생각이 들었다. 그가 은밀히 다른 사람이 볼 수 없는 암호를 보내자 필붕비는 갑자기 손을 들어 일장으로 향고의 등을 내려쳤다. 향고는 처절한 소리를 지르며 몸을 앞으로 구부리고는 땅으로 쓰러져 일어나지 못했다. 이미 절명한 것이다. 진약람은 불쾌한 듯 아미를 찌푸렸고, 임봉 또한 노해서 일갈하며 말했다.

"필붕비 이 낯짝이 두꺼운 놈아. 사람을 암산하다니?"

필붕비는 거리낌없이 말했다.

"네가 무슨 화를 내느냐? 그녀가 네 친구라도 되느냐?"

흑의인이 물었다.

"네가 그 요사스러운 여승을 죽인 것은 이유가 없지 않겠지? 어디 모두에게 이야기해 보거라."

필붕비는 그에 대해 조금 꺼리는 바가 있기에 바로 말했다.

"내가 그녀를 죽인 이유는 첫째, 진약람과 임봉과 같은 사람들처럼 오늘의 일을 영원히 비밀로 지킬 사람이 아니기 때문이다. 나도 그녀를 믿지 못한다."

흑의인이 말했다.

"그녀를 죽여 입을 막는다. 그래 그것이 첫째 이유냐. 그렇다면 두 번째는?"

필붕비가 말했다.

"두번째는 그녀가 사람을 유혹하는 법술에 능통하여 우리 도의 심법에 위협이 될 수 있다. 따라서 그녀를 용납할 수 없는 것이다."

흑의인은 고개를 끄덕이며 말했다.

"그 이유는 그럴 수 있다."

임봉이 화가 나서 "흥"하고 소리를 내자 진약람은 그가 흑의인을 말로 건드릴까봐 먼저 말을 꺼냈다.

"이 두 가지 이유가 이유라고 한다면 천하에 무슨 시비 공도가 있겠습니까?"

흑의인이 말했다.

"진낭자의 말은 틀렸소. 필붕비의 입장에서 보자면 이 두 가지 이유로 충분히 살인할 여지가 있소. 분명 충분히 인정될 수 있는 것이오."

진약람은 고개를 흔들며 탄식하며 말했다.

"그렇죠. 그래요. 저는 잘 알고 있어요. 당신의 마음속에서 사람의 목숨은 무슨 가치가 있겠습니까?"

흑의인이 말했다.

"그렇다. 사람이나 개미 목숨이나 똑같다."

필붕비가 마음속으로 기뻐하며 끼어 들었다.

"맞다! 무슨 사람의 목숨이 개미보다 가치가 있겠는가! 하! 하!"

그의 웃음과 웃음 소리는 너무나 비루하여 가증스러울 정도였다. 진약람 또한 그를 비웃는 소리를 내며 마음속에서 그를 멸시하는 감정을 감출 수 없었다. 흑의인의 말이 필붕비의 웃음 소리를 멈추게 했다.

"필붕비, 너는 조심해라!"

말을 할 때 그는 맹렬히 한 걸음을 딛더니 이미 필붕비 앞으로 다가갔다. 둘 사이의 거리는 대략 육칠 보 정도 되었다. 등등한 살기가 이미 필붕비를 덮쳤다. 필태충이 날카롭게 소리쳤다.

"친구 무엇하려는 건가?"

한편으로는 질타하면서 한편으로는 몸을 날려 급히 도약하면서 흑의인의 오른쪽으로 떨어졌다. 그러자 그 거리는 대략 육칠 보 정도 되었다. 몸을 구부리고 움직이지 않으며 두눈으로는 흑의인을 뚜렷이 주시했다.

원래 그가 덮쳐간 것은 그의 아들이 이미 적의 강대무비한 도기 중에 이미 빠졌기 때문이다. 그런데 지금 바로 만약 그의 출수해서 공격한다면 흑의인의 도세가 갑자기 폭발하며 필붕비를 죽이기 위해 발출될 것이고, 이때 흑의인의 도초 중에서 그 본신의 위력 이외에 또한 그의 날카로움을 역이용하여 위세를 더 한다면 그것은 그와 흑의인이 합력해서 필붕비를 죽이는 것과 같으니, 어찌 그런 일을 할 수 있을까?

따라서 그는 급히 진력을 다해 멈췄다. 일찍 그것을 알아차리고 때 맞춰 멈춘 것이 되었다. 흑의인의 도세를 촉발시키지 않았던 것이다. 흑의인이 냉랭히 말했다.

"필태충, 먼저 돌려주지 않은 백옥연화를 진약람 낭자에게 돌려줘라."

그의 말은 성지와 같아서 필태충은 꼼짝도 못하고 바로 한 송이 백옥연화를 꺼내어 삼 장 밖의 진약람에게 던졌다. 흑의인은 또 말했다.

"필붕비가 비록 살인의 이유가 있었지만 그가 사용한 암산 수단은 상대방에게 함께 겨룰 기회를 주지 못한 것으로 비루하고 무능하기까지 하다. 따라서 본인은 그를 가만둘 수 없다."

흑의인이 필붕비를 죽이겠다고 선언하였을 때 도세가 갑자기 그를 덮쳐갔다. 두렵고도 삼엄한 도기가 강한 위력을 발출하니 필붕비는 감히 경거망동할 수 없었다. 그는 수세를 취하는 것도 좋고, 도망치는 것도 좋다고 생각은 했으나 감히 어떻게 상대하여야 상대의 공세를 없앨 수 있을지 몰랐다.

필태충은 아직도 감히 출수하여 아들의 액난을 해결해야 할 지를 몰랐다. 일찍이 그의 공세를 멈춘 것과 마찬가지로 상대가 자신의 공격을 이용하여 필붕비를 공격할 것 같았기 때문이다. 그러나 다른 사람들은 그가 손을 쓰지 않는 것을 보고는 정말 기이하게 생각했다. 흑의인이 차갑게 말했다.

"필붕비, 본인은 비록 당신이 살인하는 이유를 인정했지만, 너와 같은 암살 수법은 상대방에게 기회조차 주지 않았다. 이것은 무림 규칙에 크게 어긋나며 비루하기 그지없다. 따라서 본인이 너를 살해할 이유가 있는 것이다. 네가 죽은 다음에 네 부친이 나에게 보복하려 한다면 그것은 그가 보복할 수 있을지, 없을지 그에게 달려있을 것이다. 본인은 너에게 충분히 준비할 시간을 주겠다. 그러면 너는 어떤 원망도 없을 것이다."

필붕비는 나무처럼 굳어져서 감히 조금도 움직일 수 없었으며, 겨우 입을 열어 말했다.

"네가 뒤로 세 걸음 물러난 후에 손을 쓰면 나는 죽어도 원망이 없겠다."

흑의인이 담담히 말했다.

"알았다. 그러나 네 부친 필태충은 여섯 걸음을 물러서야 한다. 그래야 그가 와서 너를 구한다고 해도 본인은 다른 말을 하지 않겠다. 그렇지 않다면 지금 손을 쓰겠다."

필태충이 대답했다.

"좋다. 내가 여섯 걸음 물러서마."

그는 당장 지금과 같은 형세를 벗어나야 한다고 생각했다. 본인이 조금 더 멀리 떨어지더라도 그는 그의 아들을 겁난에서 구해낼 자신이 있었다. 그는 뒷걸음으로 연이어 여섯 걸음을 걸어서 흑의인의 뒤로 물러섰다. 그러나 그의 매 걸음은 매우 느렸으며 뒤로 향하는 한 걸음 걸음은 정말 천 근같이 무거운 듯이 힘들게 이동한 것 같았다.

필붕비는 상대방이 후퇴할 때 기회를 잡아서 한편으로 도약하여 벗어나려고 했으나 상대방의 도기가 약해지지 않았으며 도리어 그의 후퇴지세에 따라서 점차로 커져가는 것을 느꼈다. 따라서 필붕비는 졸지에 기회를 잡아 도망칠 수 없었다. 흑의인은 이미 세 걸음을 물러섰다. 이치에 따르자면 필태충은 응당 빠르게 출수하는 것이 당연할 것이다. 그러나 그는 그렇게 하지 않고, 도리어 소리 높여 말했다.

"귀하가 분명 대도문大屠門 우문宇文 선배의 적전문인인 것을 의심할 바 없소. 바라건대 손에 사정을 좀 두시고 내 말을 들어보시오."

진약람과 임봉 등은 놀라서 흑의인을 바라보고 생각했다.

'마도 우문등에게는 려사 한사람의 전인이 있다. 그렇다면 그가 려사 본인이란 말인가?'

흑의인은 과연 칼을 잡고 발출하지 않으며 말했다.

"너는 무슨 말을 하려는 거냐?"

필태충이 말했다.

"영사와는 두 번 만난 적이 있었소. 귀하는 이 일을 알고 있소."

흑의인은 냉랭히 말했다.

"모른다. 어쩔거냐?"

필태충이 말했다.

"만약 일이 잘 풀렸다면 나는 오늘 대도문 중의 한 사람이 되어 있었을 것이오. 귀하와는 동문이 되었겠지요. 귀하께서는 제 견자犬子의 목숨을 한번 봐주시길 바라오."

흑의인은 못을 박듯이 말했다.

"안된다!"

필태충은 급히 말했다.

"귀하의 도법은 이미 완전히 맥이 끊어진 대도문 칠살도가 아닙니까. 우문 선배를 알현하지 못했다면 어찌 그 도법을 알아볼 수 있겠습니까. 귀하께서는 의심하지 마시오."

흑의인이 말했다.

"네가 선사를 만나보았다고 해도 좋다. 만나 보지 못했다고 해도 좋다. 모두 내 마음을 바꿀 수는 없을 것이다. 너희들은 들었는가?"

그가 비록 필태충과 적지 않은 대화를 나눴으나 날카로운 안광이나 강대한 도세는 찰라라도 풀어진 적이 없었다. 그가 칼을 눌러쥐고 "슥슥" 소리를 내며 걷는 소리가 필봉비의 귀에는 아마도 혼백을 놀라게 하는 최명고催命鼓의 소리로 들렸다. 흑의인은 이어서 육칠 보를 걷더니 신도합일身刀合一의 경지로 강렬한 한 줄기 빛으로 화하더니 섬뇌와 같이 공격해 들어갔다. 필붕비는 전신의 모든 공력을 부채에 집중하고는 빠르게 막아갔다. 이 일 초는 '발산세拔山勢'라고 해서 맹렬한 중에 암중으로 부드러운 힘을 가지고 있어 정묘한 변화를 감추고 있었으며, 바로 요사도 무상심법의 가장 뛰어난 절기였다.

"팍"하는 소리와 함께 필붕비의 강골 섭선에 도광이 적중하더니 아마도 잠자리가 기둥 위에 머무르는 것 같이 전혀 움직일 수 없었다. 이내 도광이 한번 번쩍이더니 사라졌다. 그 흑의인은 수 척이나 떨어진 곳에서 서 있었는데, 필붕비는 이미 머리와 몸이 분리되어 바닥에 너부러져 있었다.

흑의인의 이 일도는 위력이 강대무비한 것 이외에 정묘하기가 이를 데 없어 변화 가운데에서도 그 틈을 엿볼 수 없었으니, 순전히 강한 것만의 힘으로 적을 일도살인一刀殺人한 것은 아니었다. 필태충은 비참하게 소리를 지르고는 머리를 떨어뜨리고 도주했다. 흑의인은 칼을 두드리며 휘파람을 분 후 이어서 소리치며 말했다.

"필태충, 너는 본인의 이 일도를 파해하기 전에는 다시는 중원을 밟지 말아라."

그의 소리는 내력으로 발출한 것이라 몇 리 밖까지도 들렸다. 따라서 필태충이 갑자기 도주하여 그림자가 보이지 않았지만 아마도 이 말을 분명하게 들었을 것이다. 마풍과 이곤 또한 쥐새끼처럼 머리를 감추고 이미 이십여 보를 달아나고 있었다. 흑의인이 소리지르며 말했다.

"모두 서라!"

마풍과 이곤은 무슨 주술을 들은 듯이 그 자리에 멈춰서서 감히 계속 달아나지 못했다. 원래 그들은 고명해서 이 흑의인의 도법의 정도를 잘 알고 있었다. 만약 신도합일의 절예로 날아온다면 오장 안에서는 그를 피할 수 없을 것이고 반드시 죽을 것이라는 것을 알았기에 감히 달아나지 못한 것이다.

이곤, 마풍은 순순히 돌아서서 가장 빠르고 신속하게 시체를 수습했으며, 감히 한 마디 말도 하지 못하며 낭패를 보고 달아나게 되었다. 그들이 달아난 이후에 진약람은 무엇도 하지 않았으며, 임봉은 상황이 그리 좋지 않다고 느꼈다. 그리고 번거롭게 될까봐 두려하면서 생각했다.

'이와 같은 강적에게 내가 대항할 수는 없다. 그러나 한번 겨룬다면 이곳에서 뼈를 묻을 각오를 해야겠지.'

흑의인의 눈빛이 임봉에서 진약람으로 옮겨가며 홀연히 물었다.

"려사는 나에 비해 어떠한가?"

진약람은 생각을 하더니 말했다.

"당신의 마지막 일도는 과연 그와 다릅니다. 비록 그 때 나는 무공을 알지 못하였지만 아직도 또렷하게 기억하고 있지요. 지금 생각해 보면 당신이 그보다 더욱 고명합니다."

임봉은 놀라며 생각했다.

'당년의 려사도 당시 천하에 적수가 없었는데 이 사람이 놀랍게도 그보다 더 고명하다면 정말 적수가 없을 것이다.'

실제로 흑의인의 도법이 놀랄만하고 절묘한 것 이외에 더욱 긴장되는 것은 그 사람의 마음이 매우 독랄하고 악독하다는 것이며, 이것이야말로 정말 두려운 것이라 할 수 있었다. 흑의인이 말했다.

"그렇다면 현재 당신은 내가 려사라고 인정하는 것이 아니다. 그 개봉의 것이 아마도 진짜 려사라고 할 수 있겠지!"

진약람은 또한 고개를 저으며 대답했다.

"당신은 분명 려사가 아닙니다. 키가 차이나는 것 이외에도 또한 도법이 있습니다. 이것이 외표 상의 차이점입니다. 그리고 또 마음이 다릅니다. 당신의 위인됨이 려사보다 더 좋습니다. 적어도 당신은 려사보다 흉악하거나 독랄하지 않습니다. 만일 오늘 려사같았다면 이곤과 마풍은 살아남지 못했을 겁니다."

그녀는 숨을 고르고는 말을 이었다.

"개봉부의 그 려사는 아마도 더 거짓일 가능성이 큽니다. 천하 간에 이미 려사보다 더 고명한 도법 대가가 나타났으니, 어떤 사람이 그를 사칭하는 지경까지 이른 것입니다. 아마 그런 종류가 아닐까요."

임봉은 마음속으로 생각했다.

'그렇지. 그의 마음 씀씀이는 려사보다 좋다. 가사께서 천방백계로 려사를 응대한 것은 당연한 일이다.'

듣기만 하던 흑의인이 말했다.

"진낭자의 이번 분석은 일리가 있다. 그리고 내가 할 말이 있다. 이후에 당신의 백옥연화를 쉽게 다른 사람에게 보이지 마시오. 당신이 정말 다시 회수할 수 있다는 자신이 있다면 몰라도."

진약람은 웃으며 말했다.

"저는 본래 필태충의 신분 명망으로 보았을 때 사람을 속일 것 같지는 않았습니다. 또한 제가 이번에 출문할 때 어떤 사람도 저를 속이지 않았습니다. 따라서 제가 백옥연화를 그에게 빌려 보여준 것입니다."

흑의인은 차갑게 말했다.

"당신이 수련한 난심옥간의 성력이 비록 고명하다고 해서 사람들이 당신을 속이고 싶지 않도록 하지만, 필태충과 같은 사람은 그 외호가 원망후이듯이 그의 행동거지를 바로 알 수 있지 않는가. 그러한 사람을 어찌 믿을 수 있는가?"

진약람은 감격해 하며 말했다.

"말씀 고맙습니다. 제가 이후에 마음속에 간직하겠습니다. 맞습니다. 아직 존함을 묻지 못하였습니다."

흑의인은 바로 대답하지 않았다. 잠시후 비로소 입을 열었다.

"당신은 잠시 나를 려사라 생각하면 되오."

진약람이 놀라서 말했다.

"려사라 생각하라구요?"

그리고 나서 그녀는 웃으며 말했다.

"좋습니다. 네가 당신을 려사 선생이라 부르겠습니다."

흑의인이 말했다.

"이름을 부르는 것은…, 나는 다른 사람들이 당신이 나를 부를 때 내가 누구인지를 알게 되기를 바라오."

진약람이 말했다.

"이름을 부르는 것은 아마도 조금 실례가 아닐까 생각합니다."

흑의인은 반박하며 말했다.

"예모든 예모가 아니든 그것은 그 다음이오. 당신은 어떤 사람이 그것을 듣고 우리들의 관계가 이미 친밀하다고 오해할까봐 두려운 것이 아니오."

진약람은 미소를 지으며 다시 이야기하지 않았다. 자칭 려사라고 하는 흑의인은 임봉을 바라보며 물었다.

"임봉, 심우는 어디에 있는가?"

임봉이 말했다.

"그는 경사京師로 갔습니다."

흑의인이 말했다.

"그가 표두가 되었다는 것을 듣고 매우 흥미로운 일이라 생각했다. 그는 무엇 때문에 표두가 되었지? 재물인가? 명예인가? 지위인가?"

임봉이 말했다.

"어떤 사람이 어떤 일을 하는 것은 분명히 그 어떤 사정이 있는 법입니다. 저는 어떤 이상한 점을 모르겠습니다."

흑의인이 말했다.

"너는 아무 것도 모른다. 그는 평범한 사람이 아니다. 따라서 그가 그런 평범한 일을 한다는 것이 바로 이상한 점이다. 흥! 그가 개봉에 도착하지 않은 것이 애석하구나. 그렇지 않다면 내가 천하인들이 보는 앞에서 나에게 세 번 머리를 조아리게 했을 텐데."

그말은 정말 모욕적인 말이었다. 임봉은 얼굴이 변하였다. 진약람은 임봉이 입을 열게 되면 반드시 손해 볼 것이라는 것을 알았다. 따라서 미소를 지으며 말했다.

"려사, 당신의 이 말은 너무 과분한 것이 아닌가요. 자고로 선비는 죽더라도 모욕은 당하지 않는다고 했습니다. 심선생이 비록 당신을 이길 수 없다고 해도 죽음밖에 더 있겠습니까. 무슨 고개를 숙이고 목숨을 구걸하고 하겠습니까? 당신은 그가 목숨에 연연하는 사람으로 보입니까?"

흑의인은 하늘을 바라보고 냉소지으며 말했다.

"내가 만약 그에게 사람들 앞에서 머리를 숙이도록 만들지 못한다면 내가 수단이 부족한 것이다."

그의 이 말에는 강렬한 자신감이 흘러 넘쳤다. 임봉은 노기를 수그러뜨리고 생각을 했다.

'그의 이런 말은 분명히 자신이 있다는 것이다. 아마도 무공과는 관계가 없는 것 같다. 그렇다면 사부는 왜 사람들 앞에서 모욕을 받아야 하는 것인가? 혹시….'

그의 생각이 여기에 미쳤을 때 마음속이 크게 흔들리며 얼굴이 변하게 되었다. 흑의인의 안광이 번개처럼 임봉의 표정을 살펴보고는 냉소를 지으며 말했다.

"아주 좋다. 너는 이미 무슨 이유인지를 알아냈구나. 보아하니 심우가 몸을 낮추고 표행을 한 것이 과연 어떤 이유가 있을 것이다."

진약람이 물었다.

"당신들은 무슨 수수께끼 같은 소리를 하는 겁니까?"

그의 목소리는 부드럽고 평화로워서 사람으로 하여금 마음이 평안해지고 고요해짐을 느끼게 했다. 그녀가 흑의인을 바라보자 그 려사는 대답했다.

"우리들의 대화 속에는 무한한 현기가 숨겨져 있다. 결론적으로 말하면 심우가 도달하려고 하는바 목적은 반드시 본인 앞에서 세 번 고개를 숙여야 이루어 질 것이다."

그는 눈을 들어 진약람이 미혹스럽게 고개를 끄덕이는 것을 보며 또 말을 했다.

"당신은 더 생각할 필요가 없다. 이 일에 끼어들 필요가 없지. 가장 좋은 것은 알 필요가 없고, 그렇다면 위험도 없다."

제40장

我知其秘

아지기비

진약람이 웃으며 말했다.

"당신이 그렇게 말씀하시면 제가 도리어 호의에 감사드려야겠습니다. 저도 한가지 충고드리려고 하는데, 혹시 번거롭게 해드리는 것이 아닐런지요."

흑의인이 말했다.

"당신 말해 보시오."

진약람이 말했다.

"당신이 방금 하신 말씀의 뜻은 이미 심선생이 알려고 하는 비밀을 이미 손에 쥐고 계신다는 것이 아닙니까. 당신이 호의로 제가 알 필요가 없다는 것은 아마 그 비밀을 알게 되어 위험에 맞닥뜨릴까봐서가 아닙니까. 그렇다면 당신도 같은 위험에 처해 있을 겁니다. 그러나 당신의 도법이 무적이라 다른 사람들이 당신을 어쩌지 못할 것이라 생각하는 것이겠지요."

흑의인은 고개를 끄덕이며 그녀의 생각이 옳다는 것을 인정했다. 진약람이 이어서 말했다.

"저의 충고는 낮에 들어오는 창은 피하기 쉬워도 밤에 날아오는 화살은 막아내기 어렵다는 것입니다."

흑의인은 오만한 웃음소리를 내며 말했다.

"나는 밤에 날아오는 화살의 맛을 한 번 봐야 겠소. 갑시다. 우리는 개봉부로 갑시다."

그는 살장로 등이 남긴 말 중에서 하나를 골라탔다. 임봉 또한 한 필을 골라서 탔다. 진약람이 원래 타고 온 말을 찾아 앉은 후, 앞뒤로 세 명이 말을 타고 대도로 달려서 나왔다. 큰 길에 도착하자 흑의인이 말했다.

"진약람, 당신이 나와 함께 가거나 가지 않거나 모두 좋소. 또한 임봉 당신도 그렇소."

임봉이 먼저 응하며 말했다.

"저는 반드시 개봉부로 가야만 합니다."

진약람도 말했다.

"그러면 함께 갑시다! 려사, 당신의 생각은 어떻습니까?"

흑의인은 앞서 달리며 대답이 없었다. 진약람, 임봉이 그 뒤를 따르니 정말 기괴해서 눈을 둘 수밖에 없는 대오가 만들어졌다. 그러나 흑의인은 달릴 수록 천천히 달렸고, 진약람도 말을 재촉하지 않아서 일찌감치 그들은 서로 나란히 하고 달리게 되었다. 거리의 사람들에 눈에 청춘 발랄한 미녀가 우아하고 아름다웠으며, 한편 흑의남자는 얼굴을 죽립으로 깊게 눌러쓴 것이 매우 신비로웠다. 사람들은 이들을 서로 바라보고는 모두 의아해했다. 하늘이 점점 어두워지자 진약람이 물었다.

"려사, 우리들은 밤에도 길을 가야하나요? 아니면 어느 곳을 정해서 하루를 묵어야 하나요?"

그가 사용한 '우리'라는 말이 다른 여인의 입에서 나왔다면, 더군다나 하룻밤을 묵는다는 말까지 본다면 다른 사람들이 이상한 생각을 할지도 모른다. 그러나 진약람이 이 말을 했을 때에는 사람들이 들어도 전혀 이상하게 들리지 않았다. 흑의인이 말했다.

"먼저 하루를 투숙하고, 다음날 아침에 길을 떠나는 것이 좋겠소."

그들은 사방을 바라보니 좌측 전방에 등광이 은은히 비치는 것이 보였다. 인가가 적지 않아 보였다. 말을 몰아 불빛을 찾아가서 얼마되지 않아 그 근처에 다가가니 원래 길가에서 멀지 않은 곳에 위치한 소도시였다. 대략 칠팔십 여의 점포와 인가가 있었다. 흑의인은 임봉을 향해 머리를 돌려 말했다.

"임봉, 가서 묵을 곳을 알아보시오. 우리는 급할 것이 없지만, 진약람은 우리와 함께 구덩이에서 잘 수 없지 않겠소."

임봉은 "예"하고 대답하며 말을 몰아 도시의 거리로 접어들었다. 진약람이 말했다.

"당신이 임봉을 움직이는 것을 보니, 그 본령이 도법보다 더 뛰어나군요."

흑의인이 말했다.

"그는 아마도 내가 말했던 비밀을 알고 싶어서 나를 따라온 것이니, 분명 말을 잘들을 것이오. 다시 말해 그 또한 기회를 찾아 이 소식을 심우에게 전하려고 하겠지."

진약람은 가볍게 놀라며 말했다.

"저는 당신이 거만하고 횡포한 성격을 가지고 있다고만 생각했지,

당신이 사람의 성격이나 심리에 대해 이렇게 자세히 관찰하는 사람인지 몰랐습니다. 모든 것이 당신 눈을 벗어날 수 없군요."

흑의인이 말했다.

"과찬이요. 그러나 나는 당신의 마음속에서 나에 대한 인상을 사리에 통달하지 못한 사람이라 보고 있다는 것으로 믿지는 않소."

진약람이 말했다.

"당연히 아닙니다. 그러나 당신이 진실로 려사라면 우리들이 한번 보았을 때, 당신은 이미 당신의 총명한 재지와 관찰력을 보여주었습니다."

흑의인이 말했다.

"그때 내가 어떤 일을 했소?"

진약람이 가볍게 탄식하며 말했다.

"아! 어쩌면 당신은 려사가 아닐지도 모르겠습니다."

흑의인이 냉랭하게 웃으며 말했다.

"나는 거짓으로 위장도 하지 못한단 말이요."

이야기가 진실인지 거짓인지 사람으로 하여금 정말 판단하기 어렵게 했다. 진약람이 말했다.

"저는 당신과 심사를 허비하지 않겠습니다. 당신이 진짜 려사여도 좋고, 아니라도 좋습니다. 말하자면 그날 당신은 저에게 중상을 입히고는 뒤에 저를 구해주었습니다. 그러나 당신의 잔인함은 이미 제 마음속에 낙인되어 있습니다."

흑의인이 "아"하고 소리내며 말했다.

"나는 기억이 나오. 당신은 진춘희. 해변가 이름없는 작은 어촌의 마을 처녀였지."

진약람의 아름다운 몸이 흔들리며 말했다.

"그리고는요? 당신과 심우가 겨뤘지요. 당신은 그 결과를 기억하나요?"

흑의인이 말했다.

"당연히 기억하오. 그가 내 칼 아래 패했지. 그 이후로 감히 용기를 말하지 않았지."

진약람은 고개를 저으며 말했다.

"그는 패하지 않았어요."

흑의인이 놀라며 말했다.

"심우가 패하지 않았다구. 그렇다면 이상하군."

진약람이 말했다.

"그는 표면적으로 패한 것입니다. 그리고는 한 가지 어려운 문제를 남겼죠. 당신은 어려움에 곤혹스러워 했지요. 따라서 기실 그는 패한 것이 아니었습니다."

흑의인이 말했다.

"그 문제를 나는 이미 해결했소. 당신은 믿겠소?"

진약람은 감히 믿을 수 없었고, 또 믿지 않을 수도 없어서 말했다.

"저는 모르겠습니다."

흑의인이 천천히 말했다.

"이번에 내가 그와 손을 쓴다면 그는 절대 내 칼 아래에서 도망갈 수 없을 것이다."

진약람은 "아"하고 소리내며 말했다.

"당신은 진짜 려사입니까?"

흑의인은 말을 하지 않았다. 진약람이 또 말했다.

"제가 심우가 남긴 난제가 무엇인지 말씀드리지 않았는데 당신이 알고 있는 것 같으며 그리고 제 이름을 알고 있는 것으로 보아 당신이 려사인 것은 의심할 바가 없습니다."

이때 임봉이 달려오며 큰 소리로 외쳤다.

"머무를 곳을 찾았습니다."

흑의인은 말을 몰아 이동했다. 진약람은 뒤에서 따르며 그의 뒷모습을 바라보고 생각에 잠겼다.

'그는 도대체 려사인가 아닌가?'

원래 그녀는 흑의인의 뒷모습으로부터 그의 신체의 중량과 크기가 려사와는 다르다는 것을 생각했는데, 성격 또한 분명 구별이 있음을 알았다. 해변가 어촌에서의 일을 만약 그가 려사라고 한다면 심우나 혹은 호옥진이 그에게 말을 했을 수도 있으니 그 상황 일체를 알고 있을 수도 있다. 따라서 그녀의 마음속에 또 다시 의문이 일어났다. 임봉이 찾은 곳은 적은 규모의 소객잔이었다. 앞에서는 국수를 팔고, 뒤로 들어가면 여러 명이 함께 머무르는 한 칸의 공간이 있었고, 또 자그마한 방이 하나 곁에 딸려있었다. 시설은 누추했으나 진약람은 매우 만족해 했다.

흑의인과 임봉은 모두 짐이 없었다. 그들은 되는대로 얼굴을 닦고서 바로 식사를 하러 가서 한 탁자를 차지하고 앉았다. 손님들이 적지 않아 떠드는 소리로 왁자지껄했다. 진약람이 한참 후 나오자 잠깐 사이에 모두들 조용해 지기 시작했다. 모두 다 예를 갖추는 듯 변했고, 말하는 목소리도 점차 줄어들어 모두들 앉아 식사를 하는 모습으로 환경이 개선되었다. 흑의인과 임봉은 비록 마음속으로 이러한 현상이 모두 진약람의 고아하고 편안한 모습에서 기인한 것으로 은연 중에 그녀에게 감화되는 능력이 생긴 것임을 알았지만, 그렇다고 하더라고 기이하고 흥미롭지 않을 수 없었다.

적지 않은 음식을 먹고 적지 않은 고량주를 마신 후 흑의인의 소리가 평소보다 조금 높아지더니 먼저 일도에 요사도 원망후 필태충의 아들 필붕비를 죽여버린 일을 거들먹거리며 자랑처럼 이야기하니, 주변의 사람들도 모두 들을 수 있었다. 임봉이 그의 말투나 얼굴 색을 살피니 그가 어느 정도 취기가 있음을 알아차리고는 생각했다.

'사부의 혈원은 본디 십분 비밀스러운 일인데, 자칭 려사라고 하는 이 흑의인이 한 마디로 말해버렸다. 그 상황을 살펴보니 팔성은 진실이라 할 것인데, 만약 그가 취기가 있을 때 지금 물어보지 않는다면 또 언제까지 기다려야 할 것인가?'

생각을 마치고 바로 초안을 마련한 후 먼저 다른 곳으로부터 돌려 말하기 시작했다.

"려선생, 당신께서는 이미 다시 강호에 출도했는데, 애림 낭자는 어떻습니까? 그녀는 지금 어느 곳에 있습니까?"

흑의인이 말했다.

"네가 심우에게 물어보면 알 것이다!"

임봉은 고개를 흔들며 말했다.

"저의 생각에 따르면 가사께서는 알지 못하십니다."

흑의인이 말했다.

"관계없다. 어찌되었든 나와 심우가 부딪친다는 소식을 듣는다면 아마 찾아올 것이다. 흥! 흥! 내가 만약 애림을 위하지 않았다면 누가 번거롭게 가서 심우의 억울한 누명을 조사한단 말이냐!"

진약람은 놀라며 물었다.

"무슨 말씀을 하시는 건가요?"

흑의인은 거친 목소리로 크게 말했다.

"심우의 부친은 심목령이고, 그는 애림의 부친 애극공을 시해했다. 애극공은 심목령의 맹형盟兄이지. 따라서 다른 세 맹형들이 심목령을 찾아가 그를 핍박하여 스스로 자살하도록 했다. 이 비밀을 너는 알고 있느냐?"

진약람은 너무 놀라서 고개를 흔들었다.

"저는 모릅니다. 심우는 저에게 이야기한 적이 없어요. 애림도 이 일을 거론한 적이 없습니다."

고요한 가운데에 객잔에 있었던 사람들 중 한 무리의 사람들은 흑의인의 위엄과 날카로움에 두려워하고 있었고, 또 한 무리의 사람들은 진약람의 고아하고 담백한 아름다움을 감상하고 있었다. 그런데 또 다른 한 부분의 사람들은 강호 인물로서 그들의 대화 속에서 황해 칠왕후 중의 하나인 원망후 필태충으로부터 심우, 애림까지 거론되고, 또 흑의인이 려선생이라고 불리자 반드시 려사임이 의심할 바 없다고 느끼고는 모두 집중하여 그들이 또 어떤 비밀과 기문을 말하는지에 귀를 기울이고 있었다. 임봉이 고개를 저으며 말했다.

"그렇지 않을 것입니다. 제가 가사의 말씀 속에서 애림 낭자에게 상당한 관심을 가지고 있는 것을 들었고, 애림 낭자를 좋아하지 않는다는 느낌을 느끼지 못했습니다."

흑의인은 냉랭하게 웃으며 말했다.

"아무 것도 모르는 것! 애림과 너의 사부는 본시 죽마고우의 반려였다. 만약 그러한 피의 원한이 없었다면 애림은 일찍이 심우에게 시집을 갔을 것이다. 어디 나 려사가 끼어들 수 있을 것이냐?"

임봉은 항의하듯 말했다.

"려선생의 이 말씀은 그럴듯하게 꾸며낸 것이라 보기에 어렵습니다. 가사와 애림 낭자가 그러한 어려움이 있을 때 당신께서 그 사이로 들어간 것이군요. 그러나 당신께서는 어찌하여 그들의 윗 대 문제에 관심을 가지고 있는 겁니까? 만약 당신께서 가사를 대신해서 이 원한을 해결한다면, 그것은 오히려 가사와 애림에게 좋은 일이 아닙니까?"

진약람은 고개를 끄덕이며 말했다.

"임봉의 말은 도리가 있군요."

흑의인은 오만하게 웃으며 말했다.

"너는 잘 물었다. 본인은 그것으로 애림의 마음을 얻으려는 것이다. 만약 서로 결투를 한다고 할 때 암산을 하는 것을 어찌 영웅의 행위라 할 수 있겠는가?"

진약람은 가볍게 갈채를 보내며 말했다.

"장부의 도리이지요. 그것이 장부의 도리이지요."

그녀는 마음속으로 패복한다는 신색을 띠었다. 다른 사람들이 그것을 보고는 그 흑의인에 대해 경모와 숭배의 뜻이 자연스럽게 일었다. 임봉은 가부의 원한에 대해 항상 마음에 두고 있었지만, 심정은 그에 영향을 받지 않았다. 임봉은 바로 이때다 싶어 돌연 물었다.

"심조사가 애노선생을 살해한 일은 진실입니까?"

흑의인이 말했다.

"당연히 진실이다! 그렇지 않으면 심목령이 어찌하여 자결했겠느냐?"

임봉이 또 물었다.

"만약 진실이라면 가사는 무슨 말을 하겠습니까? 그와 애림 낭자 간은 영원히 좋아질 수 없을 겁니다."

흑의인은 득의의 미소를 지으며 말했다.

"그것은 꼭 그렇지 않다. 만약 심목령이 신지를 잃어버렸을 때 잘못을 저질렀다면 그를 탓하기도 어려운 면이 있다. 그렇지 않느냐?"

임봉은 낮은 소리로 말했다.

"만약 려선생이 말씀하신바 심조사가 책임을 지지 않을 수도 있다면 그것은 또 다른 일일 겁니다. 적어도 애림 낭자가 가사를 이해할 수 있을 겁니다."

흑의인이 말했다.

"맞다. 심목령은 당시 심지를 상실했고, 따라서 해서는 안될 일들을 하게 된 것이다."

진약람이 말했다.

"정말 무서운 일이군요! 그 심노선생을 생각하면 당시 우내 제일고수로 불행히 심지를 상실하는 괴병에 걸렸다니요!"

흑의인이 말했다.

"그것은 괴병이 아니다. 다른 사람의 암산을 받은 것이지. 천하에 나만이 암산을 한 자가 누구인지 안다."

흑의인은 이렇게 사람을 놀라게 하는 비밀을 이야기 한 이후 마음이 가벼워지더니 한순간에 세 잔을 마셔버렸다. 객잔 안의 모든 사람들은 숨소리도 내지 않았고, 그 분위기는 침중하고 매우 괴상스러웠다. 임봉은 진약람을 향하여 도움을 청하는 눈짓을 했다. 진약람은 그것을 느끼고 말을 했다.

"려사, 심노선생을 암살한 이는 누구입니까?"

임봉은 귀를 세우고 주의를 기울였다. 려사는 술 잔을 내려놓고 잠시 숨을 고르더니 말을 이었다.

"그 사람은 당시 한 문파를 이끌던 영수 인물이었소. 아마도 칠해도룡 심목령이나 되어야 그를 움직일 수 있을 것이오. 실제로 그를 건드렸던 것 같고 보복으로 독계를 펼쳐, 그가…."

그는 여기까지 말하고는 갑자기 입을 닫아버렸다. 진약람이 추궁하며 물었다.

"그는 누구인가요?"

흑의인은 고개를 흔들며 말했다.

"내가 만약 너에게 알려준다면 어찌 심우가 나를 향해 머리를 조아리겠는가?"

진약람이 말했다.

"저는 그에게 알려주지 않겠습니다. 당신은 작은 목소리로 저에게 알려주시는 것이 어떻습니까?"

흑의인이 말했다.

"안된다. 너는 어떻게든 그에게 비밀을 누설할 것이다."

그는 일어서서 몸을 한두번 흔들더니 말했다.

"나는 잠을 자야겠다. 할 이야기가 있으면 내일하자."

세 사람이 뒤편의 방으로 갔다. 그들이 떠난 자리에서는 은밀하게 지금 일들을 논하는 소리들이 들리기 시작했다. 이러한 말들은 그들이 떠나지 전에는 절대 들을 수 없었던 것들이었다. 흑의인과 임봉은 큰 방의 한 모퉁이로 갔다. 그곳에는 이미 잠을 자기 위한 침구가 잘 준비되어 있었다. 임봉은 계속 이 흑의인을 주시하고 있었는데 따라서 눕기 전 그가 죽립을 벗을 때 그의 진면모를 친히 볼 수가 있었다. 그러나 임봉은 이전에 려사를 본 적이 없었고, 흑의인이 잠을 청하기 위해 누운 후 바로 죽립으로 얼굴에 가려서 더 그를 살펴볼 수 없었다.

그가 한번 본 인상으로는 흑의인의 얼굴에는 어떤 상흔도 발견되지 않았다. 심우가 일찍이 친히 그의 눈으로 려사가 백장이나 깊은 골짜기에서 매몰되었기 때문에 그가 죽지 않았다고 하더라도 분명 그의 얼굴에는 그 흔적을 남기고 있을 것이라 생각되었다. 그리고 그 다음으로 그의 얼굴에는 일종의 괴이한 표정이 보인다고 했다. 비록 오관이 단정하지만 말할 수 없는 묘한 느낌을 가지고 있다고 했다. 다른 손님들은 출입할 때 발소리를 죽였으며, 감히 소리를 내려고 하지 않았으며, 말하지도 않았다. 따라서 이삼십 명이 함께 잠을 청했으나 상당히 조용했고 안정적이었다. 다음 날, 흑의인은 아주 늦어서야 일어났다. 여타 다른 손님들은 이미 모두 떠나고 없었다. 가부좌를 틀고 운공하고 있던 임봉이 소리를 듣고는 눈을 뜨고 려사에게 말했다.

"려선생, 간 밤에 술을 많이 드셨습니다!"

흑의인은 얼굴을 닦고 입을 가신 후에 돌아와 말했다.

"오늘부터 우리들이 가는 이 길은 분명 어지러울 것이다. 너는 독하게 마음먹을 수 있느냐?"

임봉이 놀라며 물었다.

"무엇을 독하게 마음먹는 것이라 합니까?"

흑의인이 말했다.

"자연 살인하는 것이다."

임봉이 말했다.

"살인은 어렵지 않으나 어려운 것은 누구를 죽여야 할지 죽이지 말아야 할지를 모른다는 것입니다. 우리가 사람을 보면 바로 죽이는 것이 아니지 않습니까?"

흑의인이 말했다.

"네가 사지에 몰리면 맹렬히 살수를 써야한다. 만약 네가 이를 하지 못하겠다면 나를 따르지 말아라."

임봉은 놀라고 또한 의문이 들어 물었다.

"려사 선생이 이곳에 있는데 누가 감히 우리들에게 골치아프게 하겠습니까?"

흑의인이 말했다.

"바로 내가 있기에 어떤 이들은 우리에게 좋을 뜻을 품지 않지. 이런 자들이 사방에 널려있다."

그는 손을 펴서 보도를 두드리며 또 말했다.

"너의 무공이 심우에 미치지 못한다. 만약 담력이나 기백이 그보다 못하다면 진작에 꺼져야 했다. 그렇지 않으면 죽음밖에 없다."

임봉은 들을수록 이상했다. 그의 입에서는 어떤 적들이 있는지 말하지 않고 있어서 바로 물어보기로 했다.

"만약 오는 적들 가운데 어떤 사람들이 가사의 원수라면 저는 절대 그들을 그냥 둘 수 없습니다."

흑의인이 말했다.

"너의 추측은 틀리지 않았다. 그들 중 일부는 분명 심가의 원수들이 보낸 이들이다."

그는 잠시 망설이다가 비로소 말을 했다.

"후원으로 가서 연공하는 도법을 나에게 보여달라."

임봉이 마음속으로 생각했다.

'그가 려사이건 가짜 려사이건 도법 공력은 이미 나를 훌쩍 뛰어넘는다. 따라서 내가 그에게 진정한 실력을 알게 하더라도 그에게 무슨 큰 이용가치도 없으며, 나 또한 손해 볼 것 없다.'

따라서 그가 사용하는 장도를 들고 후원으로 갔다. 진약람은 아름다운 모습으로 그들을 쫓았다. 아침 햇살아래 그녀는 청춘의 아름다움을 마음껏 발산했다. 두 볼에서는 건강미 넘치는 혈색이 아름다웠고, 고요하며 아정한 맛이 더해져 세상에서 볼 수 없는 수려한 자태를 들어냈다. 흑의인이 그녀를 바라보고는 멍해졌고, 그녀가 아름다운 미소를 짓자 비로소 깨어나서 정상을 회복했다. 그는 바로 임봉을 향해서 말했다.

"준비가 되었으면 자신이 가장 만족하는 도법을 한번 발휘하거라."

임봉은 쌍수에 모두 칼을 들고 가볍게 몸을 숙여 예를 표하고는 말했다.

"제가 못난 꼴을 보여드리겠습니다. 려선생은 지도해주십시오."

흑의인은 참을 수 없다는 듯이 손을 저으며 말했다.

"빨리 해봐라. 무슨 잔소리가 많으냐."

그의 이런 말은 이전처럼 같은 곳에 있었던 사람들의 귀를 찌르지는 않았다. 임봉은 다시 말을 하지 않고 칼을 품고 후원의 정 중앙으로 가서 그의 문호의 도법을 시전하기 시작했다. 그의 도법을 보니 그 세력이 삼엄하고 깊고 심오한 데가 있었으며, 자유자재로 시전하는 듯, 홀연 느리게 홀연 빠르게 점차로 그의 신형이 무수한 도영 속으로 들어갔다. 이렇듯 시전하고 있는 중에 갑자기 흑의인의 외침소리가 들렸다.

"멈춰라."

임봉은 도광을 갈무리하고 눈을 돌려 흑의인을 바라보았다. 그러나 그가 왜 멈추라고 했는지 그 이유를 알 수 없었다. 흑의인이 말했다.

"소림 도법은 결국 그 화상의 느낌을 지울 수 없다. 도식이 다시 더 진밀縝密하다고 해도, 가장 독랄한 경지에는 다다를 수 없다."

임봉이 바로 흑의인의 말을 반박하려고 할 때, 진약람이 먼저 말을 열었다.

"불문제자가 연구하는 바는 바로 수심양성의 도입니다. 소림 무공은 독랄한 기를 갖추지 않고 있으니 실제로 이상한 바가 아닙니다."

흑의인이 말했다.

"말이야 그렇지만, 만약 세력이 비슷한 적수를 만난다면 그와 같은 초식으로는 분명 당하고 말 것이다."

진약람은 매혹적으로 웃으며 말했다.

"그렇다면 당신의 생각을 한 마디로 말할 수 없는 것이군요."

흑의인이 말했다.

"임봉, 네가 나와 함께 심우의 원수를 만나려고 한다면 너는 먼저 독랄한 도법을 배워야 할 것이다."

임봉은 일시간에 어떻게 대답하여야 할지 몰랐다. 응해야 하는가? 아니면 거절해야 하는가? 그의 머릿속에서 아무리 생각해도 정말 어려웠다. 흑의인이 말했다.

"내 일 초를 배우는 것이 너에게 어려운 일은 아닐 것이다. 그리고 너에게 이익이 되지 해가 되지는 않을 것이다. 너는 무슨 그리 생각이 많으냐. 배울 것인지 배우지 않을 것인지 말해라, 그렇지 않으면 나는 가겠다."

임봉은 마음속으로 급해졌다. 하지만 일시에 어지러운 생각을 정리하여 말하기가 어려웠다. 그러자 저쪽 편에 있던 진약람이 말을 꺼냈다.

"임봉, 당신은 응답하세요! 심우가 알게 되더라도 당신을 책망하지 않을 겁니다."

그의 목소리에는 무한한 진실성과 그에 대한 관심이 담겨 있는 듯했고, 이를 듣자 마자 임봉은 바로 한 마디로 응하려고 하였다. 그리고 그는 고개를 돌려 진약람을 바라보았다. 그녀의 아름다운 얼굴에는 성결한 광채가 흘러나오고 있었다. 임봉은 스스로도 어떠한 연유인지 알 수 없었으나, 그녀의 뜻을 거슬릴 수 없었다고 생각되자 바로 답하며 말했다.

"좋습니다. 저는 려선생님의 일 초를 배우고자 합니다. 그러나 배운 후에 사용하거나 사용하지 않거나는 저에게 달려있다고 생각됩니다."

흑의인은 냉소를 지으며 말했다.

"때가 되어 네가 배우고도 쓰지 않는다는 것을 나는 믿을 수 없다."

말을 마치자 임봉의 수중에 있던 장도를 들고 그 무게를 헤아려 보더니 말했다.

"너는 자세히 보거라."

그의 장도를 잡고 가볍게 마음대로 한두번 휘두르더니 이어서 잠시 칼을 내밀었다 가슴쪽으로 거두어 들였다. 이 때 비록 칼의 기운을 발출하지는 않았지만 점차로 강대하고 날카로운 살기가 일어나더니 그 위세가 커졌으며 줄어들지는 않았다. 특히나 그가 칼을 휘둘렀을 때에는 그 강도가 매우 강했다. 그는 칼을 거둔 상태에서 말했다.

"이 일 초는 치효충와鴟梟衝柂이다. 일 초 삼식으로 이것이 제일식이다."

그는 임봉의 말을 기다리지 않고 갑자기 팔을 뒤집어 장도를 발출한 후 도 끝을 앞 쪽을 향하게 한 후 조금 아래 쪽으로 내렸다. 이를 본 임봉은 바로 이 일식이 적의 앞 가슴을 공격하는 수라는 것을 알았다. 흑의인이 제이식을 시전한 후 바로 장도를 들어 가로로 베어갔다. 그리고는 칼을 거두고 서서 천천히 말했다.

"치효충와, 일 초 삼식이다. 어서 와서 너는 최선을 다해 한번 연습하도록 해라."

임봉의 생각을 기다리지 않고 그는 처음부터 끝까지 시전하였다. 임봉은 본을 보고 그림을 그리는 것처럼 그를 따라서 몇 번을 연습하였다. 흑의인은 그의 몇 가지 작은 잘못을 고쳐주고는 조금 연습을 바라보더니 진약람과 함께 밖으로 조반을 먹으러 갔다. 임봉 혼자 남아서 후원에서 연습을 하게 되었다. 어느 정도 시간이 흐른 후 임봉은 이미 온몸이 땀으로 젖었다. 수법은 점차로 익숙해 졌지만 하면 할수록 무엇인가 아닌 것 같았으며, 완전히 다른 느낌이 들었다. 물론 장도를 비숫하게 쓸 수는 있었지만 생각 속의 그 경지에 다를 수는 없었다. 그는 도저히 이해할 수 없었다. 보기에는 수수한 일 초식인데 어찌하여 연공하면 할수록 혼란스러운가? 그의 마음속에는 압박감과 번뇌가 떠나지 않았다.

그가 배우기를 좋아하고 게으르지 않은 굳은 신념을 지닌 사람이었기에 이러한 마음을 잡을 수 없는 상태에서도 참을성을 가지고 계속 연습을 해 나갔다. 태양은 이미 뜨겁게 끓어올랐다. 객점의 점원은 임봉이 후원에서 정신없이 칼을 들고 춤을 추는 듯 연공하는 것을 보고 감히 그를 간섭하거나 놀라게 하지 않았다. 따라서 흑의인과 진약람이 돌아올 때까지 그는 연공을 계속했다. 흑의인이 조용히 임봉의 연무를 지켜보고는 진약람에게 말했다.

"저 샌님은 가르칠만 하겠소. 이 시간에 저 정도의 경지에 이르다니, 실제로 예상밖이라 할 수 있소."

진약람은 가볍게 눈썹을 찌푸리고는 말했다.

"려사, 이 일 초 치효충와는 너무 패도적이지 않습니까?"

흑의인이 말했다.

"마도의 위력은 그곳에 있는 것이오. 패도가 아니면 어찌되겠소."

진약람은 느릿느릿 임봉 앞으로 다가갔다. 임봉은 연공을 멈추고 그녀를 바라보았다. 그에 얼굴에 나타난 번뇌와 불안한 기색은 그녀를 보자 태양 아래의 눈과 서리 같이 순식간에 사라지고 그녀가 가지고 온 봄바람에 녹아드는 것 같았다. 진약람이 관심을 드러내면서 말했다.

"임봉, 당신은 지금 어딘가 잘못된 것 같은 느낌이 없나요?"

임봉은 말을 듣더니 고개를 저으며 잘못된 것이 없다는 뜻을 나타내었다. 진약람은 "어"하고 한숨을 쉬더니 또 말했다.

"그렇다면 좋아요."

흑의인이 한 켠에서 말했다.

"임봉, 너는 식사를 하고 휴식을 하거라."

임봉은 대사면을 받은 것과 같이 신속하게 장검을 거두고는 발걸음을 내딛어 후원을 나서 허기를 채우러 갔다. 흑의인은 눈으로 그의 뒷모습을 바라보고는 진약람에게 물었다.

"임봉은 이미 우리와 함께 갈 수 있는 자격있습니다. 우리들이 사방으로 다니면서 어떤 일들이 벌어지는지 봅시다. 혹시 낭자는 함께 하지 않겠습니까?"

진약람은 고개를 끄덕이며 말했다.

"좋아요! 저는 무슨 일이 있는 것이 아니니까요."

두 사람이 결정을 내린 후 객점을 나서 행인들이 북적이는 거리로 나갔다. 임봉은 밖으로 나선 후 얼굴을 문지르고는 마음속에서 어지러운 상념들을 떠올리며 생각했다.

'흑의인의 도법은 아무 이상한 것이 없는데 반나절을 연공을 한 이후 심오하며 난해하다는 생각이 드는 것은 정말 불가사의한 일이다.'

이러한 생각이 들자 다시 치효충와의 초식을 떠올리고는 고심하면서 우수로 일식, 일식을 시전하였다. 그 상세한 내용을 모르는 사람들은 지금 임봉의 이러한 모습을 보면 분명 미친 사람을 만났다고 생각할 것이다. 뱃속에서 허기가 올라올 때까지 임봉은 계속 연공을 멈추지 않았다. 그는 갑자기 깨어나서 자기의 실태를 생각하고는 자신도 모르게 실소를 멈추지 않고는 총총히 거리로 먹을 것을 구하러 갔다.

정오가 지난 후에 세 사람은 연이어 객점으로 돌아왔다. 진약람은 혼자서 작은 방으로 들어갔고, 임봉은 계속 흑의인이 지도한 도법을 연마했다. 흑의인은 흥을 돋을 만한 것도 없이 혼자 객점 앞에서 사람을 불러 술 한 병을 받아 자음자작하며 시간을 보냈다. 그는 해가 서쪽으로 기울 때까지 같은 자리에 앉아 있었는데, 이것은 객점으로 보면 걱정이 아닐 수 없었다. 사람들이 들지 않아 장사가 말이 아니었다. 원래 흑의인이 있던 곳에서는 살기가 흘러나왔고 삼엄하고 날카롭기가 이를 데가 없었다.

저녁 시간이 다가왔다. 평상시라면 객점의 자리가 팔할 정도 찼을텐데 흑의인이 떠날 조짐이 보이지 않자 점소이는 암암리에 조급해졌다. 홀연 흑의인이 탁자를 치며 부르는 소리가 들렸다.

"점소이! 빨리 등을 가지고 와라."

점소이는 급히 응대하며 빠르게 등에 불을 붙였다. 이때 흑의인이 또 소리쳤다.

"점소이 다시 한 근의 고량주와 40개의 교자를 만들어 와라."

점소이도 소리높여 응답하고 몸을 돌려 분부를 처리하려고 가는데 흑의인이 또 소리쳤다.

"잠깐!"

흑의인이 소리치자 점소이는 깜짝 놀라며 두 다리가 후들거렸다. 그는 흑의인의 말을 들었다.

"가는 길에 두 명의 동행을 청해서 나오시도록 해라!"

다시 점소이의 혼이 제자리를 찾았다. 그는 바람처럼 말한 바를 처리하러 사라졌다. 진약람과 임봉 두 사람이 빠르게 객점 앞자리로 다가왔다. 그들이 흑의인 앞으로 올 때 모두 그의 몸에서 삼엄한 살기가 용출되는 것이 느껴졌다. 진약람이 아름답게 탁자 곁에 섰을 때 비로소 그 살기는 연기처럼 사라졌다. 일시에 객점 안은 온화한 분위기가 흐르게 되었다.

제41장

江湖仇殺

강호구살

진약람은 천천히 않으며 조용하게 말했다.

"려사, 당신은 왜 이유없이 살기를 가슴에 품고 있는 겁니까?"

흑의인은 다른 자리를 가리키며 임봉에게 앉으라고 한 후 말했다.

"조금 있으면 볼만한 구경거리가 있을 테니, 당신들은 앉아서 보시오."

그의 말이 떨어지기가 무섭게, 외부에서 갑자기 한 무리의 말발굽 소리가 들려오더니 객점 앞에 다가와 그 소리가 딱 멈췄다. 흑의인은 냉소를 지으며 말했다.

"이렇게 한번에 네 명이나 올 줄은 생각지 못했다. 오늘 이 어르신의 보도 맛을 보려느냐?"

그는 보도를 만지작거렸다. 이러한 그의 동작은 정말 그 보도가 굶주린 듯한 모습으로 보이게 했다. 눈 깜짝할 사이에 객점 문 앞에는 네 명의 사람이 출현했다. 그들은 온 몸이 먼지로 뒤덮여서 아마도 오랜 동안 말을 타고 달려온 것 같았다. 객점 안의 밝은 등불이 네 사람의 모습을 비췄다. 이들은 삼남 일녀로 그 중의 한 젊은 남자는 기백이 사람을 압박할 정도였다.

네 사람이 객점 안으로 들어온 후 그들의 여덟 개의 눈은 일순간에 흑의인의 신상으로 모이게 되었다. 그들의 걸음은 한순간 멈췄다. 잠시 후 기개가 사람을 압박할 정도의 젊은 남자가 먼저 다시 큰 걸음을 내딛었다. 그를 따라 세 명이 따랐다. 그들은 흑의인의 인근 탁자 앞으로 가서 자리를 잡았다.

그 젊은 남자 옆에 앉은 남자는 크고 우렁찬 장한으로 수중의 든 사척 길이의 강모鋼矛를 "팍"하는 소리와 함께 탁자 위에 올려놓았다. 왼쪽의 검고 말랐으며 삼각형의 눈을 하고 있는 중년 여자는 가볍게 장검을 내려 놓았다. 젊은 남자 상대쪽으로 앉은 누런 얼굴의 사람은 고지식하게 보였는데 간편한 장속을 한 중년의 남자로서 거의 움직임이 없었다. 그의 두 눈이 모두 하얗게 뒤집어 진 것으로 보아 아마도 맹인이 아닌가 싶었다.

그 네 사람이 자리를 정한 후 한편으로는 술과 음식을 주문하고 또 한편으로는 서로 상의하기 시작했다. 그들의 말하는 표정으로 보았을 때 아마도 큰 소리로 논쟁하는 것 같았다. 그러나 그 인근에 앉아있는 흑의인 등은 그들의 표정을 근근히 볼 수 있었을 뿐이며, 그들의 소리를 들을 수 없었다. 이러한 괴이한 일에 진약람은 눈살을 찌푸리며 임봉과 흑의인에게 말했다.

"당신들은 그들의 소리를 들었나요?"

임봉 또한 이러한 괴사를 이상하게 여기고는 진약람에게 고개를 가로저어 보이며 상대방의 어떠한 대화도 듣지 못했다는 뜻을 표했다. 흑의인은 괴이하게 웃으며 말했다.

"이 일파의 사람들은 모두 이와 같은 괴상한 기량들을 가지고 있다.

이상한 일을 봐도 놀라지 않는다면 곤란함이 없을 것이다.”

진약람이 말했다.

“당신은 그들이 누군지 안단말입니까?”

흑의인이 말했다.

“어찌 알다 뿐이겠소. 나와 그들은 큰 연원이 있소.”

진약림이 믿지 못하겠다는 눈빛을 내비치며 말했다.

“아! 그렇다면 그들은 어찌 당신과 이야기하지 않는 것이죠?”

흑의인이 말했다.

“아마도 내가 얼굴과 복장을 많이 바꾸고 있기 때문인 것 같소.”

흑의인 등이 이렇게 네 사람에 대한 이야기를 하고 있을 때, 인근 탁자의 사람들의 이야기가 그들에게 돌아갔다. 그 젊은 남자가 말했다.

“소제는 저 흑의인이 려사는 아닌 것 같습니다. 하지만 그 주변의 저 표사로 분장한 인물의 기도가 범상치 않으니, 우리는 먼저 그를 먼저 조사해보면 좋을 듯합니다.”

검고 마른 여인이 말했다.

“음, 우매愚妹도 느끼기에 구제九弟의 말이 틀리지 않는다고 생각합니다.”

젊은 남자가 또 말했다.

“사저四姐의 말씀은 과찬이십니다. 소제는 여러분들이 저 흑의인을 소홀히 해서는 않된다고 생각합니다. 소제의 뜻은 먼저 저 표사를 살펴보고 나서 다음으로 저 흑의인을 생각해야 한다는 것입니다. 그리고 당연히 저 선녀와 같은 여인도 우리는 놓칠 수 없습니다.”

네 사람의 결정을 당연히 진약람 등 사람들은 한 마디도 알아들을 수 없었다. 그리고 그들이 다시 말하지 않는 것을 보고서 식사를 하기 시작했다. 그 크고 우람한 장한이 먹는 모습을 보면 정말 대단했다. 큰 대접으로 술을 마시고, 큰 덩어리의 고기를 씹었다. 입으로 쩝쩝대는 소리를 내며 입을 한껏 벌리고 먹는 모습이 정말 오랫동안 굶은 사람 같아서 진약람이 그를 보더니 "훗"하고 웃고 말았다.

그 웃음 소리에 식사를 하던 네 사람의 동작이 갑자기 멈췄다. 크고 우람한 장한은 고개를 들어 만면에 노한 모습을 띠고는 입을 열어 욕을 하려는데, 입을 오므리고 웃고 있는 진약람을 보고는 순식간에 화기가 종적없이 사라지니 놀란 듯이 그녀의 신색을 바라보고 있기만 하였다. 그는 왼손에 학다리 고기 하나를 들고서 감히 입으로 넘기려고 하지 않았다. 그의 반대편에 앉아있던 청년은 그 장한이 평소와 다른 것을 발견하고 고개를 돌려 진약람 등의 사람들을 바라보았다. 그의 눈이 진약람의 얼굴을 바라보고는 놀라면서 얼굴이 굳었지만 그 표정은 신속하게 그의 얼굴에서 사라져 버렸다.

진약람은 한 명의 여보살같아서, 어떤 사람이건 간에 어떤 각도에서 그녀를 보던 간에 모두다 그녀가 지극히 우아하고 아름다워 마음을 움직이는 사람으로, 또 단정하고 정숙하여 사람으로 하여금 낮추어 볼 수 없는 매력을 지닌 사람이라 느끼게 하였다. 가장 나이가 어린 우두머리 인물이 마른 기침을 하면서 말했다.

"낭자는 제가 당돌하다고 노하지 마십시오. 혹시 이곳으로 왕림하셔서 이야기하지 않으시겠습니까?"

진약람은 움직이지 않고 편안히 웃으며 입을 열어 말했다.

"당신들은 누구십니까?"

젊은 남자가 말했다.

"저는 상잠桑湛이라 합니다."

이어서 일일이 세 사람을 가리키며 또 말했다.

"이 세 사람은 저의 동문으로 조횡祖橫, 원계남袁繼男, 대자평戴子平이라 합니다."

진약람은 한편으로 상잠의 소개를 받으며, 한편으로는 세 사람에게 미소를 지으며 인사를 했다. 그들은 그녀의 태도에 봄바람을 맞는 것 같은 훈훈한 느낌을 받았다. 계속 말하지 않고 있었던 임봉은 몰래 흑의인을 바라보더니 말을 꺼냈다.

"상형 등은 구려파의 고수들입니까?"

상잠은 경악하는 눈빛을 드러내더니 임봉을 바라보며 말했다.

"이 형제의 눈이 졸렬하다고 노하지 마십시오. 제가 형제를 어디에서 본 적이 있나요?"

이 말은 참으로 성실하고 친절해서 상대방의 생각을 읽어내려는 뜻이 없는 것 같았다. 하지만 듣는 사람으로 하여금 그 의미를 알 수 있게 했고, 상대방의 안력이 대단하다고 경탄하는 뜻을 담고 있었다. 임봉이 웃으며 말했다.

"저는 임봉입니다. 강호 상의 무명소졸입니다."

상잠이 말했다.

"아! 원래 임형이었군요. 조금 전 임형이 형제들이 자호를 말씀드린 이후에 한마디로 형제들의 가파를 말씀하셨는데 형제와 폐파의 사람들이 잘 알고 있는지요?"

임봉은 고개를 저었다. 그는 당연히 심우가 그에게 려사와 구려파의 일단의 과정을 이야기 해주었다는 말을 하고 싶지 않았다. 상잠은 놀라며 말했다.

"그렇다면 임형은 아마도 다른 사람의 입을 통해서 저희 형제들의 명호를 들은 것입니까?"

이점은 임봉이 부득불 인정하지 않을 수 없어서, 고개를 끄덕이며 말했다.

"그렇습니다."

상잠이 바로 물었다.

"임형은 저 이 사람이 누구인지 말씀하실 수 있습니까?"

임봉이 아직 입을 열지 않았는데, 흑의인이 갑자기 끼어들며 말했다.

"내가 너에게 말하겠다."

상잠은 흔쾌히 말했다.

"그렇다면 좋소."

흑의인이 말했다.

"려사가 그에게 말해준 것이다."

장한 조횡이 말을 듣더니 "씩"하고 소리를 내며 일어서서 말했다.

"뭐라고, 려사!"

그의 날칼로운 안광이 임봉을 노려보았는데, 임봉은 부정하는 의사를 내지 않았다. 상잠은 손을 저으며 그가 계속 발언하는 것을 막으며, 대자평에게 말했다.

"이가느륵! 그렇다면 강호에 려사가 다시 출현했다는 소식은 아마도 진실인 것 같습니다."

그는 생각에 잠기더니 그 식사를 끝내지 않은 것도 상관없이 은자

하나를 꺼내어 탁자 위에 올려놓고 일어서니 다른 세 사람도 일어서서 움직일 차비를 갖췄다. 흑의인이 이를 보면서 냉랭하게 말했다.

"너희들은 본인이 거짓을 말했는지 밝히려는 것 아니냐?"

상잠은 그 말을 듣고 그 흑의인을 잠시 살펴보더니 말했다.

"말씀하신 것처럼 제 마음을 맞추셨습니다. 존함이 어떻게 되시는지요?"

흑의인은 천천히 말했다.

"말해보아도 너희들은 믿지 않을 것이다. 그만두자!"

그리고는 이어서 말했다.

"네가 려사가 아직 죽지 않았는지를 증명하려면 임봉을 찾아 시험해보면 될 것이다."

그들 네 사람은 모두 약속하지도 않았지만 모두 눈을 임봉에게로 돌렸다. 임봉은 급히 말했다.

"그 일은 저도 모릅니다."

그는 입으로 그와 같이 말했지만, 마음속으로는 다음과 같이 생각했다.

'흑의인은 아마도 나와 구려파 간에 서로 대치하는 국면을 만들려고 하는 것 같다. 그의 뜻이 무엇인지 알 수 없구나.'

상잠이 말했다.

"임형, 저 분이 이야기하는 말에 반대하는 것이요?"

임봉이 말했다.

"저는 정말로 모릅니다. 반대 여부는 조금도 중요하지 않소."

계속 입을 열고 있지 않던 원계남은 이 때 말을 했다.

"임형, 밖에서 이야기하지 않겠소."

그녀는 무엇을 이야기하자는지는 말하지 않았고, 임봉도 묻지 않았다. 눈을 돌려 진약람의 얼굴을 바라보며 매우 흥미가 있다는 표정을 지으며 대답했다.

"어디 안될 일이 있습니까?"

원계남이 먼저 앞장서서 나갔다. 나머지 사람들, 흑의인과 진약람을 포함해서 모두 임봉의 뒤를 따라서 밖의 너른 공터가 있는 후원으로 갔다. 원계남은 걸음을 멈추고 말했다.

"임봉형, 한 수 가르침을 받겠소. 여러분들의 안계를 넓혀주시오."

임봉이 말했다.

"혹시 여러분들은 제가 려사라고 의심하는 것입니까?"

원계남은 소리내지 않았다. 임봉이 계속해서 말했다.

"여러분은 려사의 도법이 천하무쌍이라는 것을 알고 있을 겁니다. 제가 려사라고 한다면 어찌 머리를 감추고 꼬리를 내놓겠습니까?"

상잠이 말했다.

"임형은 당연히 려사가 아닙니다. 그러나 만약 려사와 어떤 관계가 있다면…, 흥! 흥!"

그의 말 뜻 속에서 려사와 풀 수 없는 원한이 있다는 것을 사람들은 알 수 있었다. 상잠이 암호를 내자 원계남, 조횡, 대자평이 신속하게 삼각형이 진세를 구축하니, 일시에 살기가 일어났다. 이 삼각 연합 수법의 꼭지점에 해당하는 곳에 강모를 든 조횡이 서 있었고, 원계남과 대자평은 좌우로 나뉘어 조횡의 뒤에 서 있었다. 이 진세가 펼쳐진 후에 임봉은 바로 조횡의 몸으로부터 뿜어져 나오는 강력한 압박을 받는 느낌이 들었다. 임봉은 눈썹을 찌푸리며 말했다.

"이 구려파의 연합 진세는 어느 쪽으로 들어가던 간에 삼각형의 꼭 짓점에서 모두 적을 막을 수 있는 준비가 되어 있으며, 또한 절묘하게 보법을 배합하기가 지극히 미묘하여 실제로 파해하고자 해도 방법이 없습니다."

상잠은 냉랭히 말했다.

"임형은 최선을 다해 진을 파해하고 몸을 벗어나는 방법을 찾아야 할 것이오."

후원 중의 공기가 갑작스럽게 무거워지기 사작하였다. 쌍방은 아직 출수하여 겨루지 않았지만 사람들로 하여금 혼백이 달아날 정도의 놀라움을 주기 충분했다. 어느 정도 시간이 지난 후 생각하던 임봉의 얼굴에 돌연 무엇인가 알아차렸다는 표정이 나타나자 상잠은 크게 놀라며 생각에 잠겼다.

'이 임봉이란 자는 정말 내력이 있나보다. 찰나의 순간 본문의 연합 수법의 위력을 알아내었고, 또 그것으로부터 벗어나는 방법을 생각해 낸 것으로 보이니 정말 경시할 수 없겠다.'

이러한 생각이 드니 그는 머뭇거리며 암호를 발출해 진을 발동시킬 수 없었다. 따라서 쌍방은 서로 대치하는 형국이 되었다. 물이 흐르지 않고 고여있는 듯 서있던 임봉은 홀연히 장도를 격출하여 먼저 공격의 뜻을 비췄다. 과연 그는 머뭇거리지 않고 장도를 들어 진식의 전면에 서있는 조횡을 가리켰다. 그러자 이러한 동작으로 조횡은 상대방의 장도로부터 끊이지 않는 살기가 흘러나오는 것을 느꼈다. 그러나 그는 그것에 반응하지 않았다. 상잠이 소리치며 말했다.

"좋은 도법이군!"

그의 이러한 소리에 임봉은 신속하게 장검을 거두고 산과 같이 우뚝 섰다. 상잠은 조횡 등을 지나서 임봉 앞으로 걸어가더니 말했다.

"임형의 도세에는 강력함과 독랄함이 감추어져 있습니다. 그러나 저는 그것이 칠살마도의 초식이 아니라고 알고 있습니다. 그렇지 않습니까?"

임봉은 대답하지 않았다. 그러자 흑의인이 끼어들며 말했다.

"천하 도법을 보면 문파가 많듯이 그 묘함도 천차만별이다. 하지만 발초 이전에 도신으로부터 도를 잡고 있는 사람의 마음속 살기를 내뿜어 적의 투지를 꺾게 하는 것은 아마도 마도 이외는 그 기세를 찾아보기 어려울 것이다."

상잠이 말했다.

"귀하의 말은 이치에 맞습니다. 그러나 도기로 사람을 놀라게 하는 것은 칼을 쓰는 사람이 내가 고수라면 적지 않게 능히 자신의 내가 진기를 발출하여 사람의 간담을 서늘하게 할 수 있는데 제 말에 동의하십니까?"

흑의인이 말했다.

"너의 말 또한 일리가 있다. 하지만 그에 맞는 도법은 없다고 할 수 있다. 내공에 더 수양이 깊다고 하더라도 일도에 상대방을 두렵게 느끼도록 하는 마력은 없다."

상잠은 놀라며 말했다.

"귀하의 말씀은 임형이 조금 전 발출했던 도식이 대도문 칠살마도에서 온 것이라는 것을 믿으라는 것입니까?"

흑의인이 말했다.

"내 뜻은 그렇다. 네가 믿지 않으니 애석하다."

상잠은 생각에 잠겼다 말했다.

"아닙니다. 임형의 도법은 비록 마도의 위세가 가득했지만 절대 칠살마도가 아니며 의심할 바 없습니다."

그의 이 말은 소리가 낮았으며 혼잣말로 하는 듯했다. 그렇지만 진약람은 매우 또렷하게 들었다. 그녀는 끼어들며 말했다.

"상선생은 마도의 도법에 대해 아마도 연공을 해본 듯 하군요?"

상잠은 가볍게 웃었다. 흑의인이 큰 걸음으로 그의 앞으로 다가와 말했다.

"지금 우리들이 한번 도법을 연구해야 될 시간이 된 것 같다."

상잠은 눈을 들어 흑의인과 마주치고는 저도 모르게 두 걸음을 물러서며 크게 소리쳤다.

"귀하가 려사군!"

흑의인이 냉랭히 말했다.

"틀리지 않다!"

상잠은 진정을 찾고서는 천천히 말했다.

"귀하가 진정으로 려사이건 아니건 간에 방금의 위세는 이미 려사의 아래가 아닙니다."

흑의인은 그에 아랑곳하지 않고 "챙"하고는 보도를 발출하니 갑자기 사방에 사람을 압박하는 살기가 팽배하여 사람으로 하여금 견딜 수 없는 느낌을 주었다. 상잠은 손을 흔들며 말했다.

"좀 멈추시오! 손을 쓰기 이전에 제가 당신에게 한가지 물어볼 말이 있습니다."

흑의인이 냉소를 지으며 말했다.

"어차피 너희들이 죽는 것은 결정된 것이다. 할 말이 있으면 해봐라!"

상잠은 그의 조롱하는 말을 받아치지 않고 말했다.

"귀하가 만약 려사라면 이제까지 참고 있다가 비로소 우리 형제들을 죽이려는 이유가 무엇입니까?"

흑의인이 말했다.

"내가 대답할 이유가 있느냐?"

상잠은 계속 질문을 했다.

"귀하는 우리에게 말해주지 않겠습니까?"

흑의인은 냉소를 지으며 말했다.

"네가 능력이 있다면 스스로 생각해 보라. 본인은 알려주지 않겠다."

상잠은 하늘을 향해 "하하"하고 웃으며 말했다.

"당신이 알려주지 않겠다면 제가 한 가지를 증명하도록 하겠습니다. 당신이 려사가 아니라는 것을 말입니다. 만약 귀하가 진정한 려사라면, 그의 오만한 성격이라면, 분명히 우리들이 죽어야 할 이유를 말했을 것입니다."

흑의인의 얼굴은 죽립에 가려져 있어서 그가 어떤 표정을 짓고 있는지 다른 이들을 알 수 없었다. 그는 잠시 후에야 말을 꺼냈다.

"당신들의 말투를 들어보니 아마도 려사의 지기인 것 같구나."

상잠이 말했다.

"감당치 못하겠습니다. 려사라면 아마도 저를 그의 지기라 하지 않을 것입니다. 다시 이야기로 돌아가자면 만약 귀하가 려사가 아니라는 것을 인정한다면 당신은 더 머리를 굴리지 말고 지금까지 참고 있다가 왜 이제야 손을 썼는지를 생각하여야 할 겁니다. 그렇지 않는다면 제가 더 머리를 써야 하겠지요."

흑의인은 조롱하는 듯한 웃음을 지으며 말했다.

"너는 이미 본인이 려사가 아니라고 하지 않았느냐? 어찌하여 본인이 친히 인정해야 하느냐? 혹시 너는 내가 려사라고 생각하는 것 아니냐?"

그들의 대화는 주고받을수록 기기묘묘했다. 옆에서 이를 지켜보던 사람들은 어떤 사람도 깊이 흥미를 느끼지 않는 사람이 없었으며, 모두들 귀를 기울이며 듣고 있었다. 상잠은 숙연히 머리를 끄덕이며 말했다.

"귀하의 담이나 지혜, 그리고 기세 등으로 보았을 때 저는 정말 귀하로부터 려사의 그림자를 떨쳐낼 수가 없습니다."

흑의인은 가볍게 웃으며 말했다.

"말 한번 잘했다. 그렇다면 본인은 엄중히 선포한다. 나는 내가 거짓 려사임을 인정하지 않는다."

그의 말은 전장에 있던 사람들에게 어쩐 일인지 깊은 신뢰를 주었으며, 따라서 정세가 갑자기 바뀌어 그의 신분을 또다시 복잡하게 얽혀 풀리지 않는 수수께끼 속으로 빠뜨리고야 말았다. 상잠은 망연히 고개를 저으며 말했다.

"귀하는 정말 저를 혼란스럽게 하는군요."

그는 다시 한번 정신을 차리고 눈에 명료하고 날카로운 빛을 다시 띠었다. 머리가 신속하게 돌아가는 듯이 명석함을 되찾고는 듣고만 있다가 말을 했다.

"바꾸어 이야기 한다면 저는 더 머리를 써서 당신이 어찌하여 인정하지 않는지, 지금까지 기다려서 살기를 노출했는지를 찾아봐야 하는 것이군요!"

그는 신속하게 후퇴하여 삼각진의 중심으로 가서야 걸음을 멈췄다. 흑의인은 한 걸음 한 걸음 그를 따라 걸었다. 세 네 걸음 정도 따라 갔지만 심지어 옆에서 지켜보던 사람들도 모두 그의 칼이 아직 뽑혀지지 않았어도 도기가 유형의 물건처럼 적을 향하여 진세를 펼치는 것을 느낄 수 있었다. 먼저 그를 접한 조횡이 대갈일성하며 철모를 이동하여 강대한 도기를 견디고 있었으며 이어서 진세를 함께 이동하여 앞을 향하여 맞부딪쳐갔다. 조횡의 철모는 천군만마의 세력을 발휘하여 질풍처럼 흑의인의 가슴 요혈을 취하고자 했다.

흑의인은 도를 휘두르며 철모를 맞았다. "쨍"하는 큰 소리가 울리더니 조횡의 몸이 뒤로 급격히 물러서는 것이 보였다. 마치 굳건한 바위 절벽에 부딪친 것 같이 진동이 뒤로 느껴졌다. 조횡이 물러서는 기세가 맹렬하기는 했으나 단지 한 걸음 물러난 것이었고 굳게 딛고 서서 움직이지 않았다. 사람들이 아마도 일이십 보는 물러설 것이라고 생각했던 것과는 완전히 딴판이었다.

그러나 사람들은 곧 진 중심의 상잠이 손을 뻗어 조횡의 등을 받쳐준 것임을 알 수 있었다. 조횡은 다시 철모를 들고 공격해 들어갔다. 흑의인은 한 칼로 그를 다시 물러나게 하였다. 상잠은 이전과 같이 손을 뻗어 조횡을 멈추게 한 후, 다시 공격하도록 하였다. 그러나 이처럼 크고 건장한 조횡이 강모를 들고서는 공격했다가 또 흑의인의 장도에 의해 물러서기를 그치지 않자 "쨍쨍"거리는 소리가 진약람을 진동시켰으며, 임봉은 귀가 웅웅하고 울리기까지 하였다. 이러한 정세는 정말 기이해서 조횡은 자신이 몸을 스스로 가눌 수 없었으며 흑의인과 상잠 사이에서 홀연히 들어갔다 홀연히 물러서는 것이 하나의 공이 된 느낌을 받았다. 임봉은 눈썹에 힘을 주고는 진약람을 바라보며 말했다.

"진낭자, 이러한 모습을 보자하니 려선생이 저 괴진을 쉽게 파해할 수는 없을 것 같습니다."

진약람이 서서히 반문하였다.

"어떤 연유인가요?"

임봉은 크게 놀라며 말했다.

"낭자께서는 알아보실 수 없는 것인가요? 저쪽 조횡이 매번 살인적인 공격을 하고 있고, 주도권을 잡아서 맹공하는 형세를 유지하고 있지 않습니까. 따라서 려선생은 그를 격퇴해서 물리쳐야 하는 겁니다. 그렇지 않다면 려선생은 피하거나 도주해야 할 지 모르겠습니다. 다른 길은 없을 것입니다. 하지만 려선생과 같은 사람이 어찌 피하거나 도주하려 하겠습니까?"

진약람이 담담히 웃으니 자연적으로 편안하고 고요한 느낌으로 충만하게 되어 사람들로 하여금 마음이 맑아지고 화평하게 하도록 하였다. 그녀가 말했다.

"당신이 말한 것은 하나도 틀리지 않습니다. 하지만 려사 또한 어느 순간 마음을 바꿀 때가 있을 겁니다."

임봉은 소리를 부드럽게 하여 말했다.

"저는 마음으로는 낭자의 말을 믿습니다만 이성적으로는 생각이 바뀌지 않습니다. 려선생이 뒤로 물러선다는 것은 믿을 수 없습니다."

진약람이 말했다.

"그의 사람됨은 고집스럽고 자만심이 강하지만 궁극적으로 그는 도법의 대가로서 일대 종사의 기상을 가지고 있습니다. 그리고 다시 시간이 지나 그의 수양이 화후에 도달한다면 분명 잠시 물러날 것도 알 것이라 생각됩니다."

임봉은 망연히 말했다.

"시간이 있다고 하는 것은 분명 달리 논해야 할 것입니다. 지금 목하 그의 수양 연공이 바로 화후에 도달할 수 있다는 것입니까?"

진약람은 또 담담히 웃었다. 임봉이 그를 보고는 마음이 편안해지고 고요해져서 말할 수 없이 안정된 느낌을 받았다. 따라서 마음속의 의문들은 사라져 더 머리를 복잡하게 하지 않았다. "쩽쩽"하고 들려오는 귀를 진동하는 칼 소리는 모든 마을에 울려 펴져서 객점 앞에는 이미 적지않은 사람들이 구경하러 모여 들었다. 하지만 어떤 사람도 직접 안으로 들어가서 보려하지 않았고, 모두 문 밖 먼 곳에서 머리를 이리저리 돌리며 바라보고만 있었다. 진약람은 달콤하면서도 즐거운 목소리로 임봉 귀에 대고 말을 이었다.

"당신은 아직도 내 뜻을 모르겠어요?"

임봉이 망연한 태도로 고개를 흔들자 진약람이 또 말했다.

"내가 입을 열어 그에게 권한다면 려사는 분명 받아들일 겁니다. 당신은 어떻게 생각합니까?"

임봉은 이제야 알아차렸다. 원래 그는 매우 집중해서 마음속 의문을 풀려고 하고 있었다. 그리고 뒤에 진약람의 소리를 듣고는 다시 그를 생각하지 않게 되었다. 바꾸어 말하자면 그는 본디 이와 같은 마음을 안정시키는 수양이 부족했는데, 진약람의 소리를 듣고는 그러한 능력이 있는 사람과 같이 행동할 수 있었다. 바로 그러한 경계에 진입할 수 있었던 것이다. 그는 연신 고개를 끄덕이며 물었다.

"그렇다면 진낭자는 어찌하여 그에게 권하지 않는 것인가요?"

진약람이 말했다.

"그는 매우 거만한 사람입니다. 설사 목전에 저의 말을 따를 지라도 이후에는 반드시 후회할 것이고 기뻐하지 않을 겁니다. 그리고 또 저는 그와 다시 가까워지고 싶지 않습니다. 만약 그가 제 권고를 듣는다면 이후 그의 마음속에서 영원히 저를 버리지 못할 것입니다. 당신은 생각해 보십시오. 그 때가 된다면 그는 어찌 능히 기회를 잡아 저에게 다가오지 않겠습니까?"

임봉은 잠자코 말을 하지 않았다. 마음속에서는 진약람이 려사와 함께 하려하지 않는 다는 점이 위안이 되었다. 그가 비록 명확히 생각하지 않았지만 그의 마음속에서 심우가 려사의 지위를 차지했으면 좋겠다고 생각되었다. 그는 진약람이 말하는 소리를 계속 들었다.

"가장 좋은 것은 다른 사고가 일어나서 이와 같이 정말 참을 수 없이 힘든 결투가 중지되었으면 합니다. 아! 누가 오는가 봅니다."

원 내로 걸어들어온 사람은 젊고 준수한 한 서생이었다. 그가 멈춰서자 또 다른 한 사람이 걸어들어왔는데 경장에 패검을 한 대한이었으며 그의 용모는 험악했으며 외부로 흉악한 기운이 흘러 넘쳐서 한 번 바라만 보아도 독한 싸움을 지극히 좋아할 것 같이 느껴졌다. 그 준수한 서생은 그 험악한 대한과 함께 서기를 원하지 않는 것 같았으며, 진약람 쪽으로 경쾌하게 걸음을 옮긴 후 담담히 그녀를 바라보고는 다시 싸움을 바라보기 시작했다. 그러다 그는 놀란 듯 다시 고개를 돌려 두 눈을 크게 뜨고 진약람을 바라보았다.

임봉은 눈에 노한 기색을 띠고 그 사람의 무례한 거동을 질책하려고 하였다. 그 사람은 눈 앞에서 벌어지는 흉맹한 결투를 보지 않고 여인 만을 바라보고 있었으며, 또한 대담하게 방자한 태도를 보이는 것이 그로 하여금 분노를 자아냈기 때문이다. 그는 질책하려고 하다가 진약람이 그 준수한 서생을 향하여 미소를 지으며 고개를 끄덕이는 것을 보고 아마도 잘 알고 지내는 사람에게 아는 척을 하는 것이라 여기고는 질책하려던 마음을 접어버렸다. 그 준수한 서생은 쩔쩔매며 말했다.

"당신은 진춘희가 아닙니까?"

진약람은 놀라며 말했다.

"원래 당신이었군요."

준수한 서생은 가볍게 웃으며 말했다.

"맞습니다. 저입니다. 당신은 알아보셨군요."

진약람은 만면에 놀라움과 기쁨의 기색을 들어내며 옥수를 내밀어 준수한 서생의 팔을 잡았다. 임봉이 그녀의 진실성이 담긴 행동을 보자 몸이 떨렸다. 마치 어떤 사람에게 마음을 주먹으로 가격당한 것 같았다. 가슴 속에서 질투의 마음이 일며 생각했다.

'이 남자는 누군지 모르겠다. 어찌 진낭자가 이렇게 호의를 베푸는지?'

이러한 생각이 일어나는 동안 귓가에는 진약람의 달콤하고 귀를 즐겁게 하는 소리가 들렸다.

"아! 당신을 생각하니 정말 많이 고생했겠군요."

준수한 서생은 웃으며 말했다.

"저를 생각했다구요. 그러면 당신은 사진을 어느 곳에 둔 겁니까?"

진약람이 말했다.

"우리 천천히 이야기해도 늦지 않아요. 저는 정말 드릴 말씀이 많습니다."

준수한 서생은 고개를 끄덕였다. 임봉은 저도 모르게 질투가 일어난 것 외에도 또 분노의 감정이 일어났다. 본디 이 서생의 태도와 표현이 거침없었고, 진약람과 이야기하자는 것도 그리 마음에 두고 있는 것 같아 보이지 않았기 때문이었다. 진약람은 끊이지 않고 재잘거리며 말했다.

"제가 사진의 집을 찾은 후 여러 가지 일들이 일어났었습니다."

준수한 서생이 눈으로 임봉을 둘러보다니 바로 손을 들어 그녀가 말을 하는 것을 제지하고는 말했다.

"좋소! 진누이. 어떤 사람이 우리를 질투하는 군요."

진약람이 웃으며 말했다.

"놀리지 마세요. 제가 소개해드리죠."

바로 진약람은 두 사람을 서로 소개했다. 그제야 임봉은 그 준수한 서생이 원래 심우가 말했던 호옥진 호낭자라는 것을 알게 되었다. 세 사람이 서로의 관계를 이해하자 그들의 분위기가 가벼워졌다. 단지 그 호옥진과 함께 들어온 험악한 대한 만이 눈동자를 돌리지도 않고 장중에서 벌어지는 결투를 바라보고 있었다. 진약람은 가장 먼저 그 험악한 대한의 거동을 주의 깊게 바라보고는 여러 차례 그의 더 살펴보게 되었다.

구려파와 흑의인 간의 결투에서는 아직도 조횡이 장중에서 홀연 공격해 들어가거나 홀연 후퇴해 물러나가나 하는 상황이 이어졌다. 그는 몇 차례 상잠이 발동시킨 진식 아래에서 고분분투하고 있었다. 흑의인의 그토록 날카로운 도세에 밀려 조횡의 공격은 번번히 실패하고 말았다. 그 험악한 대한이 잠시 바라보더니 장중의 여러 사람들의 결투 방식이 만족스럽지 않았는지 두 눈에 흉광이 번뜩이면서 그 두 붉은 눈동자를 부리부리하게 뜨고, 호흡을 "후후"하며 거칠게 몰아치더니 아마도 분노가 극에 달한 것 같은 모습을 보여주었다.

제42장

橫掃六合

횡소육합

호옥진은 그를 보더니 가소롭다는 듯이 임봉과 진약람을 향하여 천천히 고개를 돌리고는 말했다.

"당신들 저 함악한 대한을 보세요. 아마도 출수하여 저 싸움에 들어갈 태세에요."

진약람이 "음"하고 소리를 내면서 말했다.

"천하에 저렇게 싸움을 좋아하는 사람이 있군요. 그는 어느 쪽을 도울 생각인가요?"

임봉이 입을 열어 말했다.

"당연히 려선생을…."

그의 말이 끝나기도 전에 그 흉악한 대한은 이미 장검을 풀어서 들고 큰 걸음으로 결투권으로 들어갔다. 대갈일성하며 맞은 편의 삼각진식의 한 끝인 원계남을 찔러갔다. 호옥진은 놀라며 말했다.

"임형은 어떻게 저 대한이 흑의인을 도울 것임을 아셨나요?"

임봉은 우물쭈물하며 말했다.

"저도 모르겠습니다."

진약람이 천천히 말했다.

"아마도 임형은 마음속으로 려사가 우위를 점하는 것을 바라기 때문에 부지불각중에 저 대한이 려사 편에 서기를 바랐던 겁니다."

호옥진은 "아"하며 소리를 내더니 더 이상 말하지 않았다. 그 대한의 일검이 원계남을 압박하여 육칠 보 이상을 물러서게 하는 것을 보고, 동시에 흑의인 또한 일도를 내어 조횡을 흔들어 뒤로 칠 보를 물러서게 하였다. 두 사람이 물러서자 갑자기 진식의 중앙에 서있던 상잠은 진식이 점차로 가로막히게 되는 것을 느꼈다. 그는 두려운 빛이 없는 체로 좌수를 먼저 원계남의 등에 대고 가볍게 밀쳐내니 원계남은 "후"하고 소리치며 질풍처럼 대한을 향해 부딪쳐 갔다. 상잠은 그리고는 좌수로 조횡을 지지하게 되었다.

조횡은 짧게 소리치고는 다시 맹렬하고 급박하게 흑의인을 향해 쏘아져 갔다. 원계남이 먼저 공격해 들어가자 그 험악한 대한은 광소하며 검을 들어 그를 찍어갔다. 갑자기 잘못되었다고 느낀 순간 "땅"하는 소리가 크게 나고, 대한의 호구가 뜨거워지더니 장검은 이미 허공으로 날아 갔고 사람은 흔들림을 견디지 못하고 빠르게 뒤로 물러나고는 "쾅"하는 큰 소리와 함께 객점의 흙담에 부딪쳤다. 그러자 그 흙담에 큰 구멍이 나더니 사람은 담장 밖으로 넘어져서 일시에 일어나지를 못했다.

그 대한이 사지를 하늘을 향해 벌리고 넘어졌으니 실제로 우스운 꼴이었다. 그의 그 흉악하고 무서운 모습에 비하여 그의 넘어진 모습은 확실히 사람들로 하여금 웃음을 참지 못하도록 하였다. 원계남이 비록 일거에 그 대한을 넘어뜨렸지만 그녀와 동시에 흑의인에게 공격해 들어간 조횡은 분명 상대방이 움직이지 않고 유지하는 그 상태가 매우 견고하고 강하기가 비할 데가 없음을 느꼈다.

그러나 조횡은 이 때 공격할 수만 있었고, 물러설 수는 없었다. 수중의 강모에 전력의 힘을 다하여 찔러 들어갔다. 흑의인의 장검이 한번 뒤집어 지면서 "흐"하고 기를 토하는 소리가 들리더니 한 줄기 전광석화같은 도광이 발출되었다. 그 광망이 도착한 곳에서 조횡과 그가 지니고 있던 강모 모두 두 조각으로 쪼개지고 말았다. 사람들은 눈앞이 어지럽고 정신이 혼미해졌다. 순간 흑의인은 장검을 회수하더니 몸을 돌려 담장 밖에 넘어져 있는 대한 곁으로 다가가서 그를 일으켜 세우더니 손을 들어 짝 소리와 함께 그의 뺨을 때렸다. 그리고는 분하다는 듯이 말했다.

"누가 너에게 참견하라고 했느냐?"

그 대한은 넘어져서 이미 정신이 혼미하여 남쪽인지 북쪽인지, 하늘인지 땅인지도 모르고 있는 상황이었고 또 흑의인에게 세게 두 번 뺨을 얻어맞은 상황이라 어리둥절하며 대답을 하지 못하고 있었다. 하지만 그의 흉악하고 악독한 모습은 그대로 였다. 흑의인은 그 대한을 밀치고는 또 진약람 등의 사람이 서있는 곳을 바라보고는 불쾌하다는 듯이 말했다.

"너희들은 왜 이 어린 놈이 끼어드는 것을 막지 않았느냐?"

임봉이 말했다.

"우리들은…."

그는 원래 설명을 하려고 하였는데 일시에 그 이유를 설명할 방법이 떠오르지 않았다. 호옥진이 말했다.

"려선생, 하지만 우리들은 호의를 가지고 있었던 것입니다."

흑의인은 냉랭하게 말했다.

"너는 누구냐?"

호옥진은 멍하게 있더니 말을 이었다.

"저는 호옥진이라 합니다. 당신이 진정으로 려사라고 한다면 분명 저를 알겁니다."

흑의인은 고의로 말하는 것 같았다.

"호옥진? 아! 본인은 일찍이 네가 남장한 여자라는 것을 알았다."

그는 말을 마치고 상대의 말을 기다리지도 않고 손을 흔들더니 또 말했다.

"본인이 저 어린 놈들을 처리한 다음 당신과 말하겠소."

말을 마치고는 큰 걸음으로 다시 원래 자리로 돌아갔다. 구려파의 상잠 등 세 사람은 이미 진식을 해체하고 있었는데 상잠이 암호를 발출하자 또 삼각 연합 진식을 구축하니 그 엄밀하기가 조금 전과 같았다. 그러나 흑의인은 구려파의 삼각 연합 진식 앞에서 걸음을 멈추지 않고 그 험악한 대한 앞에 가서 냉랭하게 말했다.

"너는 준비가 되었느냐?"

호옥진은 가볍게 진약람을 향하여 말했다.

"저 흑의인은 려사보다 더 두렵습니다."

진약람은 가볍게 탄식하며 아름다운 눈썹에 아득한 마음을 노출한 것이 아마도 흑의인 쪽의 상황 변화를 살펴보고 어떤 생각이 있는 것 같았다. 임봉과 호옥진 두 사람이 이를 보고는 자기들도 모르게 마음 깊은 곳에서 동정하는 마음이 일었으나, 흑의인에 대하여는 암중으로 불만스러운 기색도 일어났다. 그 험악한 대한은 입을 열지 않았고, 확실히 기이한 태도로 진정을 찾은 듯 했다. 그는 옷에 묻은 먼지를 떨어내고 '들어오라'는 자세를 취하고는 후원 가운데로 걸어가 장검을 쥐어들고 적을 응시하였다. 두 사람은 신속하게 대치 국면에 접어들었으며, 온 힘을 다해서 적을 상대하는 상황이었다. 진약람은 가볍게 "아!"하고 소리내더니 말했다.

"알았습니다. 저 대한은 확실히 철정육욕을 버리고, 마음속으로 슬픔도 없고, 기쁨도 없으며, 성내는 것도 없고, 두려워하는 것도 없는 상태로 단지 피를 보고 살인하는 충동만이 남은 것입니다."

호옥진이 말했다.

"세상에 어찌 죽음을 두려워하지 않는 사람이 있습니까? 정말 두렵기가 그지없습니다."

임봉은 그렇지는 않다고 생각하며 말했다.

"낭자, 보십시오. 저 대한은 이미 이전과 같이 아무것도 거리낄 것이 없다는 태도를 잃지 않았습니다."

호, 진 두 사람이 조심스럽게 바라보니 과연 그 험악한 대한의 얼굴 근육이 미미하게 위축되어 있었다. 그들 간의 거리가 수장이나 떨어져 있었지만 그 두 사람의 안광은 예리하였기에, 임봉이 이를 지적하자 그들은 모두 명확히 살펴볼 수 있었다. 그러나 흑의인이 크게 고함을 치며 도광의 세력을 폭장시키며 신속하고 맹렬하게 베어가자 그 세력은 만 마리의 말이 뛰어가는 듯했고, 한 줄기 삼엄한 냉기가 더해지자 사람들의 간담을 서늘하게 만들었다.

그 대한은 검을 가로로 들고서 막아섰다. 도검이 서로 부딪치자 "쨍" 하는 듯 귀를 찌르는 듯한 소리가 울리더니 그 대한은 바로 몸을 흔들면서 뒤로 팔 보 넘게 물러섰다. 흑의인은 일도를 찌른 이후에 바로 도를 거둔 후 독랄한 빛이 가득한 두 눈으로 상대방을 지켜보았다. 그 대한은 비록 일도의 위기를 벗어났지만 얼굴에 땀이 가득했고, 힘을 잔뜩 쏟아낸 듯 힘들어 보였다.

장중에는 일시적으로 새들의 울음소리도 들리지 않는 듯했고, 무서운 살기로 충만했다. 모든 사람들은 모두 무형의 압력에 의하여 숨쉬기도 곤란한 듯한 느낌이 들었다. 상잠이 이끄는 구려파의 연합 진세는 비록 흑의인이 비록 그들의 선봉에 섰던 조횡을 살해한 후 일찌감치 그들을 공격하는 것을 방치했지만 그들의 삼각 진식은 아직도 엄밀하게 펼쳐져 있었다. 그들 한 사람 한 사람 모두 눈동자를 돌리지 않고 흑의인을 고정하여 바라보고 있었다. 이러한 모습은 아마도 흑의인이 갑자기 칼을 휘둘러 그들 중의 어떤 사람이든 한 사람의 목숨을 취할 것이라 생각하는 것 같았다. 호옥진이 갑자기 가볍게 "음!"하고 소리내더니 말했다.

"이상하다!"

진약람은 얼굴에 담담히 웃음을 띠며 말했다.

"저는 당신이 왜 이상하다 하는지 알 것 같습니다."

호옥진은 다시 말하지 않는데, 그녀의 눈빛은 흑의인의 몸에서 진약람의 얼굴을 바라보고 있었다. 묻지 않아도 알 수 있는 것은 그녀가 진약람에게 답안을 말해보라 하려는 것인데 그녀의 마음속에서 이상하다하는 것이 무엇인지를 그녀가 알고 있는지 궁금해서였다. 진약람이 말했다.

"만약 생각이 맞는다면, 당신이 저 흑의인으로부터 려사를 생각해

냈다는 겁니다."

호옥진은 놀라지 않을 수 없었다. 보자하니 그녀는 자신의 생각을 대부분 맞췄기 때문이었다.

"그리고 또…."

진약람이 말했다.

"당신은 지금 아마도 려사가 이곳에 서 있는 것 같이 느꼈을 것이에요. 당신이 그 어떤 느낌을 가졌기 때문에 비로소 려사를 생각해 냈을 것이고, 그로부터 이상하다고 생각했을 것입니다."

호옥진은 마음속으로 크게 놀라며 생각했다.

'선비는 삼일 동안 보지 않으면 괄목상대해야 한다더니, 눈앞의 이 그윽한 아름다움이 난초와 같은 한 소녀가 오래지 않은 과거에 아무것도 모르는 순박한 어촌 낭자였던 줄 누가 알 수 있으랴. 정말 서로 헤어진지 얼마되지 않아 오늘 다시 보니 그때의 그 사람이 아니구나.'

호옥진의 마음을 진약람이 바로 맞추어 버린 것이다.

"한 점 틀리지 않습니다. 저는 진약람 낭자께서 모두 정확히 맞추었다고 인정할 수밖에 없습니다. 천하에 려사 이외에 누가 눈앞에 보이는 것과 같이 사람을 압박하여 질식시키는 살기를 발출할 수 있겠습니까?"

진약람의 얼굴에는 자연스럽게 웃음이 떠올랐지만, 마음속에서는 어떤 생각에 잠긴 듯했다. 하지만 그의 얼굴에 떠오른 미소는 사람들로 하여금 따뜻한 봄바람을 맞는 듯한 느낌을 주었다. 호옥진은 마음속으로 또 놀라며 생각했다.

'이 여자는 용모만 탈태환골한 것이 아니라 찡그리거나 웃는 사이에

다른 사람의 감정을 마음대로 바꿀 수 있는 마력을 터득했나 보다.'

이러한 생각에 빠져 있을 때 진약람의 말하는 소리가 서서히 들려왔다.

"그러나 옥진 누이, 만약 려사가 이곳에 있다면 천하에 심우 외에 누가 그의 보도 아래에서 일 초를 견디겠습니까?"

말이 끝나지도 않았는데 흑의인이 갑자기 길게 웃음을 터뜨렸다. 그 소리는 지붕의 기와를 들썩이게 했다. 그리고는 어두운 얼굴로 그 대한을 향해 냉랭하게 말했다.

"네가 능력이 있다면 다시 내 칼을 받아보아라. 견딘다면 내가 너를 살려주겠다."

그는 두 눈으로 번개처럼 상대방의 얼굴을 바라보고는 수중의 보도를 빗겨들고 큰 걸음으로 상대방을 향해 걸어갔다. 그의 조금 전 일도는 상대방을 흔들어 팔 보 좌우 거리로 물러나게 했다. 이 때 한 걸음 걸음 상대방을 향해 걸어가는데 처음 시작했을 때는 자연스러웠으나 그가 세 걸음을 걸었을 때 함께 있던 사람들은 모두 깜짝 놀라지 않을 수 없었다.

특히나 눈동자도 돌리지 않고 그를 바라보던 임봉은 머릿속에서 빛이 번뜩이는 것 같았다. 원래 그 흑의인이 앞으로 걷는 걸음은 지극히 편안해 보였는데, 그가 땅을 밟을 때 모두들 그것이 커서 비할 바 없이 거대한 진동이 일어나는 듯 했고, 진약람이 아무 일도 없는 듯 한 것을 제외하고는, 그 자리에 있던 모든 사람들은 아마도 자신의 혼신의 피가 흑의인의 걸음 걸이에 맞춰 위 아래로 요동치는 것 같았으며, 홀연 덥다가 홀연 춥다가 하는 것까지 느껴졌다.

그 흑의인이 다섯 걸음을 걸었을 때 좌측 다리가 앞으로 걸어나갈 준비를 하고 있으며, 여섯 걸음을 걷는 그 순간 앞을 향했던 장도를 갑자기 뒤로 넘기고는 굳은 듯 움직이지 않았다.

이 동작은 도법의 상궤로서 보았을 때 중궁동中宮洞을 열어놓고 전혀 방비하지도 않고, 다른 사람을 공격할 자세도 취하지 않은 것이라 자리의 사람들은 모두 뜻밖이라 놀라지 않을 수 없었다. 이 자리에 있는 모든 사람들은 한 사람도 무림의 고수가 아니라고 할 수 있는 사람이 없었는데, 흑의인의 이런 거동에 모두들 정말 알 수 없다는 기이한 느낌을 받았고, 흑의인이 일도를 뒤로 향하게 한 동작에 어떤 기묘한 것이 숨어있는지 알 수 없었다.

사람들이 뜻밖이라 놀라는 가운데 꽃이 피어나듯이 백광이 폭사되더니 또 한 차례 음산한 한기가 사방을 쓸어갔다. 중인들이 정신을 차리고 보니 흑의인은 의연히 그 자리에 서있었고 조금도 움직이지 않은 것 같았다. 그러나 그가 서있는 위치는 분명히 이전에 비해서 적지 않게 앞으로 나가 있었다. 그의 두 눈은 앞에 있는 대한에 고정되어 있었는데 이는 아마도 그의 눈동자와 그 대한의 얼굴이 한 줄기 무형의 물체로 연결되어 있는 것 같았다.

그 대한은 가로로 칼을 들어 가슴 앞에 두고 있었고, 눈동자는 크게 뜨고 있었는데 아마 무엇인가에 놀란 것 같았다. 그러나 갑자기 그의 몸에서 선혈이 분출되며 땅 위로 쓰러지더니 몸은 두 동강이 나고야 말았다. 임봉은 충동적으로 "좋다"하고 감탄하는 것을 참을 수 없었다. 하지만 말이 목에서 막 나오려고 할 때 억지로 참고서는 도로 삼켜버릴 수밖에 없었다. 눈앞의 형세로 볼 때 흑의인이 비록 우내무쌍

宇內無雙의 도법으로 상대를 두 동강 내버렸지만 장내의 분위기는 점차 긴장이 최고조로 치닫고 있는 느낌을 지울 수 없었으며, 사람을 압박하는 살기로 인해 누구도 입을 열려고 하지 않았기 때문이다.

흑의인은 계속해서 미동조차 하지 않고 있었으나 그의 얼굴에 나타난 표정에는 혼돈스러움이 처음 나타나기 시작했다. 망연한 모습이랄까 아무 것도 없는 듯한 표정이랄까, 하지만 그의 두 눈에서 투사되어 나오는 한광은 어떠한 사람이던 간에 그 안에 만물을 파훼해버릴 수 있는 역량이 있다는 것을 믿지 않을 수 없었다.

그가 홀연히 느릿하게 몸을 움직이며 눈을 구려파의 삼각진에 돌리고는 진 안을 향하여 걸어들어 갔다. 살기가 사람을 압박하여 사람들로 하여금 기를 펼 수 없게 하는 분위기 속에서 갑자기 어떤 이가 크게 소리치며 말했다.

"좋은 도법이요!"

이 소리는 효과를 발휘해서 그 곳에 있던 중인들의 심신을 진작시키는 효과를 가져왔다. 따라서 사람을 압박하던 살기가 많은 부분 감소되었다. 흑의인의 얼굴에 나타났던 혼돈스러운 모습이 갑자기 사라지더니 분노, 증오 및 살기등등한 표정이 나타나기 시작했다. 그가 소리를 쫓아 돌아보고는 화려한 옷을 입고 풍도가 대단한 삼십세에 미치지 못할 것 같은 귀공자貴公子를 볼 수 있었다. 그 귀공자의 곁에는 한 명의 날씬하고 아름다운 요염한 여인이 서있었다. 그 귀공자는 포권하며 말했다.

"귀하가 정말 마도 우문등의 전인 려사 선생입니까?"

흑의인이 냉랭히 말했다.

"만약 네가 내가 려사라는 것을 알았다면 너는 지금 분명 느낄 것이다. 네 생명이 이미 하루아침에 달려있다는 것을 말이다."

귀공자는 담담히 웃으며 정면으로 대답하지 않으며 말했다.

"만약 제 생각이 틀리지 않는다면 려선생이 조금전 사용한 일 초가 바로 우문등 노선배가 세상을 독보하고, 천하를 진동시켰던 칠살도 중의 최후의 일 초인 횡소육합橫掃六合이 아닙니까?"

흑의인의 눈에서 광망이 노출되는 것이 다분히 무엇인가에 걸렸다는 느낌을 주었으나 그의 눈빛이 번뜩임과 다르게 애써 참으며 움직이지 않았다. 그 귀공자는 흑의인의 거동에 대하여 관여하지 않는 듯이 계속해서 당차고도 차분하게 이야기를 했다.

"이 일 초는 번다함을 간략함으로 하고, 애초의 본원으로 돌아가서, 즉 복잡하고 어지러운 도법 무학의 그 근원을 찾았으며, 또 그것의 최고 경지에 도달한 것입니다. 만약 우문등 노선배와 같은 일대 기인이 없었다면 세상에는 어떠한 사람도 이러한 지고무상의 도법을 깨우칠 수 있는 사람은 없을 것입니다. 동시에 만약 귀하와 같은 세상에서 보기 드문 걸출한 인재가 없었다면 우문등 노선배가 고심으로 깨우친 무학의 지보는 아마도 영원히 세상에서 사라졌을지 모릅니다. 다만…."

"다만 무엇이냐?"

그곳에 있던 고수들은 모두 참지 못하고 그렇게 묻고 싶었다. 그러나 이야기를 꺼낸 것은 흑의인이었다. 그는 눈앞의 귀공자가 마도 우문등과 자기를 높이 평가하는 것을 받아들였지만, 다만 그 사람이 마지막 꼬리에 부정적인 의미의 말을 붙였는데, 아마도 그것은 앞에서 전면적으로 찬미하던 말들을 뒤집으려고 하는 것 같았으며, 이것이 그에게 불만을 가져왔던 것이다. 동시에 또 그에 호기심을 느끼고는 참지 않고 질문을 던진 것이다. 그 귀공자는 갑자기 전혀 개의치 않는다는 표정을 거두고는 진중하게 말했다.

"다만 귀하의 화후가 절정에 이르지 못한 것이 애석합니다. 더 정확하게 말하자면 '아홉길 높이의 산을 쌓는 데 한 삼태기 흙이 모자라 쌓지 못하는 것'과 같이 아직 진정으로 그 지고무상한 일 초의 경지를 이해하지 못하고 있습니다."

임봉은 이야기를 듣고는 답답하여 생각하기 시작했다.

'이 사람은 조금 전 분명히 자기 입으로 흑의인이 사용하는 무공이 칠살도 중의 최후의 일 초인 횡소육합이라고 하지 않았는가? 그리고는 지금 또 흑의인이 이 초식을 이해하지 못한다고 이야기하니 그야말로 앞뒤 모순이 아닌가?'

하물며 임봉이 보건데 조금 전 흑의인이 상대를 참살한 그 일 초식은 실제로 출신입화의 경지였으며 삼 보 밖에서 상대를 살해했고, 도에 피를 묻치지 않았었다. 자신의 공력으로는 비록 정확하게 볼 수는 없었으나 느끼기에는 흑의인은 조금도 움직이지 않은 듯 했다. 그러나 상대는 이미 칼 끝에 허리를 베였으며 칼 끝이 지나간 후에 바로 그 사체가 두 동강이 나서 땅으로 쓸어진 것이 아니라는 사실을 보았을 때 이러한 신법과 도법은 분명 전설 속 검학 중 신검합일로 일컫는 어기어전禦氣馭電의 경지라고 할 수 있었다. 이러한 도법은 이전에 본 적도 없었고 당세의 어떤 일류 고수라도 이 일 초를 피할 수 없을 것 같았다.

흑의인이 홀연 수중의 장도를 쳐드니 조금 전의 그 음산하고 삼엄한 살기가 찰나지간에 중인들의 몸을 압박해갔다. 이야기를 듣기만 하던 흑의인이 냉랭하게 말했다.

"너는 병기를 꺼내도록 해라. 너의 죽음이 눈앞에 임박했으니 얼마 지나지 않아 너는 음부陰府에 가서 본인의 칠살도가 경지에 도달했는지 알아보도록 해라."

귀공자는 얼굴에 계속해서 거리낌이 없다는 묘한 표정을 지으며 손을 들어 흔들더니 말했다.

"저는 잠시 당신과 겨루지 않겠습니다."

흑의인은 냉랭히 웃으며 경시하는 조로 말했다.

"너는 죽음을 두려워하는구나. 본인은 죽기를 두려하는 놈들은 참하지 않는다."

귀공자는 담담히 웃으며 말했다.

"그런 것은 아닙니다."

흑의인은 두 눈에서 즉각 흉광을 폭사하며 낮은 목소리로 말했다.

"그렇다면 아마도 너와 싸우지 않을 수 없겠구나!"

말을 마치고 큰 걸음으로 상대방을 향해 걸어갔다.

그 귀공자는 몸에 화려한 의복을 걸치고 있었는데, 옷자락이 가볍게 흔들리는 것을 보니 흑의인이 수중에 들고 있는 장검의 기세가 갑자기 그를 덮치고 있다는 것을 알 수 있었다. 귀공자는 손을 흔들며 말했다.

"잠시 멈추시오!"

흑의인은 걷는 기세를 조금 멈추더니 말했다.

"무슨 유언이라도 할 말이 있느냐?"

귀공자는 그때 얼굴을 바르게 하고 말했다.

"유언은 없소. 다만 충언할 것이 하나 있소."

흑의인이 말했다.

"본인은 어떤 충언을 들어야 할 지 생각나는 것이 없다. 그러나 너의 죽음이 임박했으니, 본인이 곧 죽을 사람의 마지막 한마디를 말할 권리는 빼앗기를 바라지는 않는다."

귀공자가 말했다.

"또 묻겠는데, 만약 제가 당신이 칠살도 중의 최후의 일 초의 성취를 얻을 수 있도록 할 수 있는데 당신은 원합니까?"

흑의인은 놀라지 않을 수 없었다. 그는 꿈에도 상대방이 이러한 질문을 할 것이라고는 생각하지 않았으며 일시에 어떻게 대답해야 할지를 알 수 없었다. 귀공자는 상쾌하게 "하하" 웃으며 말했다.

"바둑 돌을 어디에 놓아야 할 지 모르겠지요. 이것으로 제가 조금 전 판단한 것이 틀리지 않았다는 것이 증명되었소. 당신은 마지막 일 초의 화후에 다다르지 못했소!"

흑의인은 마음속으로 두려워하며 생각했다.

'저 놈은 과연 지혜가 높은 인물이다. 나는 그를 가벼이 여겨서는 안 되겠다.'

마음속으로 생각을 정하고는 입으로는 냉랭하게 말을 이었다.

"어찌하여 너의 판단이 틀리지 않다는 것이냐?"

귀공자는 득의양양하며 말했다.

"그것은 간단하지 않소. 만약 당신의 칠살도가 이미 높은 화경에 도달하였고, 그 최후의 일 초에 아무런 의문도 없다고 했다면 저의 조금 전 문제에 당신은 생각할 필요가 없었소. 그러나 당신이 내 질문을 듣고 뜻밖에도 마음속으로 어떤 사정을 고려하는 것으로 보아서 제 판단이 틀리지 않았다는 겁니다."

장 중의 사람들은 모두 고수들이라 조금 전 흑의인이 질문을 받고 움찔하는 모습을 보였으며, 그것이 자연스럽게 모든 이들의 예리한 이목을 피할 수 없었기 때문에 이 시각 사람들은 암중으로 고개를 끄덕이며 화복 청년의 말에 동의하고 있었다. 흑의인은 냉소하며 말했다.

"진실은 말보다 중요하겠지. 너는 병기를 들어라. 우리 한번 시험해 봐야겠다."

화복 공자는 단정한 태도로 말했다.

"그것은 진실입니다. 귀하의 도법은 출도 이후 지금까지 적수를 만나지 못했기 때문이요. 만약 열의 아홉 정도로 본인에게 이길 수 있다고 해도 그것이 무엇이 필요하겠습니까. 당신이 마지막 그 일 초를 시전하다고 하면 그것은 당연히 다른 일이겠지만 말입니다."

화복 공자가 거기까지 말을 하다가 무엇인가 생각난 듯하더니 잠시 시간을 두었다가 또 말하기 시작했다.

"이것이 바로 잠시 당신과 손을 쓰지 않겠다고 한 원인입니다. 칠살도의 살기는 매우 중해서 발출하면 반드시 피를 봐야하고, 상대가 강하면 강할수록 그 살기 또한 점차 강해지니 이를 바꾸어 말하면 상대가 어느 정도 강해야지만 그 세력을 보일 수 있고, 그를 사지로 보낼 수 있다는 겁니다."

흑의인은 냉랭히 말을 이었다.

"그래서 너는 속으로 무섭다 이말이냐?"

화복 공자가 답했다.

"맞습니다. 저는 확실히 조금 걱정하는 바가 있습니다."

그리고는 미소를 지으며 이어 말했다.

"그러나 절대로 귀하가 마음속으로 생각하는 그런 일은 아닙니다. 제가 걱정하는 것은 우리들이 서로 손을 쓰면 칠살도에서 발출된 기가 반드시 저로 하여금 그에 해당하는 절초를 쓰도록 할 것이며, 그러한 형세가 된다면 당신과 저 사이에 어떤 한 사람은 반드시 피를 보게 되겠지요. 하지만 당신이 죽고 제가 살지, 혹은 당신이 살고 제가 죽을지 모두 제가 원하는 바는 아닙니다."

화복 공자 신변에 서있었던 요염한 여인이 갑자기 끼어들며 말했다.

"그것은 무엇 때문이지요?"

그녀가 말하는 소리는 부드럽고 사랑스럽게 사람을 유혹하는 운치가 있어서 모든 사람들의 눈은 저도 모르게 그녀의 얼굴로 향하게 되었다. 호옥진도 그녀를 바라보고는 또 그녀 신변의 화복 공자를 바라보았다. 좀 이상한 것은 호옥진의 눈이 화복 공자에 얼굴로 향했을 때 화복 공자의 눈도 바로 그녀를 바라보고 있었다는 것이다. 두 눈빛이 서로 마주하자 호옥진인 신속하게 다른 것을 보며 상대방의 눈빛을 피하였다. 화복 공자는 막연하게 웃으며 신속하게 원래의 냉정을 찾았다. 그러나 그는 신변의 여인의 질문에 대답하지 않고 도리어 흑의인을 향하여 물었다.

"당신은 어째서인지 알고 있습니까?"

흑의인이 냉랭히 말하였다.

"본인은 당연히 네가 말한 질문의 답을 알 수 있다. 그러나 진정한 너의 마음은 정말 사람으로 하여금 비웃게 만드는군."

화복 공자의 얼굴에 갑자기 불쾌한 기색이 나타났지만, 담담하게 웃으며 말했다.

"저는 비록 칠살도의 최후 일 초를 친히 목격하지는 못했지만 귀하가 조금 전 상대를 도륙한 그 일 초는 백이면 백 우문등이 다시 오늘날 태어난다고 해도 아마 그 정도일 겁니다. 다만 이야기를 하자면 귀하는 마음속으로 저보다 더 명확히 알 것이며 내가 말해서 화후에 이르지 못했다는 것은 당신은 아마 일찍이 그 도리를 이해했다고 믿습니다. 그렇지 않습니까?"

요염한 여자가 교성을 지르며 말했다.

"당신이 한 말은 정말 말할수록 더 혼란스럽습니다. 당신이 백이면 백 보증하면서 화후에 이르지 못했다고 하는 것은 무슨 이유입니까?"

화복 공자는 흑의인을 주시하며 한 자 한 자 물었다.

"귀하가 그 문제의 답을 해주는 것이 좋겠소, 아니면 본인이 하는 것이 좋겠소?"

흑의인은 미동도 하지 않고, 화복 공자의 이야기를 듣고 있는 않는 것 같았다. 화복 공자가 또 물었다.

"보자하니 귀하는 다른 사람들이 그 답을 듣기를 원하지 않는 것 같소. 그것은 또 무슨 뜻이요?"

흑의인은 계속 그에 답하지 않고 단지 두 눈을 들어 계속해서 그를 주시할 뿐이었다. 장 내의 사람들은 찰나 동안 갑자기 주변에 한기가 더 증가된 것을 느꼈다. 화복 공자의 얼굴에서는 이전에 없었던 의문의 빛이 나타나며 천천히 손을 뻗어 허리춤에 차고 있는 장검으로 손을 가져갔다. 그의 신변의 그 요염한 여인은 갑자기 영리하게 추위에 몸을 떠는 듯 하더니 뒤를 향하여 몇 걸음을 물러섰다.

흑의인은 천천히 수중의 장검을 치켜 올렸다. 그의 동작은 지극히 느렸는데 그를 이해하는 사람들이 보건데 그 느릿한 동작 중에 막강한 힘이 숨겨져 있는 것을 알 수 있었다. 그리고 언제라도 경천동지의 위력을 일사천리로 발출할 준비가 되어있음도 알 수 있었다. 장중에 홀연히 중년 남자의 목소리가 들렸다.

"좋은 자광검紫光劍이군!"

그 사람은 갑자기 화복 공자 수중 장검의 내력을 이야기했다. 그의 견식은 매우 넓고 대단했다. 그러나 이상한 것은 장 내의 사람들은 이 외침 소리를 들었지만 어떤 사람도 이에 반응하지 않았고, 모두들 눈에 마가 낀 사람들처럼 한 순간도 화복 공자와 흑의인에게서 떼지 않았다. 흑의인과 화복 공자 또한 이에 반응하지 않았고, 추궁하려고 하지도 않았으며, 그저 상대방을 서로 주시하고 있었다.

화복 공자의 장검이 발출된 이후에 굳어졌던 얼굴이 갑자기 사라지며 비할 데 없이 안정과 편안함을 찾은 듯 했다. 그는 두 다리를 벌리고 섰으며 수중의 장검을 천천히 빗겨서 전방 아래의 지면을 향하였다. 이러한 동작은 공교롭게도 흑의인이 전방을 향하여 자세를 취한 것과 평형한 대치 각을 이루어 무엇 하나 들어갈 틈이 없는 듯했다.

돌연간 두 사람이 약속하지 않았지만 함께 시간 차를 두지 않고 앞으로 크게 한발을 내딛었다. 몸체는 움직이지 않았고, 도검도 움직이지 않았다. 두 눈은 상대방을 응시하였으나 그들 도검은 자세는 더 더욱 평형의 모습을 나타내어 사람들로 하여금 질식할 것 같은 느낌을 주었다. 장중의 사람들은 숨도 쉬지 못할 것 같은 고요한 기운이 찰나의 순간 큰 변화를 가져올 것 같았다.

이 때 구려파의 삼각 연합 진식 또한 이미 변화를 일으켰다. 상잠이 입술을 움직이며 뭐라고 말했다. 그 말은 그의 동문들이나 알아들을 수 있었으며 다른 사람들을 알 수 없었다.

그러나 아주 작은 변화라도 임봉의 예리한 안광을 벗어날 수 없었다. 그는 바쁜 중에서도 눈을 돌려 그들을 주시하더니 이상함을 발견했다.

상잠 등 사람들이 소리를 내지 않고 말하는 사술을 사용한 것이다. 임봉이 이전에 알려준 바 있었다. 만약 그와 같지 않았다면, 다른 사람이었다면 절대로 상잠 등의 이상한 행동을 발견할 수 없었을 것이다. 임봉은 마음속으로 생각했다.

'이들은 이렇게 중요한 시기에 거동을 해야 하는 것인가?'

임봉의 생각은 한 점도 틀리지 않았다. 구려파 중의 상잠은 재지가 넘치는 사람으로 동문들을 이끌고 있었다. 그가 현재의 형세를 판단하고는 비록 그 마음속으로 눈앞의 흑의인이 려사라고 믿지는 않았다. 그가 당금 무림인들 중에서 극소수 려사와 손을 써보았던 사람 중에 살아있는 인물의 하나였기 때문이다. 그리고 려사의 신체나 용모 그리고 말하는 것 등을 보았을 때 흑의인은 분명 다른 것이 있었다. 따라서 이러한 점으로 보았을 때 흑의인은 분명 려사가 아닐 가능성이 아주 많다고 느꼈다.

그러나 눈앞의 이 흑의인이 지닌 도법의 기세와 냉혹하게 살인을 좋아하는 거동으로 보았을 때 그것이 려사 그 살성과 비교하더라도 넘치면 넘쳤지 미치지 못하지는 않았다. 바꾸어 말한다면 오늘 만약 려사와 같은 흑의인에게서 벗어날 수 있다는 것은 아마도 하늘로 올라가는 것보다 어려울 것이라 생각했다.

조금 전 상잠은 친눈으로 흑의인이 발출하는 일 초 도법을 보았다. 그가 비록 칠살도에 대해서 아는 바가 많지 않더라도 조금 전 흑의인의 그 일도는 확실히 이미 어떤 도법의 경지에 다달은 것이라 할 수 있었다. 흑의인이 그 도법으로 자기 한 사람을 상대한다면 구려파의 삼각 연합 진세가 수년간 천하를 종횡했어도 이를 가지고 그를 대처하기는 매우 어려울 듯 보였다.

하지만 앉아서 죽음을 기다리는 것 보다는 손을 써서 출격하는 것이 좋겠다라는 생각이 들었다. 따라서 주동적으로 적이 생각지 못할 때 공격하는 것을 택했다. 상잠의 이러한 생각은 즉시 동반들에게 전해졌다. 따라서 구려파의 삼각 연합 진세가 갑자기 긴박하게 펼쳐진 것이다. 임봉은 마음을 써서 생각했다.

'이것은 분명 전력을 다해서 기회를 잡아 연합 진세를 펼치려고 하는 것이다. 만약 발동이 된다면 그 위력은 정말 대단할 것이다.'

제43장

武林公憤

무림공분

갑자기 흑의인이 길게 웃으며 말했다.

"좋은 검법이다. 너는 아마도 심우 이외에 나와 함께 손을 써볼만한 사람이라 할 수 있다."

화복 공자는 무거운 짐을 벗어버린 것과 같이 말했다.

"그것이 본인이 잠시 귀하와 겨루는 것을 원치 않았던 이유입니다. 만약 귀하가 나의 검 아래 사망한다면 우문등 노선배가 일생을 통해 심혈을 기울였던 칠살도는 그저 덧없이 사라질 것입니다. 만약 요행으로 내가 당신의 칼 아래 사망한다면 당신의 칠살도 중 최후의 일 초역시 영원히 지고무상한 경계에 도달할 수 없을 겁니다. 우문등 노선배가 지하에서 이를 안다면 분명 원망을 그치지 못할 것입니다."

흑의인은 정색하며 심장이 뛰기 시작했다. 그는 생각했다.

'저 젊은이가 칠살도 최후의 일 초를 이러저리 말하는 것을 보면 혹시 그 사정을 잘 알고 있는지 모르겠다.'

화복 공자는 기이하게 웃더니 말했다.

"이것은 무림 중의 가장 큰 비밀입니다. 혹시 귀하는 뱃속에 의심을 가득히 가지고 있지 않습니까? 그렇다면 제가 잘 봐드리겠습니다. 하지만….”

그는 말하다가 갑자기 멈추더니 잠시 후 또 말을 이었다.

“제가 한 가지 사실을 말하면 아마도 당신은 제가 말한 이야기가 고의로 거짓을 아뢴 것이 아니라는 것을 알게 될 것입니다. 예를 들어 당신이 조금 전 칠살도 중의 최후의 초식을 시전했지만 당신이 다시 시전할 수 없는 경지였으며, 바로 사라져 잡아낼 수 없다는 것입니다. 더 정확하게 이야기 하자면 그냥 우연히 한 번 시전된 것이지 그것을 얻고자 한 것은 아니었다는 겁니다.”

흑의인은 냉소하며 입을 열고자 했는데 화복 공자는 손을 흔들며 그의 말을 막으며 말했다.

“저는 저의 판단이 틀리지 않았음을 증명하고자 조금 전 당신이 출도하여 상대방을 살해한 후에 모험을 걸어 소리를 쳤습니다. 과연 당신의 그 일도의 심법은 즉시 저의 소리로 인해서 종적도 없이 사라졌습니다.”

흑의인이 냉랭히 말했다.

“귀하가 사가 수라밀수의 전인 사진이군.”

화복 공자는 놀라며 말했다.

“어떻게 아셨는지요?”

흑의인이 말했다.

“무림 중 능히 칠살도에 대하여 이렇게 많이 알고 있는 사람은 신기자 서통 외에 아마도 사가일 것이요.”

사진은 검을 잡고 포권하며 말했다.

“천만의 말씀입니다.”

흑의인이 또 말했다.

"귀하의 말을 들으니 이미 귀하가 어느 지역의 사람인지 알 수 있었고, 본인이 소문으로 들으니 사진이 광오하고 자만하기가 려사에 손색이 없다고 했지요. 오늘 보니 과연 아니나 다르겠습니까."

사진은 담담히 웃으며 말했다.

"귀하가 려사인지 아닌지 모르겠습니다."

흑의인은 길게 웃고는 살기를 들어내며 말했다.

"그 질문에 대한 답은 아마도 당신은 영원히 얻을 수 없을 것이다."

사진은 얼굴을 굳히며 말했다.

"귀하는 손을 쓰고 싶은 겁니까?"

흑의인은 가슴 앞에 도를 빗겨 들고 말했다.

"맞다. 본인은 마지막 일 초를 더 얻을 필요가 없다. 이미 천하가 두려워하지 않느냐?"

이야기가 끝나자 은광이 번쩍이더니 흑의인 수중의 장검이 이미 전광석화와 같이 빠르게 사진의 가슴을 노리며 들어갔다. 사진은 팔목을 비틀더니 장검을 집어들고 송이 송이 붉게 번쩍이는 검화를 일으켜 순식간에 흑의인의 도영을 덮어버렸다. 이때 상잠이 긴 휘파람을 불었다. 구려파의 연합 진세는 갖췄지만 발동하기가 어려웠다. 휘파람 소리를 들은 이들은 그제서야 엄청난 잠력으로 흑의인의 등을 향하여 습격해 들어갔다.

흑의인의 장검은 바로 진세로 접어들었고, 사진의 수라밀수 검법에 묶여 위기를 맞게 되었다. 그 순간 흑의인은 일성을 폭갈했다. 금철이 서로 부딪치는 소리가 들리더니 장검은 검화 속으로부터 벗어 나와 일 초 야전팔방夜戰八方이라는 수로 상대하며 구려파의 공세를 쓸어버렸다. 구려파의 연합 공세는 좌절당했지만 사진 수중의 자광검은 마치 그림자가 몸체를 따라가듯이 바로 흑의인의 겨드랑이를 파고들었다.

흑의인 수중의 장검이 돌연간 공중에서 춤을 추더니 사진의 장검을 맞아 칼 대신 붓을 들어 초서를 쓰는 것과 같이 휘두르니 사진의 장검은 더 이상 앞으로 나아갈 수 없었으며 도리어 압박을 받아 뒤로 거둬지게 되었다. 그리고 이어서 빽빽한 검화를 발출했는데, 흑의인의 복잡하고 어지러운 도법과 비교하여 강렬한 대비를 이뤘다. 흑의인이 공중에서 장검을 흔들어 춤을 추듯 방출한 무공은 순식간에 무용지물이 되었다.

이 순식간에 목숨을 버릴 수 있는 생사 결투는 이미 본격적으로 진행되고 있었다. 구려파의 연합 진세와 사진의 수라밀수 검법은 전후에서 협공하여 들어갔고, 잠시 흑의인의 칠살도와 대치하는 형국을 만들었다. 날은 이미 저물어 가고, 황혼 중에 "휙"하는 소리가 들리더니 한 줄기 불화살이 돌연 하늘로 솟아 올라 허공 속에서 사라졌다. 호옥진이 하늘을 가로질러 사라지는 불화살을 보고는 말했다.

"보자하니 오늘 저녁에 한 바탕 놀라운 살육이 벌어지겠군!"

진약람은 놀라며 물었다.

"옥진 누이, 그 말은 무슨 뜻입니까?"

호옥진이 말했다.

"당신도 지금 하늘로 올라간 화염을 보지 않았나요. 그것은 분명히 일종의 신호일 겁니다. 제가 처음 길을 나설 때 들은 바에 따르면 무림 중 각 문파는 모두 마도의 압박으로 서로 위기를 느꼈고, 스스로를 보호하기 위하여 사람들은 문호의 의견을 모두 버리고 정사의 구분도 따지지 않고 서로 연합해서 무림 살성을 소멸시키기로 하였다 합니다.”

진약람은 고개를 끄덕이며 말했다.

“맞아요. 강호 상에 확실히 그런 이야기가 있었어요.”

호옥진이 또 말했다.

“그것만이 아닙니다. 들은 바에 의하면 어떤 사람들은 천라지망을 펼쳐놓고 또 사술에 능한 추적의 고수를 초빙하여 전문적으로 마도의 종적을 찾고 있었다고 하지요.”

진약람이 끄덕이며 말했다.

“그렇다면 조금 전 그 화염은 반드시 그들이 서로 약속하여 정한 신호라는 것이지요. 그 신호를 보니 아마도 이 부근에서 발사한 것으로 보이며, 발사한 사람은 누구인지 알지 못하겠습니다. 혹시 누구인가요?”

호옥진은 홀연 냉소를 지으며 말했다.

“당신은 조금 전 사진이 왔을 때 신변에 있었던 요녀를 보지 않았습니까?”

진약람은 가볍게 “아”하고 소리내더니 확연히 알 수 있었다. 그녀는 계속 흑의인과 사진 등의 사람들의 결투를 관주하고 있었다. 지금 호옥진이 사실을 알려주니 이제야 요염한 모습의 여자가 어느 때 사라졌는지 그 종적을 찾을 수 없었다. 호옥진은 갑자기 얼굴이 엄숙해 지더니 낮은 목소리로 말했다.

“그 요사스러운 여인을 가볍게 여겨서는 안됩니다. 그녀가 이곳에 온 이유가 분명히 있을 겁니다. 아마 심우의 원수들이 그녀의 도움을 받고 있는지도 모르죠."

한 곁에서 암중으로 그녀 두 사람의 대화를 듣고 있던 임봉은 갑자기 심장이 뛰는 것을 금할 수 없었다. 그는 이미 일찌감치 구혼염사 윤산 이 여인이 문제가 있다는 것을 알았다. 지금 호옥진의 말을 들으니 더욱 자신의 판단이 더 옳았다는 것이 증명되었다. 그러나 문제의 본질은 도대체 어디에 있는 것인가? 이 사건과 그의 은사의 생사와 관련된 이해 관계가 그의 머릿속에서 일시간에 빙빙 돌면서 복잡하게 했다.

비명 소리가 그의 생각을 멈췄다. 원래 흑의인은 이때 돌연간 일 초의 기묘한 형태의 도법을 전개하며 일도의 방향을 바꾸어 구려파 삼각 진세 중의 대자평을 두 도막 내버렸다. 구려파의 삼각 진세는 넷 중의 둘을 잃어 버리고 상잠과 원계평 두 사람만 남게 되어서 이미 진세의 위력을 잃고야 말았다.

다행히 사진 수중의 자광검이 흑의인이 몸을 돌려 대자평을 가르려는 순간 위력을 발휘하였다. 사진은 수라밀수 검법의 장점을 이용하여 엄밀히 방어하는 동시에 갑자기 거대한 잠력으로 송이 송이 검화를 피어내어 아래 위 두 방향으로 흑의인의 뒷 등을 공격하기 시작했다.

흑의인은 검세를 피하기 위해 칼을 거두거 몸을 돌렸다. 따라서 상잠과 원계남 두 사람이 목숨을 잃는 위기를 피해갈 수 있었다. 흑의인이 칼을 들어 사진의 공세를 방어한 후, 상잠이 돌연 휘파람을 부니 그 휘파람에 따라서 그와 원계남 두 사람의 신형이 빠르게 좌우 두 방향으로 갈라졌다. 이렇게 서로 떨어지니 사진이 서있는 위치와 함께 바로 삼각 진세를 이루게 되었다. 그리고 흑의인의 위치는 바로 삼각형의 중심에 있게 되었다. 보건데 상잠은 사진이 가진 보도의 힘을 빌려 계속 삼각 진세를 유지하고자 했던 것이다.

과연 상잠과 원계남 두 사람이 위치를 변동한 이후 시작은 별거 없었으나 천천히 그 비할 수 없는 오묘함이 드러났다. 그와 원계남 두 사람은 이미 사진의 수라밀수 검법의 정묘한 점을 깨달은 것 같았다. 따라서 두 사람이 좌우에서 힘을 다해 적을 유인하는 공세를 펼치자 흑의인은 어쩔 수 없이 그들을 상대하게 되었다. 그리하여 사진으로 하여금 공격의 기회를 잡을 수 있도록 하였다.

사진 또한 구려파의 연합 진세의 무공을 이해하는 것 같았다. 상잠 등의 사람들과 배합이 매우 절묘했다. 흑의인이 바쁘게 좌우의 상잠과 원계남의 공격을 막을 때 그가 연이어 공격을 발출하니 검세가 무지개 같이 퍼졌으며 찰나지간에 흑의인이 완전히 수동적 태도를 취할 수 밖에 없는 열악한 형세로 몰아갔다.

갑자기 상잠은 수중의 병기를 버리고 두 손으로 얼굴을 가리고 땅 위를 굴러다니며 슬프게 소리치기 시작했다. 이러한 갑작스러운 변화는 곁에서 결전을 지켜보던 여러 고수들을 의아하게 만들었는데, 특히나 지금 진세 속에서 생사 결투를 벌이고 있는 흑의인이나 사진 두 사람도 부득불 도검을 거두고 어떤 일이 일어났는지 살펴보았다. 상잠이 두 손으로 얼굴을 덮고 땅 위에서 어지럽게 구르며 고통스러운 비명을 지르고 있었다. 장중의 모든 사람들은 모골송연해 지며 놀라서 생각에 빠졌다.

'상잠의 무공 신분을 보면 어떠한 고통이라도 견딜 수 있을 텐데 어찌 사람들에게 체면을 구기는 일을 할 수 있단 말인가?'

원계남이 놀라며 소리쳤다.

"구제九弟!"

몸을 날려 상잠을 향해 가서는 급히 물었다.

"구제, 너는 왜 그러느냐?"

상잠은 땅위에서 구르며 계속 비명을 질렀다. 원계남은 출수하여 상
잠의 혼혈을 짚었다. 그녀의 자존심은 매우 강했기 때문에 자기의 동
문 사제가 계속 체면을 구기는 것을 보여주기 싫었던 것이다. 비명을
지르는 소리가 돌연 사라졌다. 장중의 뭇 사람들은 무거운 짐을 덜어
놓은 듯 길게 한숨을 쉬었다. 비명 소리는 사라졌지만 지붕을 들썩이
는 듯한 큰 웃음 소리가 들리더니 그 소리와 함께 한 사람의 인영이
번개처럼 나타났다. 그리고 그를 따라서 십여 명의 사람이 나타났다.

이 십여 명의 사람 중에는 승려도 있었고, 도사도 있었으며, 여승과
심지어 거지도 보였다. 어떤 이는 흉악한 모습의 표형 대한이었고, 어
떤 이는 매우 위엄있는 자태로 사람들의 존경을 받을 만한 나이든 사
람도 보였다. 또한 만면에 사악한 분위기를 지니고 그 속을 알 수 없
는 자들도 있었다.

진약람이 암중으로 그 수를 헤아려 보니 모두 십육명이었다. 그 중
몇 명은 그가 보았던 자들도 있었다. 그 중 하나는 먼저 사진과 함께
나타났던 요염한 여자 윤산도 있었고, 또 다른 사람은 황해 칠왕후의
하나인 원망후 필태충도 있었다. 윤산은 도착한 이후 빠르게 사진의
뒤로 이동했다.

남은 십오명은 네 무리로 나누어 각자 한 방위를 차지하고 있었다.
얼핏 보니 첫 무리의 사람들이 비교적 많았는데, 두 명의 도사와 한

명의 여승, 그리고 두 명의 속장을 한 남자들이었다. 그 중 한명은 소박하게 옷을 입었고 행동거지가 매우 신중해 보였다. 나머지는 금의화복을 입었는데 장식에 힘을 쓴 모양이었다. 따라서 두 사람은 매우 강렬한 대비를 이루었다. 그 금의 남자는 한 쌍의 예리한 눈으로 불시에 진약람과 윤산 두 사람의 몸을 한번 훑고 지나갔다.

두 번째 무리는 한 명의 승려와 한 명의 거지, 한 명의 남자와 한 명의 여자였다. 그 화상은 큰 귀에 붉은 색 얼굴이 윤택했으며 신체가 크고 장대하였다. 손에는 대장추大仗鎚를 들었는데 태산과 같이 버티고 서있었다. 그 걸개는 몸에 남루한 옷을 걸친 것 외에도 쇠약해서 몸에 뼈만 남은 듯 했고, 얼굴에는 병색이 가득했다. 손에는 긴 봉을 들고 있었는데 채찍같기도 하고, 지팡이 같기도 했는데 검은 색으로 빛이 났다. 화상과 거지 옆에 서있는 일남일녀 중 여자는 일신에 불과 같이 붉은 옷을 입고 처음 강호에 나선 좌강운이었고, 남자는 건장하고 말수가 적은 편인 위공망이었다.

세 번째 무리 또한 네 명이었는데, 네 사람 중에서 진약람은 그 중 세 사람과 안면식이 있었다. 그 중 하나는 원망후 필태충이고, 다른 두 사람은 그가 기억하기에 어촌에 있을 때 고수를 항상 불러와 려사와 싸우게 했던 해적이었다. 그러나 가장 사람의 주목을 끄는 것은 그가 알지 못하는 한 사람이었는데, 단 그 사람의 몸은 기이하게도 크고 말랐으며 승려같기도 하고 아닌 것 같기도 하고, 도사 같기도 하고 도사가 아닌 것 같기도 하고 기이한 복장을 하고 있어서 신화 전설 속에 나오는 흑무상黑無常 같이 보였다. 특히 장발이 어깨를 덮었고, 두 눈이 깊게 들어갔으며, 눈에서는 푸른 빛이 돌았는데 얼굴 색이 연기에 그

을린 것과 같이 어두운 흑색이어서 한번 보기만 해도 지극히 독랄하고 사악한 인물임을 알 수 있었다. 그는 등에 검무튀튀한 바구니를 지고 있었는데, 때문에 사람들로 하여금 고심막측한 자라는 느낌을 주었다.

최후의 한 무리는 단지 두 사람이었다. 그들의 복색은 평범했으며, 어떤 것도 사람들의 주목을 받을 곳이 없었다. 이들이 이곳으로 온 후에 흑의인은 평소와 다름 없는 상태로 돌아왔으며, 기이하게도 평정을 유지하면서 냉랭한 눈으로 그들의 실력을 알아보고 있는 듯 했다. 그 흑무상과 같이 생긴 크고 마른 남자가 돌연간 손을 떨치더니 작고 하얀 물체가 원계남의 신변에 떨어졌다. 그리고는 나지막이 말했다.

"그에게 복용시키시오. 빠르면 빠를수록 좋소."

원계남은 그 물건을 들고 난 후 천천히 일어서며 냉랭히 말했다.

"방금 전 당신이 손을 쓴 것이오?"

그 사람이 말했다.

"맞다."

원계남은 십분 냉정을 유지하였다. 그러나 그의 태도는 사람들에게 비할 수 없이 음산하고 삼엄한 느낌을 주었다. 그녀는 한 자 한 자 말을 이었다.

"그렇다면 이름을 대라."

그 사람은 놀리는 듯이 웃으며, 하얀 이를 드러내며 말했다.

"본인은 천충곡 여치기呂致奇입니다."

"흐! 흐!"하고 원계남은 냉소를 계속 지으며 말했다.

"원래 천충곡의 여장노였군요. 실례했습니다."

말을 마치자 몸을 구부려 혼미한 상태로 있는 상잠을 부축했다. 상점은 만면이 붉게 부어 올라서 그의 얼굴이 변해 있었다. 원계남은 놀라서 울음이 나올 것 같았으나 생각을 해보고는 차갑게 탄식하더니 손을 뻗어 그 백색 물건을 집어들고 여치기를 향해 날리면서 말했다.

"가지고 가라. 천충곡 개미나 벌을 부리는 잡기술을 부리는 것들, 우리 구려파는 눈에도 차지 않는다. 우리 다시 기회가 있을 것이다."

말을 마치고는 맹렬히 몸을 돌려 높이 도약하여 떠나려했다. 여치기가 대갈일성하며 말했다.

"잠깐 기다려라."

원계남의 신형은 소리를 따라 다시 원래의 자리로 돌아왔다.

"무슨 말을 하려고 하느냐?"

여치기가 말했다.

"본인은 구려파와 원한을 맺을 생각이 없소."

원계남은 냉소하며 말했다.

"그럼 너는 즐거움을 찾는단 말이냐?"

여치기가 말했다.

"본인은 곡에서 십수년 이래 출문한 적이 없다. 오늘 단지 이미 배운 것이 어떠한지 시험해보는 것과 동시에 살인을 좋아하는 대도문의 위풍이 어떠한지 그에게 하늘 밖의 하늘이 무엇인지, 사람 안에 사람이 있는지를 알려주려는 것 뿐이었다."

원계남은 계속 냉소를 흘리며 말했다.

"너는 지금 세 살짜리 어린애와 이야기하는 줄 아느냐? 이곳의 다른 사람에게 물어봐라? 너는 나의 구제에게 그 따위 시험을 해 볼 필요가 없었다."

여치기는 일시에 말이 막혔다. 그러나 그는 푸르고 냉랭한 눈동자를 계속해서 굴리고 있었는데, 누구도 그가 지금 어떠한 생각을 하고 있는지 알 수 없었다. 원계남은 차갑게 대하며 말했다.

"구려파를 그리 쉽게 농락할 수 있는 줄 아느냐? 또 무엇을 속이려고 하는 것이냐?"

말을 마치고는 몸을 일으키려 하는데 여치기의 신형이 번뜩이더니 그녀의 길을 막아서서는 말했다.

"낭자 잠시 서두르지 마시오. 한마디하겠소. 본인이 이 사람을 처리하겠소."

말을 하면서 흑의인을 가리켰다.

"귀파 동문을 대신해서 원수를 대신하고, 동시에 그것으로 사죄하는 마음이라 할 수 있소."

흑의인은 계속 우뚝 서있었으며 조용히 사태의 변화를 주시하며 그들의 대화를 들었지만 눈을 돌려 비교적 나이가 많은 도사를 바라보지는 않았다. 그 도사는 육순이 넘어 보였는데 얼굴이 엄숙해서 사람들이 바라보고는 존경심이 우러나오게 하는 사람이었다. 그는 등에 검을 차고 있었는데 튀어나온 검자루의 형식은 매우 고아했으며 한번 보아도 그것이 명검임을 알 수 있었다. 흑의인이 갑자기 입을 열었다.

"귀하는 신검神劍 호일기胡─冀입니까?"

그 도사는 포권하며 응대했다.

"시주의 안력이 매우 높군요. 신검이라니 감당할 수 없소. 호일기가 바로 빈도의 속가 이름입니다."

임봉 등의 사람들은 매우 놀라며 생각했다.

'이 아미파의 일대 장문이 이곳까지 친히 출마하다니.'

그러나 흑의인은 가볍게 웃을 뿐, 눈은 금의 남자의 얼굴에 가 있었다. 그 금의 남자는 흑의인이 쳐다보니 자신도 모르게 뒤로 한 걸음을 물러섰으나 이내 걸음을 멈추고는 가슴을 세우고 두렵지 않다는 표정을 지었다. 흑의인은 냉랭히 말했다.

"귀하는 대도문 칠살 마도의 전인이 아닌가?"

금의 남자는 가볍게 놀라더니 말했다.

"저는 당신이 말한 의미를 모르겠습니다."

흑의인이 말했다.

"아주 간단하다. 만약 네가 칠살도의 전인이라면 너도 역시 오늘밤 이 사람들이 처단해야 할 대상인 것이고, 아니라면 오늘 내 칼 아래 죽을 사람인 것이다."

금의 남자는 긴장하는 모습을 보이고는 말했다.

"그렇다면 당신은 정말 려사입니까?"

흑의인이 말했다.

"그런 문제를 물어본 사람으로 네가 첫 사람이 아니다. 그러나 나는 영원히 그 대답에 긍정적인 답을 할 수 없다. 그러나 내가 너에게 한 가지 단서를 줄테니 스스로 생각해 보도록 해라. 나는 당신이 사천四川 낭자浪子 동화랑이라는 것을 알며, 당신이 려사의 몸에서 어떤 물건을 훔쳐 달아났는지도 알고 있다."

사천 낭자가 말했다.

"그렇다면 이미 당신이 려사라는 것이 증명되었습니다."

흑의인이 돌연 눈빛에 흉광을 띠니 사방에 서있던 사람들은 한기가 엄습해 오는 것을 느꼈다.

"내가 려사인지 아닌지 너는 평생 알 수 없을 것이다."

흑의인의 한 자 한 자는 사람에게 두려움을 느끼게 해주는 목소리였다.

"지금 내가 너에게 몇 가지 묻겠다. 너는 사실대로 이야기하거라."

사천 낭자는 고개를 끄덕이며 말했다.

"물어 보십시오."

흑의인이 물었다.

"너는 칠살도를 배웠느냐?"

사천 낭자가 말했다.

"배우려고 몇 차례 해 보았으나 얻지 못했습니다."

흑의인이 말했다.

"그러면 포기한 것이냐?"

사천 낭자가 말했다.

"그렇습니다. 이미 오래되었습니다."

흑의인이 또 물었다.

"너는 려사의 몸에서 훔친 물건을 발설하지 않았느냐?"

사천 낭자가 대답했다.

"없습니다."

흑의인이 말했다.

"그렇다면 그 물건은 지금 너의 몸에 지니고 있느냐?"

"없습니다."

흑의인의 두 눈에서 흉광이 더욱 증가되며 노하며 물었다.

"그렇다면 어느 곳에 두었느냐?"

사천 낭자는 신검 호일기를 바라보며 말했다.

"이미 본파 장문인에게 드렸습니다."

흑의인의 눈빛이 신검 호일기의 얼굴로 이동하며 물었다.

"그가 한 말은 사실입니까?"

호일기가 낮은 목소리로 대답했다.

"한 마디도 틀림이 없소."

그의 태도는 엄숙했으며, 한 마디 한 마디 계속해서 말을 이었다.

"빈도는 이미 그 물건을 살펴보고는 그것이 살겁을 낳아 세상을 크게 놀라키게 하는 물건이라 태워버리려고 결심했소. 그것이 계속 전해져 사람에게 해를 입히지 않도록 했소. 이점 안심해도 좋을 겁니다."

흑의인은 냉랭히 웃으며 말했다.

"귀하가 한 문파의 장문인으로 미친 헛소리를 지껄이는 것 같지는 않다."

여기까지 말을 마치고 나이가 비교적 젊은 도사와 여승을 바라보고는 계속해서 말했다.

"두 분이 연합해서 사용했던 단금검법斷金劍法은 분명 어느 정도 발전이 있는 것으로 보입니다."

그 도사는 평정심을 유지하며 말했다.

"홍금검법紅金劍法은 강호에서 려사 한 사람이 가르침을 받았던 것입니다. 시주께서는 저와 청련사태靑蓮師太가 단금검법을 연마한 것을 알고 있다면 아마도 당신은 려사라고 할 수 있습니다."

흑의인은 기뻐하며 웃고는 직설적으로 대답하지 않고는 잠시후 입을 열었다.

"당신은 어찌하여 려사가 나의 사형이나 혹은 나의 사제라고 생각하지는 않나? 당신의 일체를 그가 나에게 이야기 해주지 않았을까?"

도사는 잠시 말문이 막혔다. 흑의인은 그들을 상관하지 않고, 그의 눈을 도사의 몸으로부터 돌려 한 승려와 한 거지에게로 옮겼다. 흑의인이 말했다.

"당신들 두 사람은 누구냐?"

그의 말투는 오만했으며 사람을 핍박하는 듯 했다. 다만 승려과 거지는 한 치도 노한 표정을 짓지 않았다. 그중 화상은 가슴 앞에서 합장으로 하며 "아미타불"하고 염불을 외고는 말했다.

"빈승은 천불동千佛洞 료진了塵이라고 합니다."

흑의인은 "아"하고 소리내더니 말을 이었다.

"원래 천불동 료진대사이군요. 대사께서 친히 오셨다니 본인의 재주가 천하지 않은 모양입니다."

료진대사는 합장하며 말했다.

"시주의 말씀 감당하기 어렵습니다. 빈승은 출가인으로 속세의 일에 응당 관여하지 않아야 합니다. 다만 상제는 호생지덕好生之德을 가지고 계시고, 부처님은 자비하셔서 뭇 중생들이 횡액을 맞이하여 도멸되고, 무구한 사람들이 살육을 당하게 되는 것을 볼 수 없어 조그만 힘이라도 될까 싶어 급히 온 것입니다."

흑의인은 만면에 병색이 짙은 거지를 바라보고는 말했다.

"당신은? 당신은 또 누구인가?"

거지가 말했다.

"본인은 운명이 기구하여 걸문에 들어갔으니, 부모를 만나본적도 없어 스스로도 성이나 이름을 알지 못하오. 그러나 어린 시절에 병마가 휩싸여서 살았던 터라 거문에서 저에게 이름 하나를 주…."

흑의인은 그의 말을 가로막더니 말했다.

"원래 당신은 그 정정대명한 병개로군! 그러나 당신은 저 화상과 같이 자비를 품은 자가 아니니 무엇을 하려고 이곳에 왔는지 모르겠다."

병개는 냉소를 지으며 말했다.

"이 늙은 거지는 비록 자비를 품고 있지는 않지만 사람들이 모두 아는 것 같이 작은 원한이라고 꼭 갚는 늙은이라고 할 수 있소. 가련한 어린 거지를 생각해 보오. 왼 종일 바쁘게 다니며 그저 밥 한 숟갈 얻어먹는 인생들로 어디 그들에게 대도문에서 보도를 마음대로 휘두를 가치나 있겠소."

흑의인은 가볍게 놀랐지만 다시 냉랭하게 말했다.

"본인은 칼 아래 죽지 말아야 할 사람을 죽인 적은 없소. 내가 아직도 한 명의 거지를 죽여본 적이 없다고 말한다면 당신들은 그 말을 믿지 않을 것이오."

잠시 말을 쉬었다가 또 말을 이었다.

"그러나 오늘 밤에 한번 해 봅시다!"

말을 하면서 그는 병개 등의 사람들의 반응을 생각지 않고 차가운 눈빛으로 여치기와 원계남 등의 사람들을 쓸어보았다. 원계남은 이미 일찍이 여치기와 결투를 끝냈고, 손으로 혼미해진 상잠을 부축하고 있었는데, 아마도 여러 곳에서 온 고수들이 어떻게 눈앞의 흑의인을 포위하여 참살할 것인지를 기다리는 것 같았다.

흑의인은 차갑게 그들의 눈을 바라보더니 신속하게 무슨 신기할 것이 없는 평범한 마지막 두 사람의 몸으로 시선을 이동하였다. 그는 아래 위로 두 사람을 저울질하더니 조용히 말했다.

"당신들은 이름을 말해라."

그 두 사람은 모두 얼굴에 아무런 표정이 없었다. 그 중의 한 사람이 말했다.

"우리는 무명소졸일 뿐이오. 말할 필요도 없을 것이오."

흑의인이 말했다.

"그렇다면 당신들을 이곳에 왜 온 것인가."

그 사람이 말했다.

"오늘 밤의 장면은 백년에 한 번 볼까말까한 것인데, 우리들이 참 공교롭게도 맞닥뜨린 것이오. 정말 행운이라 생각하오."

흑의인은 앙천대소하며 말했다.

"이야말로 실력있는 자가 자신을 드러내지 않는 격이군!"

그는 말하는 한편 눈에서 흉광을 내뿜으며 의기양양하게 사람들을 바라보고는 말했다.

"각기 어떻게 손을 쓰려는거요? 한번에 덤빌 터요? 아니면 누가 먼저 겨뤄보겠소."

여장노가 맹렬히 한 걸음을 내딛으며 말했다.

"본인이 이미 저 낭자에게 말한 것이 있소. 그녀의 동문 형제를 대신해 복수하기로 말이오."

"잠깐 기다리오."

필태충이 낮은 목소리로 말했다.

"잠깐 기다리오. 여형! 저자의 간계에 빠질 필요가 없소. 만약 우리가 각개격파한다면 우리의 역량이 분산될 것이고, 아마 우리가 그를 상대하는 것이 하늘을 오르는 것 보다 어려워질 것이오."

여장노는 개의치 않는 것 같았지만 담담히 말했다.

"그렇다면 당신의 뜻은?"

필태충은 죽은 아들의 고통을 떠올리며 마음속으로 비분이 교차하자 큰 소리로 말했다.

"모두들 함께 공격합시다. 한 마음으로 협력해서 함께 만악을 행하는 무림의 공적을 갈기갈기 쪼개 죽입시다."

그러한 말이 나오자 장중에 있던 사람들은 알 수 없는 비분강개의 느낌이 마음속에서 용솟음 치는 것을 느꼈다. 임봉과 호옥진 두 사람조차 마음이 날뛰는 것을 금할 수 없었다. "쨍쨍"거리는 소리가 들리더니 왕정산, 청련사태, 동화랑, 좌강운 등의 사람들이 이미 장검을 발출하고 있었다. 료진대사의 묵직한 장추杖鍾나 병개 수중의 봉 등은 아직도 발출되지 않았지만 이미 암중으로 공력을 운용하여 어느 때든 발출하여 공격할 준비를 하고 있었다.

제44장

劍氣珠光

검기주광

흑의인이 냉소를 지으며 입을 닫고 좌수를 가볍게 구부려, 우수의 장검을 맹렬하게 위로 들어올리며 일주경천一柱擎天 일 초를 시전하니 그 기세가 우람하고 거대하였다. 장중의 뭇 사람들은 즉시 맹렬하고 전률할 뿐만 아니라 음산하고 삼엄한 검기가 몸을 엄습해 오는 것을 느꼈다. 임봉 쪽에 있는 사람들, 그리고 아직 사진과 구혼염사 윤산 등의 사람들은 모두 뒤로 두 걸음을 물러서지 않을 수 없었다.

흑의인이 가볍게 휘파람을 불자 장검에서 은광이 폭사되었다. 그의 신형이 움직이는 것을 느끼기도 전에 도광은 이미 필태충의 몸을 공격해 들어갔다. 이 일 초가 발출되자 사람을 제압하는 기세가 날카롭기 그지 없었다. 하지만 필태충은 그리 생각하는 것 같지 않았으며, 어떠한 방비도 하지 않고 있었다. 이쪽의 병개는 그러한 모습을 명확히 볼 수 있었다. 마르고 작은 인영이 흔들리더니 수중의 가늘고 긴 칠흑같이 검은 봉을 들고 귀를 자극하는 바람소리와 함께 신출귀몰하는 듯이 도광 속으로 뛰어들었다.

"창"하는 소리에 도광이 번뜩이더니 흑의인이 도를 거두고는 우뚝 내려섰다. 병개 수중의 오봉烏棒 역시 신속하게 거두어지더니 엄숙한 표정으로 서있었다. 전광석화와 같은 찰라의 순간 장중의 사람들은 눈 앞에서 꽃이 흩날리는 듯 어지러움을 느꼈다. 그리고 필태충이 낮게 흥얼거리는 소리를 들었으며, 이어서 그의 신형이 빠르게 뒤로 물러서는 것을 보았다. 그의 가슴 앞의 의복은 이미 날카로운 칼끝에 잘려나갔고, 그 사이로 선혈이 뚝뚝 떨어지고 있었다. 료진대사는 탄식을 금할 수 없어 말문을 열었다.

"아미타불! 만약 병개형病丐兄께서 손을 빨리 쓰지 않았다면 이미 그의 목숨은 없었을 것이오. 저 시주의 칠살도는 이미 사람을 놀라게 하는 화후에 도달했군요."

호옥진은 진약람의 신변에서 조용히 말했다.

"이 병개의 무공은 정말 높군요. 그 화상 또한 아마도 보통이 아닐 것인데, 거기에 신검 호일기를 더하면 아마도 저 흑의인은 오늘밤을 넘기기 어려울 것입니다."

진약람이 이어 말했다.

"그것은 반드시 그렇지 않을 겁니다. 이들의 무공이 비록 높다고 하더라도 그들의 보조步調가 반드시 조화롭지는 않습니다."

말이 끝나기도 전에 필태충은 부끄럽고 또 화가 나기도 해서 몸의 상처를 돌보지 않고 크게 소리치며 말했다.

"모두들 함께 죽입시다!"

그는 입으로는 크게 소리쳤지만, 그의 몸은 아직도 그 자리에서 움직이지 않았다. 원래 그는 이미 한번 흑의인의 도법의 맛을 보았다. 조금전 병개가 손을 써서 구해주지 않았다면 자신은 이 시각 아마도 크게 상처를 입었을 것이라 그는 알 수 있었다. 자신이 먼저 어렵지만 흑의인과 목숨을 걸고 결투를 하고, 나머지 사람들이 혹시 따라서 출수를 하여 협력하여 공격한다면 자신은 아마도 약 이삼백초를 견딜 수 있을 것 같았다. 하지만 이들이 만약 손을 쓰지 않고 자신이 살해 당한 뒤 손을 쓴다면 어찌 원통한 일이 아니겠는가? 따라서 가장 중요한 것은 이들이 근본적으로 출수할 것인가 아닌가의 여부였다.

이러하다고 생각하니 필태충은 머뭇거리며 주저하게 되었다. 만약 신검 호일기가 먼저 발동하면 그의 무공으로 비록 그 흑의인을 이길 것이라 볼 수는 없어도 일단 결투가 벌어지만 그의 명망으로 보아 모두들 함께 손을 쓸 것이라는 것은 의심할 바가 없었다.

신검 호일기는 여전히 손을 쓰지 않았다. 왕정산과 청련사태는 비록 단금검법을 연합해서 연공했으나 그들은 장문인 마수馬首에 말을 들어야 하고, 호일기의 지시가 있기 전에는 전혀 손을 써 공격하지 않을 것이다. 다시 료진대사와 병개를 보면 료진대사는 병개가 빠르게 필태충의 목숨을 구한 것을 과찬한 이후로 노승이 입정한 것 처럼 다시는 입을 열지도 몸을 움직이지도 않았다. 병개를 보면 봉을 들어 흑의인과 손을 써본 이래로 크게 놀란 것 같았으며 그의 얼굴 색은 장중의 어떤 사람보다도 더 어두워져 있었다.

필태충은 마음속으로 급해져서 암중으로 생각했다. 이와 같이 대치하는 국면에서 모두들 먼저 손을 쓰려하지 않는다. 이렇게 계속 시간이 흘러간다면 어찌 흑의인에 의해서 각각 격패를 당하지 않을 것인가? 그의 생각이 이에 미칠 때 허공에서 "웅웅웅"거리는 소리가 들렸다. 원래 여치기가 어느 때 법보法寶를 방출했는지 알 수 없었지만 몇 마리의 독봉이 웅웅거리면서 날고 있었는데, 그 소리가 지극히 미약해서 심후한 내력을 가지고 있는 사람이 아니라면 근본적으로 들을 수 없는 소리였다.

그 몸체가 지극히 작은 독봉은 암중으로 흑의인의 머리를 향해 날아갔다. 필태충은 마음속으로 크게 기뻐하며 생각했다. 만약 흑의인이 손을 써서 저 독봉들을 상대하면 자신은 독봉의 협조를 받는 가운데 먼저 손을 써서 흑의인과 목숨을 겨뤄볼 수 있을 것만 같았다. 생각이 여기까지 미치자 그는 즉시 정신을 집중하여 그 독봉들과 흑의인의 동태를 살폈다.

그 독봉들은 흑의인의 머리로 날아가서 그 위를 선회하며 날고 있었다. "웅웅"거리는 소리가 점차 커지더니 흉성이 발작하고 분노하는 소리가 들리는 듯 했다. 하기만 시종 흑의인의 머리 일 척 위에서 맴돌고 있기만 할 뿐 꺼리는 것이 있는 듯 감히 내려가려 하지 않았다. 흑의인은 조금도 움직이지 않았고, 근본적으로 이들 독봉을 마음에 두지도 않았다. 이때 신검 호일기가 돌연 입을 열며 말했다.

"빈도가 할 말이 있소. 시주는 듣겠소."

흑의인이 즉각 대답하지 않았다. 다만 장검을 더듬어 잡은 후에 흰 도광이 머리 위에서 한 바퀴 흐르더니 검은 점들이 분분히 땅으로 떨어지며 "웅웅"거리는 소리가 순식간에 사라졌다. 그러자 비로소 입을 열었다.

"할 말이 있으면 하시오."

호일기가 말했다.

"조금 전 빈도는 시주의 도법을 견식하였소. 확실히 대단한 도법이라 생각하오. 오늘밤 손을 쓴다면 아마도 시주는 최후에는 공도를 벗어나지 못할 것이라 생각하오. 상처를 입거나 죽을 수도 있을 것이오."

흑의인은 상대방이 공도를 벗어나지 못할 것이라는 말을 듣고는 마음속으로 반박하며 '그렇게 되지 않을 것이다.'하고 생각했으나, 얼굴에는 어떤 표정도 짓지 않았다. 호일기가 계속 말했다.

"료진대사가 말한 것과 같이 출가인은 자비를 품어야 하며, 천지의 피비린내 나는 상황을 참을 수 없습니다. 시주는 일신의 뛰어난 무공을 지니고 있어 천하 무림의 괴보瑰寶라 할 수 있는데, 오늘 그 옥석이 분쇄되어 버린다면 이 어찌 죄과가 아니라고 할 수 있겠습니까?"

흑의인은 참지 못하고 말했다.

"당신은 어찌 직접적으로 말하지 않는 것이오?"

호일기는 화를 내지 않고 평정을 찾으며 말했다.

"시주의 무공으로 마음을 누르고 양생한다면 살기를 없앨 수 있고, 분명 그것은 무림의 복이 될 것이니, 본 시주는 이미 일거양득의 좋은 방법을 생각해 내었소."

흑의인이 말했다.

"무엇이 일거양득이요?"

호일기가 말했다.

"불가에서 말하는 바 '도부의 칼을 내려놓고 서면 성불한다.'라는 말이 있소. 빈도가 시주를 대신해서 산천 좋은 곳을 찾아두었으니, 시주는 빈도를 따라 심법을 함께 수련하면 어떻소."

흑의인은 하늘을 바라보고는 크게 웃은 후에 낯빛을 어둡게 하고 냉랭히 말했다.

"반나절을 말한 것이 바로 나를 잡아 가두겠다는 것이오?"

호일기는 평온하게 말했다.

"그렇소. 그렇게 해야만 오늘 밤의 살겁을 면할 수 있으며, 동시에 시주의 생명을 보존할 수 있게 될 것이오."

흑의인의 옷자락이 흔들리는 것을 보니 아마도 마음속에서 분노의 기운이 극에 달한 모양이었다. 그의 두 눈에서는 흉광이 사람을 놀라게 할 정도로 뿜어져 나왔다. 그는 천천히 수중의 장검을 들면서 천천히 말했다.

"호일기, 당신의 보검을 꺼내 들어라."

호일기는 낮은 소리로 말했다.

"시주는 정말 모르겠소."

그의 성음이 이토록 깊고 낮은 것은 처음으로 아마 마음속에서 살기가 크게 일어나는 모양이었다. 흑의인은 대답하지 않고 손으로 장검을 들고 삼엄한 살기를 호일기를 향해 발출했다. 왕정산과 청련사태 두 사람은 모두 가볍게 소리를 지르며 신형을 날려 신검 호일기 앞으로 다가갔다. 그리고는 좌우로 나누어 선 다음 흑의인의 앞을 가로 막았다. 흑의인은 냉랭히 말했다.

"너희들 둘은 빨리 꺼져라!"

왕정산과 청련사태 두사람은 피하지 않고 도리어 수중의 장검을 들어 한 사람은 위로 한 사람은 아래로 기이한 연합 공격의 초식을 펼쳤다. 신검 호일기는 평정을 되찾은 듯 말했다.

"빈도 여러분이 함께 겨루는 것을 관여하지 않지만 오늘 밤 많은 사람들이 당신을 주살해야 마음이 편해지는 사람들이 있다는 것을 알고 있소. 당신이 손을 쓰려면 칼을 들어 겨루시오."

말을 마치고 그는 몸을 뒤로 물리더니 담 위에서 아래를 바라보는 듯한 자세를 펼쳤다. 신검 호일기는 일대 아미파 장문인의 신분으로 자연히 여러 사람들과 흑의인을 연합하는 것은 의미가 없는 일이었다. 그러나 그러한 호일기의 행동이 흑의인의 살기를 더욱 불러 일으켰다. 그가 우수를 들어 장검을 세울 때 한광이 뻗어나왔다. 그리고는 신형을 움직여 앞으로 전진하며 검을 휘둘러 두 줄기 검광을 발출하면서 왕정산과 청련사태 두 사람을 공격해 갔다. 이 일 초 이식의 상승도법은 번개와 같았고, 발출하는 소리가 사람을 놀라게 하였는데, 필태충이 이를 보더니 암중으로 크게 놀라 감히 일시간에 출수할 생각을 낼 수 없었다.

그러나 왕정산과 청련사태는 피차지간에 각자 상대방에게 일검을 넘겨주는 것 같이, 왕정산은 청련사태를 향해서 찌르는 것 같았고, 또 청련사태는 왕정산을 향하여 공격하는 것 같았다. "쨍, 쨍"하는 두 소리가 들리며 쌍방은 교묘하게 서로 흑의인의 도세를 막아내었다. 두 사람의 신형이 교체하는 것은 호접이 서로 교체하며 나는 것과 같았는데, 아주 빠르게 흑의인을 둘러싸고 몇 바퀴를 도는 듯 했다.

눈 깜짝할 사이에 흑의인의 장검은 연이어 삼 초를 공격했고, 일 초 일 초가 점점 더 날카로워졌으나 왕정산과 청련사태 두 사람은 모두 신형을 교차하는 중간에 그의 공격을 교묘하게 피해 무위로 돌렸다.

왕정산과 청련사태 두 사람이 절묘하게 흑의인의 검공을 막아내었지만, 시종일관 그 두사람은 반격해서 공격할 기회를 잡을 수 없었다. 흑의인의 도세는 점점 더 맹렬해졌고, 육칠 초가 지난 이후에는 왕정산과 청련사태의 거리가 흑의인의 검기에 눌려 점차로 멀어졌다.

두 사람의 거리가 멀어지자 상호간의 배합으로 돌보는 것이 어려워지며 허점이 점차로 노출되었다. 흑의인의 매 공격마다 모두 두 사람이 위험한 처지에서 간신히 살아 돌아오는 형국이 계속되었다. 필태충이 대갈일성하며 말했다.

"여러분 아직도 빨리 손을 쓰지 않고 뭐하고 있소. 언제까지 기다리려고 하오!"

그 소리에 따라서 여러 흑영들이 그들의 결투권 안으로 들어갔다. 료진화상이 병개와 서로 눈빛을 교환하더니 "아미타불"하고 염불을 외웠다. 두 사람은 동시에 몸을 달려 흑의인의 뒷편으로 도약했다. 료진의 손에는 무거운 대장추가 들려있었으며 머리쪽으로 흑의인을 내려치고 있었고, 병개의 흑봉 또한 흑의인의 등을 공격하였다. 료진의 대장추는 벼락같이 거대한 태산압정泰山壓頂의 기세였으며, 병개의 흑봉자는 무성무식간에 독사출동毒蛇出洞하듯이 음험하기가 견줄바 없었다.

흑의인은 부득불 몸을 돌려 병개와 료진의 공세를 와해시켰으며, 이에 따라 왕정산과 청련사태는 비로소 숨을 쉴 기회를 얻을 수 있었다. 두 사람은 다시 단금검법을 배합하여 공격을 전개하기 시작했다. 일시간에 흑의인은 사면초가의 형세가 되었다. 완전히 포위 공격을 당하게 된 것이다.

료진화상의 장추는 완전히 소림 외가 수법이어서 강직하고 명렬하였으며, 매 초마다 발출되기만 하면 왕성한 바람이 일어나 족히 산을 무너뜨리고 바위를 부숴버릴 듯한 기세였고, 병개 수중의 길고 좁으며 흙빛의 봉은 완전히 기괴막측한 수법으로 신출귀몰하듯이 흑의인의 치명적인 요혈을 공격해 들어갔다.

왕정산과 청련사태의 단금검법은 이때 연합 수법의 위력을 발휘하였는데 두 사람이 돌아가며 발출하는 검기가 점차로 강해졌다. 필태충은 도상을 입었지만 상세가 그리 엄중하지는 않았다. 하지만 아들을 잃은 아픔에 조금 전 낙패한 수치심이 더해지자 그 상황은 그를 목숨을 두려워하지 않는 사람으로 변하게 하였으며, 흑의인에게 가장 위협이 되는 사람이 되게 하였다.

장외에서 이를 지켜보는 사람들 즉, 임봉, 진약람과 호옥진 등은 암중으로 흑의인을 대신하여 걱정하기 시작했다. 사진은 어느 시기에 검을 검집에 넣었는지 모르겠지만, 검기를 갈무리하고 마음을 안정시킨 후 지금 막 진행되는 정말 보기 힘든 살기넘치는 격투를 보고 있었다. 그의 뒤쪽으로 구혼염사 윤산이 눈을 크게 뜨고 이전에는 한번도 본 적이 없는 일류고수들이 연합하여 한 명을 상대하는 결투 장면에 몰입해 있었다.

신검 호일기가 엄숙한 얼굴을 하고서는 그 결투를 바라보자 그의 해박한 지식으로 보았을 때 장중의 각 고수들이 대도문을 둘러싸고 공격하는 장세가 그리 낙관적이지 않다는 것을 알게 되었다. 그의 곁에는 서천낭자 동화랑이 이미 장검을 꺼내어 즉각이라도 끼어들 준비를 하고 있었다.

천충곡 여장로의 얼굴에선 음산한 눈동자가 움직이고 있었으며, 어떻게 할 지를 결정하지 못하고 있는 모습이었다. 두 명의 해적 복장의 중년 남자들은 병기를 손에 쥐고 있었으며 이미 몇 걸음을 앞으로 딛고 있었다. 아마도 유리한 위치를 잡아 싸움에 끼어들려고 하는 것 같았다. 원계남은 장중의 결투에 크게 관심이 없는 듯이 이 시각 혼미한 상잠을 바라보고 있었으며, 이때 조용히 결투권 밖으로 물러서서 상잠을 땅에 뉘이고는 추나 수법을 써서 상잠의 맥혈을 치료하기 시작했다. 겉모습이 평범한 그 두 명의 중년 남자들은 이때 비록 흑의인의 도법에 주의를 기울이고 있었으나 얼굴에는 어떠한 표정도 나타내지 않았다.

위공망은 신검 호일기와 같이 엄숙하고 침중한 표정을 띠었으며, 그 신변의 좌강운은 참을 수 없는 듯이 맹렬하게 장검을 발출하고는 몸을 일으키기 시작했다. 그녀는 빨랐다. 하지만 위공망은 그녀보다 더욱 빨랐다. 손을 내밀어 막 뛰어 오르려는 그녀의 신형을 잡아 땅으로 잡아 내리고는 낮게 말했다.

"소저, 당신은 무엇을 하려는 것이오?"

좌강운은 크게 저항하고는 교성을 지르며 말했다.

"저 악마가 이미 막다른 골목에 몰리지 않았습니까. 만약 이 기회를 놓치고 그를 죽이지 못하고 도망치게 한다면 또 얼마나 많은 사람이 다시 재앙을 만나겠습니까?"

위공망이 낮은 목소리로 말했다.

"소저, 좀 안정을 취하시오. 다른 일들은 모두 소저를 따라서 처리하지만, 오늘 밤 일은 제 말을 잘 듣는 것이 좋을 것입니다. 그렇지 않다면 제가 소저를 데리고 집으로 돌아가겠습니다."

좌강운의 집으로 데리고 가겠다는 말을 듣자 비록 얼굴에는 못마땅한 표정을 지었지만 다시 말을 하지 않았다. 격투가 진행되는 이 시각 돌연 흑의인의 도법이 변하더니 다른 사람들의 병기를 피하여 장검을 빗겨 허공에서 상하좌우로 흔들기 시작했다. 이 일 초는 일견 아무 법도도 없는 것 같았으며, 허공 중에서 빠르게 초서를 갈겨 쓰고 있는 듯하였다. 그의 가슴 아래에는 일시적으로 아무런 방비도 없게 되었다.

필태충이 서있는 위치가 바로 흑의인의 뒷편이었는데 눈앞의 기회를 놓칠 수 없었는지 바로 다리를 움직여 전력으로 몸을 일으켜 흑의인의 등을 공격했다. 이 일 초는 매우 강력한 일격으로 그의 모든 공력을 집중시킨 목숨을 건 타법으로 흑의인이 만약 격중당한다면 비록 그가 철타금강鐵打金剛이라도 그 자리에서 목숨을 잃을 것이다!

이 때 청련, 왕중산의 장검과 료진의 대장추와 병개의 봉이 동시에 흑의인을 향해 공격해 들어갔다. 흑의인이 낮게 일갈하자 도광이 아래로 내려오며 땅을 덮었다. 찰나지간에 노한 폭포가 급히 떨어지는 것 같이 대지가 광막으로 덮여버렸다. 금철이 서로 부딪쳐 귀를 멍하게 만드는 큰 소리가 울리고, 이에 비명 소리가 섞이더니 결투 중에 인영들이 신속하게 뒤로 물러섰다.

료진과 병개 두 사람은 암중으로 다행이라고 소리쳤다. 원래 두 사람이 흑의인을 향하여 발출했던 그 일 초는 다행히도 여지를 남겨두었으며, 모든 힘을 다 해서 발출한 것이 아니었다. 그렇지 않았다면 흑의인의 그 기환막측한 일도에 아마도 전신을 피하지는 못했을 것이다.

흑의인은 이미 칼을 거두고 우뚝 서서 칼 끝을 땅을 향해 겨누고 있었다. 그의 옆에는 필태충의 시체가 누워있었는데, 장도에 의해 두 도막이 나 있어서 비참해서 친히 볼 수 없을 정도였다. 왕정산의 얼굴색은 이미 하얗게 질렸으며, 오른 팔을 아래로 떨어뜨리고 있는 것으로 보아 이미 입은 상처가 가볍지 않은 것 같았다.

신검 호일기는 차갑게 소리치고는 천천히 등 뒤의 장검을 발출했다.

장검이 검집에서 나오자 그 한광이 사람들을 압박했으며, 그의 발검 자세가 보기에는 매우 느렸으나 일종의 사람들을 두렵게 하는 형용할 수 없는 기세가 감춰져 있었다. 그처럼 간단한 동작에 뜻밖에도 흑의인은 섬뜩해져서 얼굴에 변화가 나타났으며, 그의 두 눈이 호일기 수중의 장검만을 바라보고 있었다. 눈도 깜짝하지 않고 신검을 바라보면서 호시탐탐 그를 노리는 병개와 료진 등의 사람들은 그냥 내버려 두고 있었다. 신검 호일기는 두 걸음을 나서서 평안한 자태로 천천히 말했다.

"시주의 도법이 이미 거의 우문등과 비할 만하오. 빈도는 손을 쓰기 전에 꼭 당신에게 할 말이 있소."

흑의인은 집중하여 기를 모으고 있는 듯이 아무런 대답이 없었다. 신검 호일기가 계속 말했다.

"빈도는 조금 전 생각해 보았는데 시주의 화후에 마도 본신의 살기를 더한 채로 계속 이어져 간다면 실제로 화가 무궁하리라 보았소. 따라서 일단 손을 쓴다면 강호의 규칙이 무엇이든 간에 더 고려할 필요가 없다고 생각했소."

신검 호일기의 말은 흑의인에게 매우 명료했다. 그는 장중의 고수들에게 비록 그가 아미파의 장문의 위치에 있지만 이번에는 눈앞의 살성을 제거하기 위하여 연합하여 공격하겠다는 뜻을 표한 것이다.

"나는 당신에게 직접적으로 말하겠소."

신검 호일기가 또 말했다.

"눈앞에서 당신을 포위 공격하는 사람들은 먼저 이곳에 도착한 사람들이오. 또 다른 사람들이 이미 통지를 받았으니 바로 이곳에 도착할 것이오.”

흑의인은 냉랭하게 말했다.

“나는 당신이 나에게 이런 일들을 말하는 이유가 무엇인지 모르겠소. 만약 당신이 내 마음을 공략하려고 한다면 내가 당신하게 말하겠소. 그 결과는 정반대가 될 것이오.”

신검 호일기는 의연히 평정심을 가지고 말했다.

“당신의 도법이 비록 높지만 빈도는 이미 기회를 얻어 대도문의 도법을 연구한 바 있소. 비록 당신을 이길 수는 없어도 아마 지지는 않을 것이오. 만약 병개와 료진 두 선배의 도움을 얻는다면 당신의 미래는 말하기 어려울 것이오.”

흑의인은 냉소를 지으며 말했다.

“당신은 나를 놀라게 하는 것이냐? 더 흉하면 흉할수록 좋겠지?”

신검 호일기가 말했다.

“빈도가 말한 것은 한 마디 한 마디 모두 진실이오. 비록 당신을 일순간 패하게 하지는 못할지라도 또 다른 사람들이 도착하면 아마도 이곳에서 달아날 생각은 접어야 하겠소.”

흑의인은 “하하”하고 큰 웃음을 지으며 말했다.

“당신은 더 할 말이 있느냐?”

신검 호일기가 말했다.

“아직 한 마디 남았소.”

흑의인이 말했다.

“그렇다면 빨리 말해라.”

신검 호일기가 말했다.

"시주가 지금 칼을 내려놓는다면 아직 늦지 않았소."

흑의인이 수중의 장도를 앞으로 뻗자 강대무비한 도기가 호일기의 가슴 앞으로 밀려들어갔다. 신검 호일기는 조금도 얼굴을 움직이지 않고 말했다.

"시주는 말을 못 알아듣는구나. 그렇다면 빈도는 방법이 없다!"

말을 마치고는 병개와 료진대사 두 사람을 향하여 말했다.

"두 분은 이쪽으로 오시지 않겠습니까?"

병개와 료진은 그 말을 따라서 그의 신변으로 가서 멈췄다. 신검 호일기는 두 사람에게 더 가까이 오라고 하고는 그들 귀에 대고 조그마한 소리로 말을 했다. 그의 말이 무엇인지 그 소리가 매우 작았기 때문에 아무도 분명히 들을 수는 없었다. 병개와 료진대사 두 사람은 계속 고개를 끄덕였다. 흑의인이 홀연 크게 소리치며 말했다.

"임봉, 이리 오너라!"

그 말이 떨어지자 사람들은 모두 크게 놀랐다. 신검 호일기도 그 말을 듣더니 말을 멈추고 말았다. 임봉은 지체하지 않고 큰 걸음으로 흑의인의 신변으로 걸어갔다. 흑의인 또한 임봉의 귀에 대고 조그마한 목소리로 말했다. 그러자 임봉은 알았다는 낯빛을 하고는 눈을 들어 사방을 쓸어본 후 고개를 연신 끄덕였다. 흑의인은 마지막 한 마디의 말을 소리 높여 말했다.

"너는 기억했느냐?"

임봉은 말했다.

"모두 기억했습니다."

흑의인이 말했다.

"좋다. 너는 돌아가거라!"

임봉은 말에 따라서 큰 걸음으로 원 자리로 돌아갔다. 신검 호일기가 소리치며 말했다.

"멈춰라!"

이 소리는 위엄이 있었다. 임봉은 놀라 걸음을 멈춘 후 몸을 돌려 신검 호일기를 마주해 섰다. 신검 호일기는 낮은 목소리로 말했다.

"시주는 대도문의 전인이 아닌가?"

임봉이 입을 열어 답을 하려고 하자 흑의인은 냉소를 지으며 미리 앞서서 말했다.

"아마도 그럴 수도 있고, 그렇지 않을 수도 있다. 그러나 당신은 안심하라. 본인이 결투할 때는 어떠한 정세라도 도움을 주지는 않을 것이다."

말투에는 조롱의 뜻이 포함되어 있었으나, 신검 호일기는 상관없는 듯했다. 일순간 평정을 되찾으며 말했다.

"만약 그가 대도문의 전인이 아니라면 당신은 왜 그를 끌어드리는 것이냐?"

흑의인이 냉랭히 말했다.

"당신의 말을 들으니 아마도 나를 이겼다고 생각하는 모양이군. 내가 그와 이야기한 것은 다른 이야기이다. 너희들하고는 관계없다!"

말을 하면서 임봉을 향하여 손을 흔들면서 말했다.

"너는 꺼지거라!"

임봉이 원래 자리로 돌아오자 진약람이 그의 귀에 대고 조용히 말했다.

"그와 당신은 무슨 이야기를 했나요?"

"그…."

임봉은 입을 열었지만 일시에 난처함을 느꼈다. 그가 생각하기에 그 일의 영향은 매우 컸으며, 쉽게 제삼자에게 말할 수 있는 것이 아니었다. 그러나 진약람이 말한 말투는 사람들로 하여금 답하지 않을 수 없도록 하는 힘을 가지고 있었다. 진약람은 아름답게 미소를 지으며 말했다.

"만약 마음속에 꺼리는 바가 있으면 저에게 알려주지 않아도 됩니다."

신검 호일기의 말이 들려왔다.

"시주가 진정으로 빈도의 권고를 따라 당신의 칼을 내려놓지 않겠다는 건가?"

흑의인이 냉랭히 말했다.

"오늘의 결투는 이미 피할 수 없는 것이다. 당신이 나를 찾지 않으면, 내가 당신을 찾겠다. 무슨 말이 그렇게 많은가?"

신검 호일기가 말했다.

"그렇다면 빈도는 다시는 손을 놓고 방관하지는 않을 것이다."

말을 마치자 병개와 료진 두 사람에게 손을 흔들어 지시를 하였다. 두 사람의 신형이 움직이더니, 호일기 신변의 좌우로 나누어 섰다. 세 사람의 합공은 포위해서 공격하는 형세는 아니었으며, 길게 일자형으로 늘어선 배열을 보여주었다. 신검 호일기는 검을 집고 중앙에 섰으며, 좌측에는 료진의 대장추가 우측에는 병개의 오봉자가 위치했다.

신검 호일기는 이미 결심을 한 모양으로 말을 꺼내지 않고 수중의 장검을 부드럽게 앞으로 내밀며 천천히 흑의인을 향해 찔러 들어갔다.

이 일 초는 비록 느리고 완만했으며, 또 힘이 들어간 것 같지 않았기 때문에 주변에서 보는 사람들은 그것이 어떤 오묘하고도 날카로움이 있는지 알 수 없었다. 그 가운데에서 흑의인은 두 눈으로 날아오는 검을 주시하였다. 그러나 그 검은 날아오는 것이 안정적이지 못했고, 검기는 함축되어 있었지만 발출되지 않는 듯했으며 비록 곧바로 자신을 향해 들어오고 있지만 자신의 어느 요혈을 향해 들어오는지 알 수 없었다.

이렇게 주저하는 동안 장검은 이미 그에게로 다가오고 있었다. 흑의인은 선택할 겨를도 없이 뒤로 후퇴하고 말았다. 신형이 채 고정되기 전에 호일기 수중의 보검에 갑자기 속도가 붙더니 번개처럼 그림자가 몸체를 따라 움직이듯이 질풍처럼 다가왔다. 동시에 함축되어 있던 검기가 돌연 발출되었다. 흑의인은 암중으로 소리쳤다.

"과연 신검이란 칭호가 부끄럽지 않구나!"

이 때 초식을 쓰기에는 늦었다. 그가 다시 뒤로 물러선다면 분명 다시 상대방의 장검의 역량과 속도가 더 증대될 것이라는 것을 알았으며, 정세는 더욱 위급해질 것이라 생각되었다. 생각이 전광석화처럼 번뜩이더니 낮게 소리를 지른 후 어쩔 수 없이 신형을 우측으로 두 걸음 움직이며 신검의 날카로운 검 끝을 피했다.

그러나 우측의 료진대사는 바로 이 때 앞을 향하여 도약하고 있었는데 수중의 대장추를 천군만마의 기세로 아래를 향해 내려치고 있었다. 때문에 흑의인이 우측으로 검을 피했지만 이와 같은 절륜한 맹렬한 일격을 맞닥뜨리게 되었다. 옆에서 지켜보던 중인들은 이 시각 신검 호일기 등 세 사람이 펼치는 일자진의 묘함을 알 수 있었다.

임봉이 놀란 마음으로 소리를 입 밖으로 낼려고 하는 순간, 호옥진이 자신도 모르게 놀란 나머지 소리쳤다. 흑의인은 폭갈일성하며 장도를 뒤집어 "창"하고 소리를 내며 료진의 장추와 맞딱뜨렸는데 그 순간 호일기의 검봉이 그의 옷자락을 베어버렸다. 신검 호일기 등 세 사람은 단 일 초를 공격하였는데, 만약 다른 사람이었다면 검 아래 목숨을 잃지 않았으면, 아마 장추에 머리가 부숴지고 말았을 것이다.

병개의 신법은 매우 영활하고 교묘했으며 이미 일찍이 호일기와 료진 두 사람의 신형을 따라서 돌고 또 돌았다. 세 사람의 일자진은 의연히도 조금 전과 같은 기세로 흑의인과 대치하고 있었다. 흑의인은 이미 분노가 치밀어 오른 듯이 긴 휘파람을 불며 먼저 주동적으로 호일기 등이 출수하기 전에 수중의 장검으로 광막을 만들며 끝없이 끊이지 않고 신검을 향해 쏘아들어갔다.

신검 호일기는 도광을 주시하고는 검초를 발출하지 않았고, 계속 끊이지 않고 들어오는 도광의 뒷쪽으로 후퇴하기만 하였다. 그러자 흑의인의 신형은 어느 틈엔가 알지못하는 사이에 병개와 료진 두 사람의 사이에 끼어버리게 되었다. 병개의 오봉과 료진의 장추가 서로 양측에서 공격해 들어갔다. 그러자 흑의인은 갑자기 일장 위로 뛰어 오르더니 몸을 뒤집고는 바로 한 줄기 빛으로 변해서 신검 호일기를 향해 쏘아갔다.

돌연간 사람의 마음을 흔드는 큰 외침이 들리더니 신검 호일기의 신형이 허공으로 뛰어 올라 반대로 아래로 쏘아져 내려오는 검광을 맞받았다. 허공 중에서 두 줄기 빛이 서로 마주치니 섬광이 번뜩이더니 사라졌다. 흑의인과 신검 호일기의 몸은 가볍게 지상으로 내려왔다.

두 사람 수중의 도검은 아마도 강력한 자력을 가지고 있는 것 같이 서로 떨어지지 않고 붙어 있었다. 흑의인은 두 눈에서 흉광이 폭사되고 있었고, 호일기는 위엄이 늠름하게 나타나 있었다. 계속 벽 위에서 관전하던 사진이 갑자기 소리를 지르며 말했다.

"아깝다!"

구혼염사 윤산이 이에 물었다.

"무엇이 아까운 가요?"

사진은 농담하는 모습으로 말했다.

"당신은 아는가? 호일기 수중의 보검이 평범한 것이 아니라는 것이 아까운 것이었소. 조금 전 저 괴인의 어도 일격으로는 당연히 지금 천하제일인이 되어야 했소!"

흑의인과 신검 호일기 두 사람의 도검이 부딪친 후 서로 진력을 다해 서로 대치하며 양보하지 않는 이 좋은 기회를 료진과 병개가 보고는 놓칠 수 없었다. 바로 위로 뛰어 오르며 흑의인의 등을 향해 공격해 들어갔다. 이때 아름답고 맑은 목소리가 들렸다.

"잠깐! 기다려요."

두 사람은 부득불 그녀의 말을 듣지 않으면 안된다는 것을 이해할 수 없었으나 즉각 공세를 거두게 되었다. 그리고 바로 머리를 돌리자 젊고 아름다운 소녀가 만면에 웃음을 가득 머금고 걸어오는 것을 볼 수 있었다.

第45장

眞假莫分

진가막분

두 사람이 그 미소를 보자 마음속의 살기가 대부분 사라졌다. 병개는 평온을 찾은 듯한 목소리로 말했다.

"낭자는 어떤 의견이십니까?"

진약람이 웃으며 말했다.

"두 분은 잠시 저와 이야기하시죠. 어떠신가요?"

병개와 료진 두 사람은 기다리지 않고 머리를 끄덕이며 답했다. 진약람은 신검 호일기와 흑의인을 향하여 부드럽게 말했다.

"좋습니다. 당신들 두 사람이 목숨을 걸고 결투를 하고 있는데, 부끄럽던 부끄럽지 않던 간에 빨리 손을 거두십시오. 제가 긴히 당신들에게 드릴 말씀이 있습니다."

그들은 서로 떨어진 연후에 엄숙하고도 조용하게 자리를 잡았다. 신검 호일기와 흑의인의 이마에는 모두 굵은 땀방울이 흘러내리고 있었다. 진약람은 웃으며 말했다.

"되었습니다. 당신들 두 사람은 그런 모습으로 진정으로 계속 겨루시려고 하시나요?"

흑의인은 말이 없었고, 신검 호일기는 평정을 유지하며 말했다.

"낭자께서는 어떤 하교가 있으신가요?"

진약람은 손을 펴서 감당할 수 없다는 모습을 하며 거꾸로 물었다.

"당신은 조금 전 저 사람을 데리고 산천좋은 곳에 가서 수심양성하도록 한다고 하지 않으셨나요?"

신검 호일기는 고개를 끄덕이며 말했다.

"틀리지 않습니다."

진약람은 웃으며 말했다.

"그렇다면 지금 제가 그를 데리고 가도록 하겠습니다."

말을 하자 마자 그녀는 섬섬옥수를 내밀어 흑의인의 손목을 잡더니 부드럽게 말했다.

"우리들은 갑시다!"

흑의인은 온순하게 고개를 끄덕였다. 두 사람은 몸을 일으켜 신검 호일기의 머리를 넘어 담을 넘더니 칠흙같이 어두운 밤 속으로 사라졌다. 신검 호일기는 갑자기 꿈에서 깨어난 듯이 소리치며 말했다.

"좋지 않다. 우리들은 저 계집애의 농간에 놀아났다."

말이 끝나기 전에 사람들이 이에 따라서 아주 빠른 신법으로 눈 깜짝할 사이에 담을 넘어 종적을 감추었다. 왕정산과 청련사태 및 사천 낭자 동화랑 세 사람도 약속도 하지 않았지만 동시에 담을 넘어 어두운 밤 속으로 사라졌다. 병개가 대갈일성하며 말했다.

"빨리 쫓아라!"

일시에 인영이 움직이더니 분분히 담을 넘어 눈 깜짝할 사이에 허공을 날아서 사라졌다. 그곳에는 눈을 뜨고는 볼 수 없는 시체 세 구만이 남았다. 진약람과 흑의인은 기쾌무비한 신법으로 교외를 향해 달렸다. 편벽한 곳에 이르자 진약람은 돌연 멈추어 서더니 말했다.

"힘들어 죽겠어요!"

흑의인은 걸음을 멈추고는 몸을 돌려 말했다.

"당신은 혹시 달리는 것이 피곤하다는 것인가?"

진약람은 고개를 흔든 후 가볍게 탄식하며 말했다.

"그 신검 호일기는 생각지도 못하게 정말 상대하기 힘들군요."

흑의인은 돌연 얼굴에 서리가 내린 듯 하더니 "흥"하고 소리내며 말했다.

"그가 어찌 상대하기 힘들다는 것이지? 만약 그의 수중의 보검이 아니었다면 그리고 또 그 화상과 거지가 그를 돕지 않았다면 그는 이미 일찍이 내 손아래 패했을 것이오."

진약람은 고개를 흔들며 말했다.

"저는 당신을 말한 것이 아닙니다. 저에게 한 말입니다. 당신은 조금 전 내가 까딱하다가는 그를 설복시킬 수 없었다는 것을 모릅니다."

흑의인은 정말 그렇지는 않다고 생각해서 그녀에게 조금 전 끼어들지 않았어야 한다고 말하려고 했으나 그녀가 온 몸에 땀을 흘리고 있고, 힘이 하나도 없는 가련한 모습을 보고는 모든 것을 참지 않을 수 없어서 하려던 말을 다시 삼킬 수밖에 없었다. 진약람이 가볍게 탄식하며 말했다.

"정말 사람들이 그를 신검이라 말할만합니다. 그의 검법과 심법은 이미 하나가 되었고, 그의 정력은 분명히 다른 사람보다 한 단계 높았습니다. 이것은 그 황해 칠왕후 필태충 또한 그를 한참 따라가지 못할 것입니다. 따라서 저는 이토록 힘이 들었나 봅니다."

흑의인은 갑자기 그녀에게 말을 하지 말하고 표시하고는 몸을 날려 길가의 작은 나무 위로 몸을 날렸다. 그 작은 나무는 노변에서 대략 일장 정도 떨어져 있었는데 그 주위는 잡초들이 어지러웠다. 흑의인의 신법은 쾌속하기가 이를데 없어 그가 몸을 날리는 듯 싶더니 이미 사람은 그 나무 위에 올라서 있었다. 이어서 바로 외침소리가 들렸다.

진약람은 이미 그가 다른 사람과 손을 쓰고 있다는 것을 알 수 있었고, 더욱이 태만하지 않고 신중하다는 것을 눈치채고는 그를 따라 몸을 날려 키가 작은 나무 뒤로 다가갔다. 흑의인이 살기충천하며 수중의 장검을 다시 흔드니 눈을 부시게 하는 광망이 펼쳐지며 상대방을 향해 찔러 들어가고 있었다.

진약람의 신형이 내려선 곳은 상대방을 또렷이 볼 수 있었는데, 상대방은 상인의 복색을 하고 있는 중년인이었다. 그 사람은 몸이 비교적 큰 것 이외에 보통의 상인과 큰 차이가 없었다. 수중에 병기 조차 들고 있지 않았다. 그러나 암중으로 놀라지 않을 수 없었는데, 그 중년 상인이 한 마디 쇠붙이조차 없이 조금 전 흑의인 수중의 장검을 피할 수 있었다는 것은 그의 무공이 높다는 것을 알 수 있기 때문이었다. 그렇지만 중년 상인은 흑의인의 도법이 매우 두려운 듯했고, 상대방이 칼을 흔들며 자신을 죽이려 들어오는 것을 보고는 소리치며 말했다.

"잠시 손을 멈춰 주시오!"

말을 마쳤을 때는 흑의인 수중의 장검이 이미 그의 가슴 앞까지 다가왔다. 흑의인이 돌연 손을 멈추고는 냉랭히 말했다.

"네가 만약 명확하게 말하지 않는다면 아마 너의 머리와 몸은 다른 곳에 있을 것이다."

중년 상인은 숙연한 얼굴로 말했다.

"제가 무엇을 말씀드려야 합니까?"

흑의인이 냉랭하게 말했다.

"너는 어떤 사람이냐? 이곳에 숨어서 무엇을 하느냐?"

중년 상인이 말했다.

"저는 장사하는 사람입니다. 그런데 잠잘 곳을 지나쳐서…."

흑의인은 냉소를 지으며 장도에 살기를 더해서 상대방의 전신을 감싸고는 물었다.

"나는 이미 너에게 한번의 기회를 주었다. 네가 만약 조금이라도 거짓을 말한다면 내 손에 정을 두지 않았다고 탓하지 말아라!"

중년 상인은 생각을 하더니 결심한 듯 말했다.

"좋습니다! 제가 당신에게 진실을 말하겠습니다. 하지만 저에게 한 가지 질문이 있습니다. 먼저 답해주실 수 있는지요?"

흑의인이 냉랭히 말했다.

"어떤 질문이냐?"

중년 상인이 말했다.

"감히 여쭙겠는데 대도문의 전인이십니까?"

흑의인은 갑자가 만면에 살기를 띠었다. 하지만 진약람이 이미 그가 대단히 화가 났다는 것을 보고는 즉시 그의 곁으로 가서 어깨를 나란히 하고 서자 흑의인의 살기가 돌연간 줄어들었다. 흑의인이 말했다.

"그것을 물어서 무엇하려느냐?"

중년 상인이 말했다.

"제가 이곳에 매복하고 있었던 것은 대도문의 전인의 행동을 감시하려는 것입니다. 조금 전 귀하의 날카로운 도법을 보니 전해지는 바 강호의 칠살도와 매우 흡사하였는데, 다만 대도문의 전인은 백의를 입기를 좋아하며 그 성정은 살인을 좋아한다고 들었지만 귀하는 일신에 흑의를 입었고, 동시에 성격도 듣던 바와 다른 것이 있었습니다.”

흑의인은 냉랭하게 말했다.

“너는 누구의 명령을 받고 이곳에 매복해 있었던 것이냐?”

중년 상인이 말했다.

“누구의 명령이라고 할 것도 없습니다. 이것은 다만 분파의 단위로 파견되어 왔을 뿐입니다. 귀하는 무림 중의 사람이니 이미 각 문파가 서로 협의하에 대도문 전인을 척결하려는 일을 들었을 겁니다.”

흑의인이 말했다.

“들은 바 있다. 하지만 상세한 형세는 알지 못한다.”

중년 상인이 말했다.

“칠살도가 강호에 다시 나타난 것에 대해 말씀드리면, 아마도 한 편벽한 어촌 마을에서부터입니다. 매년 해적들은 그를 대신해서 일류 고수들을 모아 그의 칠살도를 시험하도록 하였습니다. 아마도 적지 않은 사람이 그의 칼 아래 목숨을 잃었습니다. 그러나 듣자하니 그 사람들은 정파의 사람들이 아니었고, 죽어도 아까운 사람들이 아니었습니다.”

중년 상인은 여기까지 말하면서 흑의인의 표정을 유심히 관찰하였지만 사람을 압박하는 그의 눈빛 이외에는 어떠한 것도 읽어낼 수 없었다. 그러자 그는 계속 말을 이었다.

“이후 대도문의 전인이 사천 지방의 구려파의 오뢰진에 걸려들어 절벽 아래로 떨어져 매장되어 사망했다는 것이 알려졌습니다. 하지만 그 이야기가 전해지자 마자 대도문의 전인이 홀연히 다시 출현했다는 소문이 들렸고 그 기세가 흉흉했으며, 무림인들의 정사를 구분하지 않았으며, 일단 그를 만난다면 살육을 저지른다하니, 그가 닿는 곳에 피바람이 몰아쳤습니다."

흑의인이 냉랭히 말했다.

"그렇다면 사람들이 무슨 근거로 그 사람을 대도문의 전인이라 하는 것이냐?"

중년 상인이 말했다.

"그것이 정말 의혹스러운 점입니다. 남경표국의 총표두 심우가 말하기를 그 대도문의 전인은 가짜라고 했습니다. 만약 그가 대도문의 전인이라고 한다면 분명 당년의 어촌에서 일을 벌였던 그 사람은 아니라고 했습니다. 그러나 다행히 그의 칼 아래에서 목숨을 건진 사람들이 말하기를 그 사람의 성정이 살인을 좋아하고 도법이 기괴하며 독랄한 것이 천하에 대도문의 칠살도 이외에 다른 어떤 이도 그와 같을 수 없다는 것입니다."

흑의인은 아마도 상대방의 말을 연구하는 것 같았다. 중년 상인이 또 말했다.

"대도문의 전인이 진짜인지 가짜인지 상관없이, 또한 대도문의 전인이 몇 명이건 간에 이러한 살육의 씨앗은 무림인들의 공분을 샀습니다. 사람마다 모두 자발적으로, 이미 폐관한지 몇 년이 지난 신검 호일기 조차도 이미 친히 아미파의 정예들을 이끌고 이 일에 참여하였습니다. 그리고 기타 고수들도 이미 근거지를 벗어나 속속 참여하니 칠살도는 아마 무림에서 그 맥이 끊길 것이 분명합니다."

흑의인은 이상하리 만치 평정심을 유지하며 말했다.

"그렇다면 무림 중에는 머지않아 경천동지할 만한 폭풍우가 몰아치 겠구나. 특히나 내가 듣기에 당년 남해 심목령의 시형을 살해한 사건 에 대하여 어떤 이가 그 진상 내막을 조사해서 이미 그 막후인물을 찾 아내었다고 한다."

중년 상인은 얼굴에 기이한 빛을 띠었지만 순간적으로 그 빛이 사라 지며 빠르게 말했다.

"무림의 풍풍우는 이미 시작되었습니다. 조금 전 한 무리의 사람들 이 성으로 갔습니다. 아마도 지금 목숨을 건 격투가 시작되었을 겁니 다. 하지만 누가 이겼는지 모르겠습니다."

흑의인이 말했다.

"그 사람들은 누구를 죽이려 한 것이냐?"

중년 상인이 말했다.

"당연히 대도문의 전인입니다."

흑의인이 말했다.

"그렇다면 너는 왜 그곳으로 가서 힘을 보태지 않는 것이냐? 왜 이 곳에 숨어 있는 것이냐?"

중년 상인이 말했다.

"조금 전에 이미 말씀드리지 않았습니까? 저는 이곳에서 연락 일을 맡고 있습니다. 하물며 그쪽에는 신검 호일기, 병개, 그리고 천불동의 료진이 있으며, 거기에 칠왕후 필태충까지 있는데 만약 그들 선배들이 감당하기 어렵다면 제가 가보았자 소용이 없는 것입니다. 저는 이곳에 서 만일의 돌발적인 일이 일어났을 때를 대비하면서, 능히 그 소식을 전달할 수 있을 것입니다."

흑의인이 말했다.

"네가 말하고 있는 것은 매복을 하고 있는 것이 너 혼자가 아니라는 것이구나?"

중년 상인이 말했다.

"맞습니다. 주변 십리밖에 모두 매복이 있습니다."

흑의인은 냉랭히 웃으며 말했다.

"만일 대도문의 전인이 너를 발견했다면 너는 어떻게 할 것이냐?"

중년 상인은 놀라며 말했다.

"그렇다면…, 그렇다면…."

흑의인은 갑자기 흉광을 폭사하며 낮은 소리로 말했다.

"너에게 말해주마! 내가 바로 대도문의 전인이다."

중년 상인은 계속해서 뒤로 물러서며 말했다.

"귀하가 정말로 대도문의 전인입니까?"

흑의인이 냉랭하게 말했다.

"네가 그렇게 본다면 그렇다."

말을 하고 장도를 들어 앞으로 뻗으며 중년 상인의 가슴을 찔러 들어갔다. 중년 상인은 몸을 번개처럼 돌리며 흑의인의 도봉을 피했다. 흑의인은 냉소를 지으며, 장도의 한광이 번뜩이더니 "쏴쏴쏴"하고 한순간에 삼 초를 공격해 들어갔다. 그러나 이 삼 초는 모두 중년 상인의 교묘한 신법에 무위로 돌아가고 말았다. 진약람은 정말 의심스러워서 속으로 생각했다.

'이 중년 상인의 무공이 비록 높지만 적수공권으로 능히 흑의인의 네 초식을 피한다는 것이 정말 가능한 것일까. 이것은 분명 흑의인이 아마도 그의 목숨을 취하려 하지 않기 때문인 것 같다. 그렇다면 흑의인은 어떤 이유로 그렇게 하는 것일까?'

동시에 눈앞의 중년 상인은 절대 평범한 자가 아니다. 그는 이미 이곳에 매복해 있었고, 조금 전 흑의인에게 발각되었을 때 그는 당연히 그가 모두가 포위 공격하였던 대도문의 전인이라는 것을 알았다. 하지만 고의로 모르는 척을 하며 도리어 대도문의 죄상을 낱낱이 밝혔으며, 아울러 무림인들이 대도문을 주살하려고 한다는 사실까지 알려주었다. 그것은 무슨 뜻인가?

홀연간 그는 중년 상인의 심계가 대단하다는 것을 느꼈다. 그의 목적이 무엇인지 실제로 무엇인지 알 수 없었다. 그녀의 마음속에 이러한 의문이 있었는데, 그녀는 문득 흑의인도 원래 그 중년 상인이 그러한 계략이 있었다는 것을 간파하고 고의로 자신의 신분을 표명하였으며, 즉시 손을 써서 상대방을 살해하지 않았음을 깨달았다. 모두가 계략의 한 부분인 것이다. 그러나 일시적으로 그 두 사람이 어떤 음계를 가지고 있었는지 알아차릴 수는 없었다.

그녀의 생각이 돌고 있는 시각, 흑의인이 중년 상인에게 준 기회의 시간이 사라지고 있었다. 그러나 그는 몸을 벗어날 기회를 제때 얻을 수 있는지 알지 못하는지 도리어 자기가 지체하는 것이 얼마나 지신을 위태롭게 하는지도 알지 못했다. 흑의인의 도법이 돌연 변하면서 살기가 일었다. 진약람이 이상하다고 생각하던 그 시각 급박한 말발굽 소리가 들려오는 것을 들었다.

그 말발굽 소리는 매우 급박했는데 일순간 말발굽 소리에 더해 마차

바퀴 구르는 소리가 크게 일더니 그 근방까지 다가왔다. 그 무렵 흑의인이 장도를 뒤집자 도광이 혈광으로 바뀌더니 중년 상인은 신음소리를 내고 뒤로 몇 보 물러섰으며, 그의 팔 하나가 흑의인의 장검에 잘려 떨어져 나갔다. 그 바퀴 소리와 말발굽 소리가 돌연 멈추었다. 한 필의 말과 마차 하나가 진약람 등이 사람들이 조금 전 서있었던 대로변에 정지했다.

흑의인이 이미 칼을 갈무리하는 동시에 그의 신형은 이미 진약람의 신변으로 이동했다. 그는 가볍게 그녀를 안고는 몸을 구부려 무성한 잡초 속으로 몸을 숨겼다. 진약람은 암중으로 말 위의 기사에 패복할 수밖에 없었다. 그가 그렇게 시끄러운 말발굽 소리와 바퀴 소리 중에서도 이곳에 이상한 정황을 알아낼 수 있다는 것은 그의 경각심이 매우 높다는 것을 말해주며 실제로 보통 사람이라면 생각할 수도 없는 것이었다.

특히나 흑의인과 중년 상인 간의 결투가 있었던 곳은 높지 않은 나무와 잡초들로 가려져 있었기 때문에 흑야 중에 절대 안력으로 관찰할 수가 없는 것이었다. 진약람은 미약하게 비치는 별빛을 빌려 잡초 사이에서 밖을 살펴보았다. 말을 탄 기사는 한 청년이었는데, 백의를 입었고, 등에는 장도를 매고 있었다. 다시 자세히 바라보면서 암중으로 놀라지 않을 수 없었다. 그 청년의 옷이나 얼굴의 윤곽, 그리고 두 눈에서 빛나는 한광은 바로 자기가 어촌에서 보았던 려사가 아니면 누구이겠는가? 그녀는 머리를 돌려 옆의 흑의인을 바라보았다. 그리고는 마음속에서 한 가지 의문이 생겼다.

'그렇다면 이 흑의인은 도대체 누구란 말이냐?'

흑의인 또한 두 눈을 번뜩이며 밖을 지켜보고 있었다. 그러나 그는 얼굴에 표정을 짓지 않았기에 진약람은 어떠한 기색도 눈치챌 수 없었다. 말 위의 그 백의 청년은 머리를 돌려 그들 쪽을 바라보았다. 두 눈동자가 어둠 속에서 흉광을 발출하였는데, 진약람이 어촌에서 보았던 것 보다 더 사람을 두렵게 만드는 눈동자였다.

백의 청년 곁에는 화려한 마차가 있었는데 마차는 붉은 막이 드리워져 있었고 바람이 통하지는 않는 듯 싶었다. 그 마차를 모는 자는 한 명의 표범과 같은 대한이었는데 사십 정도 되어 보았으며 일신에 경장을 입고 있었고 얼굴에 살이 많이 올라 있어 정말 흉포하고 야만적인 사람이라는 것을 한눈에 알 수 있었다. 그 백의 청년이 갑자기 얼굴에 살기를 띠고는 말을 몰아 진약람 등이 숨어 있는 잡초 더미로 다가갔다. 그러나 이때 마차에서 미약한 여인의 소리가 들리며 말했다.

"우리는 갑시다. 다시 시간을 지체한다면 때를 맞추지 못할 겁니다."

진약람은 놀라서 심장이 멈추지 않았다. 그 여인의 목소리는 익숙한 것 같았다. 하지만 일시에 도대체 누구의 목소리인지 생각나지 않았다. 그 백의 청년은 아마도 그만두고 싶지 않았으나 감히 그녀를 따르지 않을 수 없었다. 따라서 진약람 등 두 사람이 숨어있는 곳을 한 번 바라보더니 천천히 말머리를 돌려 마차 곁으로 다가갔다. 그들의 가는 방향을 보니 진약람 등이 조금 전 왔던 방향과 정반대였다. 진약람은 머릿속에서 생각하지 않을 수 없었다.

'그들이 다시 앞으로 간다면 어찌 신검 호일기 등과 만나지 않겠는가? 그렇다면 마차 속의 그 여자가 따라가야 한다는 것은 신검 호일기 등인가, 아니면 내 신변의 신비한 흑의인인가?'

그녀의 머릿속에서는 해답을 알 수 없는 의문들이 계속 맴돌았다. 귓가에 갑자기 급한 말발굽 소리가 들렸다. 이번 말발굽 소리는 그 기세가 더 우렁찼는데 들어보니 아마도 조금 전의 백의인이 왔던 방향으로부터 달려오는 것 같았다. 말발굽 소리가 들려오는 동시에 사방에서 "쉬쉬"하고 바람소리가 들리더니 평지에서 갑작스럽게 불꽃이 일어나 하늘 위로 올라가더니 허공 중에서 사라졌다. 정말 기이한 장면이 아닐 수 없었다.

이 갑작스러운 변화에 본디 말을 몰아 앞으로 가려던 백의 청년은 부득불 말을 멈출 수밖에 없었으며, 고개를 돌려 관찰하기 시작했다. 말발굽 소리가 가까워지면 질수록 그 소리는 벼락치는 듯 폭우가 내리는 듯 그 기세가 놀라웠다. 하늘로 날아가는 불꽃은 계속 이곳 저곳에서 끊어지지 않았다. 말 위의 백의 청년은 갑자기 음산하게 웃더니 자신에게 혼잣말을 하는 듯이 말했다.

"따라갈 필요가 없지. 이곳에 알아서 찾아오는구나."

이때, 잡초 속에 은신하고 있던 흑의인이 갑자기 진약람을 잡아 끌어당기더니 조용히 말했다.

"우리들은 잠시 이곳에서 살펴봅시다. 당신이 잠시 내 말을 따랐으면 하오. 나는 생각이 있소."

진약람이 조용히 말했다.

"당신이 먼저 당신의 생각을 말해주세요. 제가 따라야 하는지 아니면 당신이 제 말을 들어야 할 지 알아야 하니까요."

흑의인이 가볍게 탄식하며 말했다.

"이 일을 말하자면 깁니다. 당신에게 알려주지 않으려 하는 것은 아닙니다. 실제로 나는 짧은 시간 동안 당신에게 말할 자신이 없소. 그러나 이 한 점은 당신에게 말할 수 있소, 나는 내가 아마도 조금 변한 것 같다는 것이오."

진약람은 맑고 아름다운 두 눈을 뜨고는 무엇이라고 말하지 않았고 얼굴에 형용할 수 없는 미소를 지었다. 그러나 흑의인은 이러한 온화한 미소에 어떻게 대처할지를 몰랐다. 벼락같은 말발굽 소리가 점차로 빨라지고 말울음 소리가 들리며, 십 여필의 말이 빠르게 백의 청년과 마차 주위를 순식간에 에워쌌다. 십여필 말 위의 사람들의 복색은 같지 않았다. 그러나 그들은 나이가 모두 사십이 넘는 듯한 중년인들이었다. 백의 청년은 매우 안정된 모습으로 두 눈에 살기를 가득 띠고는 냉랭히 주위를 바라보면서 한편으로는 모골을 송연하게 만드는 괴이한 냉소를 지었다. 비교적 소박하게 입은 장한이 말을 꺼냈다.

"바로 이 사람이다. 오늘 밤 그를 놓쳐서는 안된다."

백의인은 어떤 사람이 말하는 것을 보고는 두 눈에 흉광을 띠고 소박하게 입은 장한을 바라보며 물었다.

"너는 누구냐?"

그 장한이 말했다.

"귀하가 우리들을 잊었다니 생각지도 못했소."

백의인은 소리 높여 질타하며 말했다.

"누구인지 빨리 말해라. 더 쓸데없이 지껄이면 너의 목숨은 없을 줄 알아라!"

그 장한은 화가 머리끝까지 나서 냉소를 지며 말했다.

"본인은 연위보 왕건이다. 오늘 밤에 가주를 대신해서 빚을 받으러

왔다."

흑의인은 냉랭하게 물었다.

"너는 내가 어떤 사람인지 아느냐?"

왕건은 "하하"하고 웃은 후 얼굴을 굳히며 말했다.

"너는 칠살도의 려사이다. 가주와 오형제의 생명, 네가 재가 되어야 알겠느냐?"

백의인이 말했다.

"확실히 내가 려사인 것을 아는구나. 그런데도 감히 죽으려 덤비느냐."

말을 마치고는 등에 매었던 장도를 "창"하고 발출하니 사방이 이미 음산한 도기로 가득 찼다. 왕건은 감히 태만할 수 없어서 즉각 말안장으로부터 장창을 하나 꺼내 들더니 크게 소리치며 말했다.

"이 칠살도가 지극히 독랄하다는 것을 각위들은 들은 바가 있을 것이오. 오늘 밤의 결투에서는 우리들이 반드시 한 마음으로 합력하여야 할 것이오. 모두들 조심하시오!"

이 말이 끝나자 말 위의 이십 여 명의 장한들이 분분히 병기를 꺼내 들자 일시에 고광검영으로 가득 차며 살기가 등등해졌다. 백의인은 말을 하지 않고 두 발로 말의 배를 치며 말을 몰아 왕건을 향해 쳐들어갔다. 수중의 장검에서 강대무비한 검광을 발출하면서 가로로 왕건의 허리를 베며 들어갔다. 왕건은 칠살도의 위력을 알았다. 따라서 바로 사문의 절학인 독룡창법을 사용하여 상대방의 도세를 막아갔다.

나머지 사람들이 손을 쓰기 시작하며 바로 분분히 출수하기 시작하였는데, 어떤 이들은 말을 타고 공격해 들어갔고, 어떤 이들은 말에서 내려 공격을 감행했다. 일시간에 쇠붙이들이 부딪치는 소리가 들리고 사람의 비명 소리와 말의 울음 소리가 섞이는 살육이 시작되었다.

진약람은 차가운 눈빛으로 백의인의 도법을 관찰했다. 그러나 흑의인의 도법과 우열을 가릴 수가 없었다. 결투가 시작되었을 때 십 여인이 함께 공격하며 도검이 서로 교차하였다. 사면팔방에서 백의인을 공격해 들어갔는데, 대부분 백의인이 그 공세를 막지 못할 것이라 생각했지만, 백의인이 가볍게 소리를 치며 수중의 장검을 들어 돌연히 광막을 만들었다. 그 광막은 처음에는 작았지만 점차로 커지면서 공격해 오는 사람들을 모두 물리쳤다. 백의인은 그를 따라서 말에서 내렸다. 왕건 등의 사람들도 상대방이 말에서 내리자 모두 말에서 뛰어 내렸다.

그러나 이러한 가운데에서 백의인은 이 정세를 모두 파악하고 장도를 번뜩이며 섬전과도 같이 말에서 내려서 아직 신형이 안정되지 않은 장한 한 사람을 공격해 들어갔다. 이 일도는 대단히 빨라서 그가 공격해 올지 장한은 생각지도 못했다. 비명 소리가 들리자 장도는 이미 그의 허리를 갈랐다. 장한은 장도에 의해 이미 두 도막이 나고 말았다. 그 장한의 비명소리가 들린 후 굳게 닫힌 마차 안에서 적지만 괴이한 여자의 웃음 소리가 들렸다. 그 웃음 소리는 아마 흥분해서 나온 것 같았는데, 사람들로 하여금 모골송연하게 만들었다. 십여 명의 사람들 모두 두려움을 느끼지 않을 수 없었다. 왕건은 참지 못하고 큰 소리를 치며 물었다.

"저 마차 안에 있는 자는 누구냐?"

백의인은 낮은 목소리로 말했다.

"너는 누구를 관여하려는 것이냐? 너나 빨리 염라대왕을 만나는 것이 좋을 것이다.”

말이 끝나기도 전에 도광이 이미 그에게 이르니 그 일도는 백의인이 전력을 다한 것 같았으며 바로 왕건을 처리하려 하는 것 같았다. 그 도광이 폭사되니 검기가 노도처럼 밀려가 왕건의 전신을 휘감았다. 왕건이 수중의 장창을 흔들며 독룡창의 절초를 시전하자 송이 송이 창꽃이 피어나듯이 검광 속으로 파묻혀 들어가는 것 같았다.

독룡창으로 연위보는 사천 지방을 평정할 수 있었다. 따라서 스스로 자신이 있었다. 창법이 상대방의 공세를 맞이하자 상대방의 검세는 즉각 크게 감소했다. 사면팔방에서 공격을 하려던 대한은 백의인의 검기가 갑자기 줄어드는 것을 보고 바로 도검을 교차하며 다시 백의인을 공격해 들어갔다. 그의 첫 공세는 조금 전의 것과 천양지차였다. 백의인이 일도에 자신들 동반의 허리를 갈라놓았는데, 그 도법이 독랄하고 잔인한 것에 모두들 크게 분노하였기 때문이다.

사면팔방의 도검은 번개와 벼락과 같은 웅건한 기세를 지녔다. 모두들 백의인의 각처를 향하여 엄습하였는데, 그 기세가 사람을 놀라게 하였으며 천군만마의 위세를 지녔다. 그 형세를 보니 백의인이 하늘의 이치를 알고 있다고 하더라도 절대로 이렇게 날카롭기 그지없는 공세를 피하기는 어려워 보였다.

이럴 때 마차 안에서 갑자기 날카로운 소리가 들렸다. 그 소리는 지극히 짧고 급했는데, 귀에 들어가자마자 사라졌다. 사람의 소리같기도 하고, 짐승의 소리같기도 했다. 사람들은 자신들이 잘못 들었나 싶었다. 이 결투에 손을 쓰고 있는 모든 사람들이 모두 그 소리에 염두를 두지 않고 있었지만 백의인의 눈만이 갑자기 붉은 불이 타오르는 것 같이 변하더니 긴 휘파람을 불었다. 그 휘파람 소리는 무산의 원숭이가 울부짖는 것 같이 사람의 마음을 움직였다.

손을 쓰던 사람들은 모두 이 휘파람 소리에 흔들려 공세를 늦추고 말았다. 돌연간 도광이 길게 수 척 늘어나더니 이어서 몸을 돌리자 광망이 섬전처럼 큰 원을 그리게 되었다. 원이 만들어지 곳에서는 "챙챙 땅땅"하고 병기가 부딪치는 소리가 들리더니 아울러 두 줄기 비명 소리가 들렸다. 또 두 사람이 백의인의 칼 아래 목숨을 잃었다.

제46장

七殺秘笈

칠살비급

포위 공격하던 사람들은 가슴이 추워지는 것을 느끼고는 분분히 뒤로 물러섰다. 백의인은 이미 살심이 일었는지 수중의 장검으로 연속 세 사람을 죽였지만 도광은 여전히 사라지지 않았다. 그가 갑자기 또 사람의 마음을 흔드는 긴 휘파람 소리를 내고, 신형을 위로 뛰어올리더니 허공에서 몸을 뒤집어 수중의 장검으로 만 줄기 광망을 만들어 하늘에서 은빛 비가 내리는 것과 같이 동시에 각기 다른 사람의 머리를 향해 쏘아져 내려갔다. 왕건은 대경실색하였다. 이와 같이 사람을 놀라게 하는 도법은 이전에 본 적이 없었고 들은 적도 없었다. 그는 생각했다.

'이것으로 목숨은 끝나는구나. 눈을 감고 사신이 오기를 기다리자.'

왕건은 백의인의 도봉이 자신의 어느 곳을 공격할지를 알지 못했다. 따라서 전신의 모든 곳에서 긴장이 되며 칼을 맞을 준비를 하고 있었고, 신변에서 "쨍"하는 소리가 들리기를 바랬다.

소리는 그렇게 크지 않았지만 왕건은 기에 눌려서 거의 쓰러질 뻔하였다. 힘들게 그의 신형을 안정적으로 자리잡고 바라보니 백의인은 이미 몸을 날려 땅으로 착지하였으며, 칼을 가슴 앞에 가로로 하고서 우뚝 서있었다. 백의인의 앞에는 장발을 날리며 장엄한 신태를 하고 있는 도사 한 사람이 늘어있었다. 그 도사의 수중에는 빛나는 보검이 들려있었는데 검 끝이 백의인이 가로로 들고 있는 도봉을 점하고 있었다.

두 사람은 움직이지 않고 상대방을 응시했다. 장 중의 많은 사람들, 마차를 몰고 있는 하인까지를 포함해서 마가 끼인 것 같이 생각하지 않은 자가 없었으며 눈을 크게 뜨고 백의인과 도사를 바라보았다. 순간 숨쉬는 소리도 들리지 않았다.

왕건이 가볍게 숨을 고르는 그 짧은 시간에 깜짝 놀라고 말았다. 그가 호흡하는 동안에 한기가 그의 코와 입 사이로 들어오며 그의 내장을 뒤집어 놓은 것이다. 그는 깜짝 놀라며 즉각 호흡을 안정시키고는 운공하여 한기를 억제했다.

다행히 날뛰던 혈기를 안정시키고 바라보니 자기와 함께 온 동반 중 한 사람이 땅 위에 쓰러져 있었다. 다행히도 조금 전 백의인에 의해서 살해된 세 구의 시체 이외에 다른 시체를 발견할 수 없었다. 아마도 저 도사가 때맞춰 백의인의 엄청난 일 초를 와해시키고 십여 명의 생명을 구한 것이리라.

그러나 그 도사가 어떤 수법으로 왕건이 죽음을 기다리고 눈을 감게 만든 일 초를 와해시켰는지 알 수 없었다. 왕건은 후회가 막급했다. 자신이 눈을 감고 죽음을 기다리지 않았다면 아마도 안목을 크게 넓힐 수 있었기 때문이다.

"아미타불."

일성 불호가 적막을 깨뜨렸다. 장 중에는 한 명의 화상과 거지가 더

늘었다. 이 일승일개一僧一丐가 소리도 없이 온 것이 아마도 진흙 속에서 갑자기 솟아난 것 같았다. 왕건은 또 놀라지 않을 수 없었다. 마음 속으로 천하에 기인 인사들은 정말 심기막측하구나 생각이 되었다. 연성보의 독룡창법이 천하무적이라 여겼건만 오늘 와서 견줘보니 정말 어디에 비해야 할 지 참담하기 그지없었다.

이렇게 생각을 하는 동안 갑자기 또 옷자락이 바람에 날리는 소리가 들려오더니 허공 중의 검은 인영이 눈에 띄었다. 목광이 닿는 곳에 또 열아홉 명이 있었다. 그들 열아홉 명은 각양각색이었다. 남자도 있었고, 여자도 있었다. 도사도 있었고 여승도 있었다. 또 농사꾼으로 분장한 사람이나 무사의 옷을 입고 있는 사람 등 없는 사람이 없이 모두 갖춰진 모양이었다.

"아미타불."

그 화상이 크고 맑은 소리로 불호를 또 외웠다. 그는 눈앞의 세 구의 시체를 바라보더니 말을 했다.

"장강의 뒷물결이 앞물결을 밀어낸다고 하더니 과연 사람을 속이는 말이 아니었구료. 한 명의 흑살성이 천지를 피비린내로 진동시키더니 또 한 명의 백요마가 나타나서 혈겁을 저지르는구나. 대자대비하신 부처님, 오늘 밤은 이들의 영혼을 구제하여 주십시오."

말을 마치고는 옆에 있던 거지에게 손으로 신호를 보내자 그 두 사람은 좌우로 나누어 서며 도사와 백의인을 향하여 걸음을 옮겼다. 두 사람의 걸음은 지극히 느렸지만 그들의 매 걸음 걸음에 모두들 무형의 압력이 자기를 향해 밀려들어오는 것 같이 느꼈으며, 대기가 그에 따라서 압축되는 것 같아 마치 때가 되면 갑자기 폭파하여 터져버릴 것 같았다.

일승일개는 눈 깜짝할 사이에 도사의 신변으로 가서 좌우로 나누어 섰다. 오른쪽 화상은 손에 무거운 대장추를 천천히 들어 올렸다. 왼쪽의 거지는 손에 든 칠흙같이 빛나는 가늘고 긴 봉을 천천히 뒤쪽을 향하여 빗겨 들고 있었다.

갑자기 그 도사의 검 끝이 가볍게 백의인의 장검을 가볍게 두들기자 소리가 나며 도사의 몸이 갑작스레 뒤로 물러났다. 백의인 또한 그 소리에 따라 뒤로 두 걸음 물러났다. 화상과 거지는 동시에 놀라며 즉각 그 소리에 반응하며 신형을 빠르게 날려 도사의 뒤로 물러섰다. 세 사람은 길게 열을 지어 섰다. 화상은 이해할 수 없다는 듯이 말했다.

"아미타불! 빈승은 노개와 함께 일거에 저 백의요인을 제거하려고 했는데, 도장은 어찌하여 뒤로 물러선 것입니까?"

도사가 고개를 흔들며 말했다.

"빈도 또한 이상하여 이해할 수 없소."

화상과 노개는 이구동성으로 물었다.

"무엇이 이상하다는 것입니까?"

도사는 굳은 얼굴을 하고서 말했다.

"아! 한 마디로 말하기 어렵소."

말을 하며 백의인에게 공수하고는 말을 이었다.

"감히 묻건데 귀하는 대도문 칠살도 전인이요?"

백의인의 입이 가볍게 흔들리며 말을 할 듯 하더니 끝내 입을 열지 않았다. 장 중은 일시에 죽은 듯이 고요해졌다. 모두의 목광이 백의인 얼굴로 집중되며, 도사의 질문의 답을 기다리는 듯 했다. 그러나 한참

이 지나도록 백의인의 입술이 서너차례 가볍게 움직일 뿐 그의 대답을 들을 수는 없었다.

따라서 사람들은 모두 백의인이 무엇을 말하려고 했는지 궁금해 견딜 수 없었다. 침묵이 흐르는 동안 금의 화복을 입은 중년 남자는 사람 무리 중에서 나와 도사의 뒤로 걸어가서 몸을 굽히고 숙연한 모습으로 말했다.

"장문인에게 보고드립니다. 저 자가 바로 제자가 보았던 려사입니다."

도사는 고개를 돌려 바라보지 않고 가볍게 고개를 끄덕인 후 목광으로 백의인을 주시한 후 높은 소리로 외쳤다.

"정산!"

사람 무리 속에서 한 사람이 낭랑하게 대답했다.

"제자 정산입니다."

말과 함께 중년 도사가 큰 걸음으로 걸어 나와 금의 중년인에게 궁신하고 함께 섰다. 도사는 고개를 또 돌리지 않고 말했다.

"네가 보기에 어떤가?"

중년 도사는 공손한 목소리로 말했다.

"제가 또한 사제의 생각과 같습니다. 다만…."

도사는 낮은 소리로 말했다.

"다만 무엇이냐? 빨리 말해라!"

중년 도사가 맑했다.

"이 사람은 려사와 조금 다른 점이 있습니다."

도사가 말했다.

"어떤 점이 다른가?"

중년 도사는 생각하더니 말했다.

"제자 생각은 있습니다만 일시에 말씀드릴 수가 없습니다."

도사는 고개를 끄덕이며 말했다.

"좋다. 너희들 두 사람은 물러나거라."

금의 중년인과 중년 도사는 모두 응하며 사람들 무리 속으로 다시 들어갔다. 도사는 긴 수염을 표표히 날리며, 얼굴에 평정심을 유지하며 그 백의인을 향해 말했다.

"빈도 등은 대도문 칠살도의 전인을 찾고 있소. 시주는 어찌하여 스스로를 밝히지 않는 것이요?"

백의인이 "하하" 웃자 소리는 올빼미가 우는 듯했고, 그 얼굴색이 어두워지더니 한기를 음험하게 내뿜으며 말했다.

"당신들이 대도문 전인을 찾는데 이렇게 많은 사람들을 동원하고서도 아직 대도문의 전인이 어떤 모습인지도 모르니 정말 사람을 웃겨 죽게 만들 작정이구만."

백의인의 매 한 마디 한 마디는 모두 조롱의 뜻이 담겨있어 사람들은 정말 견디기 어려웠다. 하지만 도사는 전혀 관계없는 듯이 평정을 유지하며 말했다.

"시주는 어찌 우리들이 많은 인원을 동원한 것을 알고 있는 것이요. 이 일은 우리들에게 작은 일이 아니니 시주는 명백히 밝혀주시오."

백의인은 차갑게 말했다.

"너는 본인을 위협하는 것이냐?"

도사는 포권하며 말했다.

"빈도가 어찌 그러겠소. 오해하지 않기를 바라며 또 다른 원한을 만들지 않았으면 좋겠소."

백의인이 갑자기 흉악한 기운을 띠우며 "하하"하고 웃으며 말했다.

"네가 말한 그 원한의 대상은 바로 본인을 말하는 것인가? 아니면 너희들 자신을 말하는 것인가?"

도사가 평정을 유지하며 말했다.

"시주는 총명한 사람이니 눈앞의 정세를 보면 바로 빈도가 말한 것이 누구인지는 알 수 있을 것이오."

백의인은 냉소하며 말했다.

"좋다. 본인이 눈앞의 정세를 분석하여 너에게 알려주겠다. 너는 신검 호일기다. 맞느냐?"

도사는 공수하며 말했다.

"맞소. 호일기가 바로 빈도의 속가 이름이오."

백의인은 냉소하며 수중의 장검을 흔들며 신검 호일기 오른편의 화상을 가리키며 말했다.

"너는 스승의 명을 어기고 소림 나한신공을 사용하여 막북칠절을 죽인 후 소림문 밖의 천불동으로 쫓겨난 료진 아닌가?"

그 화상은 눈을 감고 어떤 말도 하지 않았다. 전장에 있는 사람들 중 신검 호일기와 그 거지 이외에 모두 그 화상의 얼굴을 보지 않는 이가 없었다. 왕건은 크게 놀라며 무공이 화경에 이른 막북 칠라마漠北七喇嘛가 이전에 협공하여 한 고인을 상대하다가 도리어 죽었다는 이야기를 들은 바가 있었는데, 막북칠절을 죽인 이가 눈앞의 화상이라는 것은 생각지도 못한 일이었다. 또 그를 놀라게 한 것은 막북 칠라마를 죽인 전설은 이미 삼사십년 전의 일인데 눈앞의 이 화상은 오십을 넘기지 못한 것과 같은 모습을 하고 있다는 것이다. 생각이 이에 미치자 그는 실소를 금치 못했다. 무공이 이런 경지에 이른 사람을 어찌 그의 외표로 실제 나이를 짐작할 수 있겠는가?

다른 사람 중에서도 비록 그가 천불동의 료진인 것은 알고 있었지만 그 료진이 당년에 막북칠절을 살해한 그 신비한 고인이라는 것을 모르는 사람들도 있었다. 따라서 다른 눈으로 그를 바라보았으며, 목광이 료진 화상의 얼굴에 집중된 것이다.

그러나 료진 화상은 눈을 낮게 깔고는 입으로 무슨 말인가를 중얼거리고 있었으니 어느 누구도 그가 어떤 말을 하고 있는지는 알 수 없었다. 신검 호일기의 얼굴에는 혼란스러운 듯 복잡한 표정이 떠올랐다. 어떤 문제를 생각하고 있는 듯 싶었다. 백의인은 냉랭히 웃으며 장도를 신검 호일기 좌측편에 있는 거지를 가리키며 말했다.

"너는 아마도 밥 빌어먹고 사는 하류 잡배들이 신처럼 떠받든다는 병개군. 그러나 듣자하니 너는 이미 죽어서 썩어 문드러졌다고 하는데, 어찌하여 오늘 밤 귀혼이 되어 다시 온 것이냐?"

병개는 냉랭히 소리치며 말했다.

"맞다. 이 늙은 거지는 이미 죽어서 썩어버렸다. 그러나 지옥에서 많은 거지들의 원혼이 나를 이승으로 나가 빚을 갚으라고 한 것이다."

백의인은 "하하"하고 웃으며 얼굴을 신검 호일기로 돌리며 오만하게 말했다.

"어떠냐? 본인이 눈앞의 정세를 정확하게 보고 있느냐?"

신검 호일기가 말했다.

"그렇다면 시주는 분명 우리 세 사람의 연합 공격에 이길 수 있다는 것이오.”

백의인은 놀라지 않을 수 없었다. 아마도 세 사람의 신분으로 보았을 때 그들이 연합하여 합공한다는 것을 예상하지는 않았던 것 같았다. 신검 호일기는 얼굴 빛을 정리하여 엄숙히 하더니 말했다.

“빈도 등의 사람들은 악을 척살하고자 하는 것이며, 무학을 인증하려는 것이 아니다. 청컨대 시주는 신분을 빨리 말하시오.”

백의인의 두 눈에서 홍색이 솟아 오르더니 말했다.

“너는 내가 너희들 세 사람의 협공을 두려워하는줄 아느냐?”

료진대사는 곁에서 참지 못하고 말했다.

“호도장 제가 보니 이 자의 악행 또한 산과 같이 거대하니 대도문의 전인이 아니라고 이곳에서 그대로 보낼 수 없다고 생각합니다. 조금 전 그가 세 사람을 죽인 수법은 잔혹하고 흉악하기가 그지 없었습니다. 어찌하여 그에게 시간을 낭비해야 합니까?”

병개 또한 다른 쪽에서 그를 이어 말했다.

“이 늙은 거지는 이제까지 쉽게 말로서 판단하지 않았습니다. 그러나 지금 감히 도박을 한다고 하더라도 이 일대에서 악행을 행하며 무고한 사람들을 감히 살육한 자는 분명 열이면 아홉, 이 백의인이라 할 수 있습니다.”

백의인은 냉소를 지으며 오만하게 말했다.

“그 거지가 말한 것이 틀리지 않다. 나는 이 길을 오는 동안 확실히 적지않은 거지들을 죽였다. 그렇다면 너는 어쩔거냐?”

병개는 대노하며 수중의 세봉을 휘두르며 큰 걸음으로 백의인을 향하여 다가갔다. 신검 호일기가 말했다.

"멈추시오!"

병개는 호일기에 대하여 지극히 존중하는 바가 있었다. 비록 그의 거동은 이미 시위가 당겨진 화살같았으나 호일기의 말을 들은 후 멈추어서서 말했다.

"도장은 어떤 분부이신가요?"

신검 호일기가 말했다.

"저 자의 계략에 빠지지 마십시오. 우리들은 함께 협력해야 이 원흉을 물리칠 수 있습니다. 비록 무슨 무림 중의 큰 의거라 할 수 없지만 상대는 최근 백년 이래 만나기 어려운 인물입니다. 우리들이 서로 뜻을 합해 돕지 않는다면 스스로 멸망을 초래할 뿐입니다. 그렇지 않으려면 형제는 우리들의 조금 전 방법으로 일을 처리해야 합니다. 제 뜻을 아셨는지요?"

병개의 병색 가득한 얼굴에 한 순간 부끄러운 기색이 나타나며 바삐 몸을 돌려 포권하며 말했다.

"도장의 말씀이 옳습니다."

신검 호일기도 연이어 포권하며 예를 취하고는 말했다.

"너른 아량에 감사드립니다. 빈도가 분명히 해야 할 것이 몇 가지가 있습니다. 우리들은 이후에 천천히 행동해도 될 것입니다."

병개가 말했다.

"도장의 분부를 따르겠습니다."

말을 마치고는 몸을 돌려 신검 호일기의 신변으로 돌아가서 삼인이 일자 -字 배열로 섰다. 신검 호일기는 천천히 생각하더니 말을 꺼냈다.

"빈도가 보자하니 이 시주는 대도문의 진정한 전인이 아니군요."

이 말은 병개나 료진에게 말하는 것 같기도 하고, 정면의 백의인에게 말하는 것 같기도 하였다. 어찌되었든 이 말이 나오자 장 중의 모든 사람들은 놀라지 않을 수 없었다. 마음속으로 신검 호일기의 신분으로 어찌 마음속의 말을 이토록 쉽게 내놓을 수 있는지, 아마도 그 중에 어떤 이유가 있을 것 같았다. 그 백의인은 냉소를 지으며 멸시하는 듯한 어조로 말했다.

"내가 대도문의 전인이 아니라면 누가 대도문의 전인이란 말인가?"

신검 호일기가 얼굴색을 어둡게 하며 말했다.

"려사! 려사야 말로 진정한 대도문의 전인이며, 시주는 려사가 아니오."

신검 호일기의 한 자 한 자는 정으로 쇠를 가르는 듯 했다. 장 중의 사람들은 한 자 한 자 들릴 때 마다 어떤 물체가 가슴을 두드리는 것 같이 가슴이 뛰기 시작했다. 신검 호일기의 신색을 보니 이미 평정을 회복하였고, 조용한 말투로 말을 이었다.

"시주가 비록 려사는 아니지만 분명 최근 강호에서 혈겁을 일으켰던 원흉은 맞소. 당신은 어찌하여 대도문의 이름을 흉내내 여기저기에서 혈겁을 일으켰소."

백의인은 냉소하며 말했다.

"웃기는 소리! 본인이 대도문의 이름을 사칭한다고? 너는 어떻게 본인이 려사가 아니라고 생각하는 것이냐?"

신검 호일기가 말했다.

"당년 우문등 선배가 창안한 칠살마도는 그가 살아있는 동안에 어떠한 제자도 받들이지 않았기 때문에 극소수의 사람만이 갖은 애를 써서 그의 도법을 흉내낼 수 있었소. 이는 모두들 다 알고있는 사실이오.”

신검 호일기는 모두가 알고 있는 사실을 먼저 말했다. 장 중의 사람들은 모두 정신을 집중하여 그의 말을 듣고 있었다. 료진과 병개 만이 가볍게 고개를 끄덕였다. 신검 호일기가 계속 말했다.

“우문등 선배는 자신의 필생의 노력의 결과가 헛되이 사라질 것을 두려워하여 죽기 전에 친필로 자신의 일생의 무공을 비급으로 기록했소. 그리고는 그 비급과 그가 평생 사용하던 보도를 두 곳에 나누어 감춘 후 후세의 인연이 있는 이에게 남겨 두었소. 따라서 대도문의 전인은 광세 기연으로 그 비급을 얻은 사람이 되는 것이오.”

백의인은 냉소를 지으며 말했다.

“무슨 쓸데가 있다고 그런 이야기를 하는 것이냐. 우문등 선배는 이미 사십여년 전에 우화등선했다. 만약 생전에 전인이 있었다면 일찍이 출현했을 것이다. 하필 지금까지 기다릴 이유가 있겠느냐?”

신검 호일기가 말했다.

“문제는 그 유일한 비급을 려사가 얻었다는 것이오. 빈도는 일찍이 친히 그의 신상에서 그 비급을 훔쳐서 부본을 만든 바 있소. 따라서 이것은 절대 거짓이 아니오.”

백의인은 무겁게 소리내며 말했다.

“본인은 바로 비급을 몰래 훔쳐 베낀 범인을 찾으러 쇠신발이 닳도록 헤매었다. 지금 스스로 자기 죄를 자백한 자, 생각지도 못했다. 당당한 일대 아미파의 장문이 바로 그 도둑이라니.”

신검 호일기는 지극히 장엄한 얼굴을 하고서는 담담한 미소를 띠고서 무슨 신나는 일이 있는 듯 득의한 표정으로 말을 이었다.

"시주는 거짓말을 하지 마시오. 당신은 이미 나에게 스스로 무의식 중에 자신의 일을 말해버렸소. 빈도를 대신해서 스스로 려사가 아님을 말이오."

이 말이 나오자 장주의 사람들은 모두 의혹을 떨칠 수 없어 생각했다.

"신검 호일기가 어떤 곳으로부터 백의인이 자백하도록 하였을까."

중인들은 어찌되었는지 그 결과를 조급히 알고 싶어했다. 그러나 백의인과 호일기 두 사람 누구도 다시 말을 하지 않았고 상대방을 응시하고만 있었다. 피차지간 상대방의 마음을 뚫어보려는 것 같았다. 오랜 시간이 지난 후 백의인이 냉랭히 웃으며 말했다.

"출가인이 사람을 놀라는 말을 하는구나. 본인이 어디 자백을 했다는 것이냐?"

신검 호일기가 말했다.

"아주 간단하다. 어떤 사람도 려사의 칠살도 비급을 훔쳐서 부본을 만든 자가 없다."

이 말이 나오자 백의인의 얼굴에는 놀라는 기색이 역력했다. 하지만 그 기색은 한순간에 사라졌다. 다만 장 중의 사람들은 전력을 다해서 다른 생각없이 두 사람의 대화에 주의를 기울이고 있었다. 백의인이 빠르게 "하하"하고 웃자 소리는 올빼미가 우는 듯 음산하기 그지없었다. 그는 냉랭히 말을 이었다.

"아미파 장문 우내신검이 이렇게 미친 소리를 할 줄 상상도 못했다."

신검 호일기는 어두운 얼굴을 하고는 정색하며 말했다.

"빈도는 미친 소리를 하지 않았소. 그리고 미친 소리를 해 본적도 없소."

백의인은 냉소하며 말했다.

"네가 조금 전 분명히 명백히 친눈으로 려사의 몸에서 훔쳐서 만든 비급 부본을 보았다고 하지 않았느냐. 지금 또 어떤 사람도 려사의 칠살도 비급을 훔쳐 베낀 적이 없다고 하니 이것은 분명 모순되는 것이 아니냐."

신검 호일기는 신색을 바꾸지 않고 거꾸로 물었다.

"시주는 이미 자신이 려사라고 인정하지 않았소."

백의인이 냉랭하게 말했다.

"틀리지 않다. 본인이 바로 려사다."

신검 호일기가 말했다.

"바로 그렇소. 빈도가 말한 친눈으로 본적이 있는 려사 칠살도 비급의 부본은 실화요. 그리고 또 어떠한 사람도 일찍이 려사의 비급을 훔쳐 베끼지 않았다는 것도 실화요."

백의인은 냉소하며 경멸하듯이 바라보며 말했다.

"모순이로군. 너는 너의 말을 이해할 수 없다는 것을 알지 못하겠는가?"

호일기가 말했다.

"하나도 이해할 수 없지 않소. 당금에 두 사람의 려사가 있다. 하나의 려사는 분명 어떤 이가 비급을 훔쳐 베낀 적이 있었던 려사이고, 또 하나 다른 려사는….'

수중의 장검을 가볍게 들고서 백의인을 가리키며 계속 말했다.

"빈도는 감히 이 머리를 걸고 말할 수 있는데, 당신은 근본 비급을 다른 사람에게 도둑 맞은 적이 없소."

백의인은 얼굴색이 변하면서 두 눈에서 광망을 노출하며 수중의 장검을 흔들어 강대 절륜한 삼엄한 한기를 발출하며 즉시 신검 호일기, 병개와 료진 세 사람을 향해 쏘아져 갔다. 료진대사의 장추, 벽개의 장봉은 즉각 앞으로 나가서 백의인의 검기를 막아섰다. 신검 호일기는 도리어 기색을 안정시키고는 얼굴에 조금도 변화가 없이 말했다.

"시주는 이미 부끄러운 나머지 화를 내는 것이오. 그것이 바로 도둑이 제 발 저린다는 것이오."

백의인은 이미 화가 머리 끝에 까지 올라서 두 눈이 붉어졌지만, 갑자기 강하게 자신을 억제하고는 냉랭하게 말했다.

"이 늙은 도사놈아, 내 눈앞에서 농짓거리 하지 마라. 려모는 너에게 속지 않는다."

신검 호일기가 말했다.

"대장부는 나서도 이름을 바꾸지 않고, 앉아도 이름을 바꾸지 않는다. 시주는 어찌하여 말끝마다 자신을 려사라고 하는 것이오. 진짜 이름을 말하지 않는다면 아마 이름없는 귀신이 될 것이오. 황천가는 길에 분명 당신의 조상들에게 얼굴이나 들 수 있겠소."

백의인은 홀연히 평정을 유지하며 말했다.

"너는 말끝마다 내가 려사가 아니라고 하는데 어떤 근거로 그러는지 알 수 없다."

신검 호일기가 말했다.

"천하에 동성 동명의 사람들은 분명 많다. 그러나 빈도가 감히 말하지만 시주의 이름이 려사하고 한다고 해도 분명 대도문의 전인 려사는 아니오."

백의인이 냉랭히 말했다.

"그렇다면 증거를 대라."

신검 호일기가 말했다.

"증거는 없소. 그러나 빈도는 그 이유를 말할 수 있다. 분명 사람들을 설득시킬 수 있으며 반박할 수 없을 것이오."

백의인이 냉랭히 말했다.

"그렇다면 말해봐라!"

호일기가 말했다.

"부정할 수 없는 한가지 사실은 우문등 선배가 남긴 칠살도의 비급은 하나라는 것이오. 그 유일한 비급은 려사가 얻은 바 있소."

백의인은 냉랭히 호일기의 말을 가로 막으며 말했다.

"너는 어떻게 비급이 하나인 것을 아느냐?"

신검 호일기가 말했다.

"아주 간단하오. 무릇 무공을 전수하는 서책은 모두 전수자가 친필로 기록하는 것이오. 우문등 노선배 또한 예외가 아니오. 그러나 견식이 해박한 사람이라면 우문등 선배가 성격이 괴팍한 사람이라는 것을 알 것이며, 움직이기를 좋아하는 사람이며 머무르기를 싫어하는 사람이라는 것도 알 것이오. 빈도는 그의 비급을 정확히 한번 모본으로 본적이 있소. 칠살도의 매 초식마다 지극히 정묘하고 깊이가 있어서 배우고 싶었지만 헛 힘만 쓰고 말았소. 우문등 선배의 위인됨을 보자면 아마도 자기의 심혈이 사라지는 것이 두려워 완전한 책을 만들고 싶었을 것이오. 그리고 그것은 아마도 그가 하늘로 올라가는 것보다 어려운 과정을 통해서 만들어졌을 것이오. 어찌 그가 비급을 완성한 이

후 다시 자세히 비급을 하나 더 만들었다고 어찌 말할 수 있겠소. 덧붙여 말하자면 자고이래 시주는 어떠한 무학 비급이 동시에 두 부가 전해졌다고 들은 적이 있소?”

최후의 한 마디는 백의인에게 물은 것이다. 그러나 백의인은 조금도 대답할 표시를 하지 않았고, 도리어 다른 사람들이 연달아 고개를 끄덕였다. 신검 호일기는 계속해서 말했다.

“칠살도의 정묘하고도 기괴함으로 인해서 비급을 얻은 자의 자질과 기초가 어떻던 간에 모두 상당한 시간과 세월이 지나야 성취를 얻을 수 있는 것인데, 칠살도가 다시 나타났다는 것은 근 일년 내의 일로서 아마도 최근 두 해 이전에 책을 얻은 사람은 비급 중의 심법과 도법을 얻기 위해 고생하며 연공하였을 것이오. 시주는 목전에 삼십 정도 되어 보이는 나이이니 만약 그 비급을 시주가 얻었다고 해도 시주의 도법 성취로 살펴보면 아마도 책을 얻었을 때가 이십을 넘지 않았을 때가 되었을 것이오. 바꾸어 말하자면 시주가 만약 칠살도의 전인이라면 무공이 더 높다고 하고, 아마도 처음 출도하는 것이라 할 것이고, 절대 노강호는 아닐 것이요. 다만 조금 전 시주가 료진 법사가 당년에 막북 칠살의 주살한 신비의 고인이라는 것을 알고 있던 것이 빈도의 의심을 살만했소.”

말이 여기에 이르자 료진 대사는 눈에 영기를 담은 안광을 띠었으며 머리를 돌려 호일기를 바라보고는 얼굴에 복잡한 표정을 지었다. 아마도 패복하는 것 같기도 하고, 부끄러워 하는 것 같기도 했다. 신검 호일기가 또 말했다.

“막북칠살이 주살당한 사정은 무림 중에 사람들이 모두 안다고 하더라도 당년에 칠살을 주살한 신비한 고인이 오늘날의 료진 대사라는 것, 그리고 그가 소림문호에서 쫓겨났다는 것은 빈도나 아는 일이며 무림 중에 아마도 몇 안되는 사람만이 알고 있는 것으로 따라서 시주는 분명 다른 사부가 있는 사람으로 단순히 비급에 의존해 폐관 수련으로 사람을 놀라게 하는 무공을 얻게된 자가 아니라는 것이오."

백의인은 냉랭히 말했다.

"분석이 나쁘지는 않다. 다만 만약 네가 몇 마디 말로 설득할 수 있다고 한다면 아마도 그것은 너의 생각일 뿐이다."

호일기가 말했다.

"려사의 칠살도 비급은 어떤 이가 훔쳐서 모사한 적이 있소. 바로 본파의 제자가 명을 받들고 한 것으로 다행히 명을 어기지 않아서 그 비급을 모사하는데 성공하였고, 빈도가 친눈으로 살펴본 바 있소. 시주는 믿을 수 있겠소?"

백의인이 말했다.

"내가 조금 전에 이미 본인의 비급을 분명 어떤 이가 훔쳐서 모사했다고 하지 않았소."

신검 호일기는 홀연히 날카롭게 물었다.

"당신은 비급을 훔쳐서 모사한 자가 누구인지 알고 있소?"

백의인이 냉랭히 말했다.

"본인은 당연히 안다. 내가 이곳에 온 것이 바로 그 훔쳐서 비급을 베낀 자를 찾아서 복수하려는 것이다."

신검 호일기가 말했다.

"만약 시주가 말한 것이 진실이라 한다면 이 장 중에 비급을 훔친 사람이 있소. 시주는 누구인지 지적할 수 있겠소."

호일기는 인내심을 가지고 계속 백의인의 신분 내력을 찾으려 하였다. 말을 많이 하는 것이 전혀 아깝지 않은 듯 이리 저리 주변만 헤매다가 이때 직접적으로 상대를 압박해 들어갔다. 그 모습을 본 사람들은 속으로 감탄하고 탄복하기를 그치지 않았다. 백의인은 장도를 들어 중년 도사 왕정산을 가리키며 냉랭하게 말했다.

"이 도사가 아마도 려모의 칠살도를 훔쳐 모사한 사람인가?"

왕정산이 말했다.

"빈도가 알고 있는 바에 따르면 려사는 이미 그의 비급을 어떤 사람에 의해 도난당한 것을 알고 있었습니다. 시주는 어찌하여 그렇게 묻는 것입니까?"

신검 호일기가 말했다.

"본파 제자는 여기에 거짓을 말하러 온 것이 아니오. 시주는 다시 자세히 살펴보고 명확히 지적하기 바라오."

—6권에서 이어집니다.